SARAH WINMAN

Das Jahr der wundersamen Begegnungen

Buch

Cornwall, 1947. Fast ihr ganzes Leben verbrachte die wunderliche Marvellous Ways in einem kleinen Dörfchen in Cornwall. Jetzt ist sie 89 Jahre alt und wartet. Nicht auf den Tod, wie man meinen könnte. Worauf sie wartet, weiß sie selbst nicht. Aber sie ist sich sicher, es zu erkennen, wenn sie es sieht.

Francis Drake ist ein traumatisierter Soldat, der unterwegs ist, den Wunsch eines sterbenden Kameraden zu erfüllen. Er soll einen Brief an dessen Vater übergeben. Doch seine Reise verläuft nicht nach Plan.

Geistig und körperlich zu Grunde gerichtet, findet Marvellous den jungen Mann am Ufer eines Flusses. Sie nimmt ihn bei sich auf und pflegt ihn. Die beiden einsamen Seelen und gebrochenen Herzen geben einander Kraft. Seine Anwesenheit und das Gefühl, wieder gebraucht zu werden, helfen ihr, sich an ihr bewegtes Leben zu erinnern. Ihre Geschichten, die meisten von Liebe, helfen Drake, wieder ins Leben zu finden …

Autorin

Sarah Winman ist in der Grafschaft Essex aufgewachsen und lebt heute in London. Hauptberuflich ist sie Schauspielerin. Nach ihrer Ausbildung trat sie vornehmlich im Theater auf, spielte jedoch auch in zahlreichen Filmen und Fernsehproduktionen mit. Nach *Als Gott ein Kaninchen war* ist *Das Jahr der wundersamen Begegnungen* ihr zweiter Roman.

SARAH WINMAN

Das Jahr der wundersamen Begegnungen

ROMAN

Aus dem Englischen
von Marion Hertle

blanvalet

Die Originalausgabe erschien 2011
unter dem Titel »A Year of Marvellous Ways« bei Tinder Press, an imprint of Headline Publishing Group, London.

FSC www.fsc.org
MIX
Papier aus verantwortungsvollen Quellen
FSC® C014496

Verlagsgruppe Random House FSC® N001967

1. Auflage

Neumarkter Str. 28, 81673 München
Redaktion: Angela Troni
Umschlaggestaltung und -illustration: www.buerosued.de
LH · Herstellung: wag
Satz: Buch-Werkstatt GmbH, Bad Aibling
Druck und Bindung: GGP Media GmbH, Pößneck
Printed in Germany
ISBN 978-3-7341-0546-3

www.blanvalet.de

Für Patsy

Wir sterben mit den Sterbenden:
Sieh, sie scheiden, und wir gehen mit ihnen.
Wir werden mit den Toten geboren:
Sieh, sie kehren wieder und bringen uns mit.

T. S. Eliot, »Little Gidding«

I

I

Hier stand sie also, wartend am Straßenrand. Sie war alt geworden.

Seit ihr neunzigstes Lebensjahr angebrochen war, verbrachte Marvellous Ways einen Großteil ihrer Zeit wartend – wenn auch nicht auf den Tod, wie man angesichts ihres Alters meinen könnte. Vielmehr wusste sie nicht genau, worauf sie wartete, denn das Bild war noch nicht vollständig. Es war lediglich ein vages Gefühl, etwas, das ihr zugeflogen war wie der letzte Flügelschlag aus einem Traum, einer von Paper Jacks – Gott hab ihn selig – Träumen, der über die Schlaflandschaft geflogen war, kurz bevor es dämmerte. Sie hatte es nicht geschafft, die Feder zu erhaschen, ehe sie hinter dem Horizont verschwand und sich in der Hitze der aufgehenden Sonne auflöste. Aber sie hatte die Botschaft verstanden: Warte, denn etwas wird kommen.

Sie rückte den Gummi an ihrer großen Brille zurecht und schob sie hinauf. Die dicken Gläser vergrößerten ihre Augen um das Zehnfache und ließen sie so blau und unstet wirken wie das Meer. Sie blickte die Straße hinauf und hinab, die einst den großspurigen Namen High Road getragen hatte und inzwischen nur noch als Abkürzung für schwere Landwirtschaftsfahrzeuge auf dem Weg nach Truro diente. Die vertrauten Cottages aus Granit – zehn an der Zahl und vor einem Jahrhundert erbaut, um die Arbeiter für die Höfe und Gärten des riesigen Anwesens zu beherbergen – waren vernagelt und heruntergekommen, bewohnt nur noch von gespenstischen Ginsterbüschen und Brombeersträuchern, die wie Gerüchte aus der Ferne herbeigeweht waren.

Sie bezeichneten es als Dorf, doch St. Ophere war höchstens ein Weiler. Die Kirche, die dieser Ansammlung von Behausungen ihren Namen gegeben hatte, lag an dem kleinen Fluss, an dem Marvellous wohnte. Nicht mal eine Schule gab es hier, die befand sich zwei Meilen weiter westlich in dem Küstendörfchen Washaway. Der Ort hatte seinem Namen schon alle Ehre gemacht, als es vor Jahren nach einem Schneesturm zu einem verheerenden Hochwasser gekommen war. Dafür aber gab es in St. Ophere eine Backstube.

Früher hatten die Leute aus der Gegend den Ort oft »Backstube« genannt, anstatt den Heiligennamen zu verwenden, denn die Inhaberin Mrs. Hard hatte in großen rosa Lettern das Wort BACKSTUBE auf das graue Schieferdach gemalt – ein eleganter Kontrast zu den einst weißen Steinmauern.

Jeden Morgen, sobald der Ofen heiß war, läutete Mrs. Hard die Glocke, und ihre Kundschaft kam in Bewegung – ebenso wie jeder ertrunkene Seemann von der Lizard-Halbinsel bis zu The Scillies, was sie jedoch nicht wusste. Die Glocke war nämlich aus einem geborgenen Wrack entwendet worden. Die Frauen aus dem Dorf kamen mit ihren rohen Kuchen, Pasteten und Brotlaiben und schoben sie in die brennende Glut. Mrs. Hard bezeichnete den Ofen gerne als »kleine Hölle«, und wenn jemand seinen Kuchen falsch platzierte und den eines anderen mitnahm, dann wanderte er auf direktem Weg dorthin. Zumindest trichterte sie das den Kindern ein, die kamen, um die Backwaren ihrer Mütter abzuholen, und sorgte damit für so manche schlaflose Nacht. Die Ärmsten glühten vor Angst und fragten sich, was wohl passieren würde, wenn sie doch einmal einen falschen Kuchen erwischten.

Vor einiger Zeit war der Ort wegen des Brotes sogar zum Ausflugsziel avanciert. Heute, im Jahr 1947, war er jedoch kaum mehr als ein trauriges Mahnmal dafür, wie unerbittlich die Zeit voranschreitet.

Eine Brise fuhr in das Haar der alten Frau und hob es an. Sie blickte zum Himmel auf. Er war fliedergrau, die Wolken hingen tief, schwer vom Regen, aber Marvellous bezweifelte, dass es regnen würde. »Zieht weiter«, flüsterte sie ihnen zu. Sie überquerte die Straße, blieb vor der Backstube stehen, stellte ihre Lampe auf die Stufe und drückte die Handflächen gegen die verwitterte Tür.

»Misses Hard?«, flüsterte sie.

Die Inhaberin der Backstube hatte Marvellous einst gesagt, dass ihr Leben von positiven Erlebnissen erfüllt sein werde, weil sie so geduldig warten könne.

»Patience, so hätte dein Vater dich nennen sollen«, sagte sie. »Die Geduldige.«

»Aber ich bin gar nicht geduldig«, sagte Marvellous, »ich bin gewissenhaft.«

Daraufhin hatte Mrs. Hard auf das barfüßige Mädchen mit den zerlumpten Kleidern und der feinen Ausdrucksweise hinabgeblickt und gedacht, wie unmenschlich es doch war, ein Kind in den Wäldern großzuziehen, wo es wild und frei herumlief wie ein Cornwallschwein. Das Mädchen brauchte eine Mutter.

»Du brauchst eine Mutter«, sagte Mrs. Hard.

»Ich hatte eine Mutter«, gab Marvellous zurück.

»Nein, du hattest ein Etwas«, sagte Mrs. Hard. »Ich könnte deine Mutter sein.«

Sie wartete auf eine Antwort, aber aus dem Mund des entsetzten Kindes kam kein Wort. Mrs. Hard schüttelte den Kopf und sagte: »Denk daran, Geduld ist eine Tugend, und sie ist göttlich.«

Mrs. Hard mochte das Wort »göttlich«, und sie mochte Gott. Als ihr Mann im Jahr 1857, vom Versprechen auf Reichtum geködert, zu den südafrikanischen Minen auswanderte, zogen Jesus und der bei allen beliebte Reverend bei ihr ein. Der Übergang verlief nahtlos, genau wie die erste Goldmine, zu der sich ihr Mann aufmachte. Der arme Kerl zog bald von Grube zu Grube, nur um ein paar Rand zu verdienen, bis er in der düsteren Fremde elend starb, weil er einen Blick auf den goldenen Schlüssel erhaschen wollte – jenen Schlüssel, der in das Schloss zu einem besseren Leben passte.

»*Breathe on me, Breath of God, Fill me with life anew* – Ich will einen Odem in Euch bringen, auf dass Ihr lebendig werdet.«

Diesen Satz hatte Mrs. Hard über die Tür der Backstube gepinselt, nachdem sie vom Tod ihres Mannes erfahren hatte. Später hatte jemand – die alte Marvellous lächelte, weil die verblichenen bräunlichen Buchstaben noch zu erkennen waren – »breath« in »bread«, also »Odem« in »Brot« geändert, aber Mrs. Hard hatte es nie bemerkt, denn sie hob kaum je den Blick.

»Die Erlösung kommt für mich aus dem Staub«, hatte sie damals zu Marvellous gesagt.

»Wie eine Kartoffel?«, hatte das Kind gefragt.

Die Wetterfahne quietschte über ihr. Die Dämmerung senkte sich im Oktober so schnell über das Dörfchen wie die

Krähen über die Toten der Nacht. Muss fast November sein, dachte Marvellous. Lichter glommen auf in den fernen Dörfern, eine feierliche Mahnung an die Vergänglichkeit dieses Ortes. Sie zog eine Streichholzschachtel hervor und zündete die Öllampe an. Mitten auf der Straße hob sie die Lampe in Richtung der Hügel dahinter. »Ich bin immer noch hier«, sollte die Geste bedeuten.

Ein gelber Lichtschein fiel auf die Hecke, hinter der sich ein Kreuz aus Granit aus einem flachen Primelfeld erhob. Marvellous hatte das Kreuz immer für einen Nachtrag gehalten, hastig nach dem Ersten Weltkrieg errichtet, wie sie ihn jetzt nennen konnte. »1914–1918« stand über den Namen der Gefallenen, deren Gesichter längst verblichen waren. Ein Name, den sie kannte, stand jedoch nicht auf der Liste: Simeon Rundle war nicht aufgeführt.

Damals, 1914, als die Kriegsflut an die nichtsahnende Küste rollte, war das Dorfleben plötzlich zum Erliegen gekommen. Von einem Tag auf den anderen gab es keine Messen mehr und auch keine Tanzabende oder Regatten. Die Männer mussten fort, und das Leben fror ein zu einem dauerhaften Warten. Ein Ort ohne Männer stirbt, sagte Marvellous, und das Dorf starb tatsächlich langsam. Der allseits beliebte Reverend wurde zu einer Gemeinde in London berufen, und kurz darauf erreichte Mrs. Hard die Nachricht, dass er bei einem Zeppelin-Luftangriff ums Leben gekommen war. Sie legte sich ans Ufer des »kleinen Jordans«, wie sie den Fluss nannte, und wünschte sich, dass ihr Leben endete. Es gehorchte auf der Stelle, so groß war die Kraft ihres Willens. Der Ofen der Backstube erlosch, und Gott räumte das Feld. Die Zurückgebliebenen beteten ständig für den Frieden, aber die Gebete kamen mit einem Unzustellbar-Vermerk zurück. Nur der Zählappell der Toten wurde immer länger.

Eines milden Maimorgens kam er dann doch noch, der Frieden, denn so lautete der Name des Kindes, das sechs Monate vor Ende der Kämpfe das Licht der Welt erblickt hatte: Peace. Überfällig war es, das Kind, es hatte sich geweigert, auf die Welt zu kommen, bis die Gewehre stillstanden, bis der Wahnsinn vorüber war. Die Mutter konnte so viel pressen, schieben und drängen, wie sie wollte, und selbst die Helfer schafften es zunächst nicht, die kleine Peace in die zerstörte Welt zu befördern. Selbst als sie endlich herauskam, geschah es mit großem Widerwillen, so als wüsste sie über alles Bescheid. Sie kam mit den Füßen zuerst, der Kopf wollte partout nicht heraus. Alles war durcheinander, die Füße, die Hände, die Beine, die Nabelschnur. Wie ein neugeborenes Kalb.

»Der Kopf wird von der Last des Namens niedergedrückt«, flüsterte Marvellous, als sie das Kind drehte und aus dem Mutterleib herausholte.

Peace. Doch so einfach ist es nicht – und war es auch damals nicht.

Die Bräuche von früher kehren nicht zurück, wenn es die alten Leben nicht tun. Einzig Simeon Rundle kam eines Tages zu seiner Schwester Peace nach Hause, einen ganzen Sack an Traumata im Gepäck. Eines Morgens fanden ihn die Dorfbewohner unten am Fluss, wo er bis zum Hals in Flussschlamm und seinen eigenen Exkrementen steckte und mit einem weißen Taschentuch einem großen Einsiedlerkrebs zuwinkte. Seine geschwollene Zunge hing wie eine alte Socke aus dem Mund, als er »Iff ergebe miff, iff ergebe miff, iff ergebe miff« rief, bevor er die Flinte seines Vaters hob und sich ganz gezielt das Herz aus der Brust schoss. So hieß es zumindest.

Die Augenzeugen keuchten auf, und zwei von ihnen fielen in Ohnmacht, als Simeons Herz gegen das Kirchentor klatschte wie ein verschlungener roter Türklopfer. Der neue Laienpriester stürzte heraus und erklärte die Tat auf der Stelle zu einem Werk des Teufels.

Unglücklicherweise wird eine derart unbedachte Äußerung schnell auf den eifrigen Schwingen des Gerüchts davongetragen, daher dauerte es nicht lange, bis dem Dörfchen St. Ophere ein Makel anhaftete, den noch nicht einmal die willkommene Errungenschaft im Jahr 1936 völlig auslöschen konnte, als sie elektrisches Licht bekamen.

Es war nicht so, dass mit dem Ort etwas nicht gestimmt hätte, allerdings bekam die Richtigkeit einen Knacks. Die Gezeiten wirkten stärker als früher, die Nebel dichter, und die Vegetation wuchs schneller, als gäbe sich die Natur alle Mühe, den Makel auszugleichen oder zumindest zu überdecken. Die Aura eines Unglücksortes blieb, und so zogen die Menschen nach und nach weg. Es folgte ein beständiger Strom von Abschieden, wie Bingokugeln, die eine nach der anderen gezogen werden. Die Leute zogen in die umliegenden Dörfer, deren Lichter noch immer unter dem düsteren Herbsthimmel flimmerten.

Marvellous blickte ein letztes Mal die High Road hinauf und hinab, um sich zu vergewissern, dass das, worauf sie wartete, nicht gekommen war. Der Wind hatte aufgefrischt, die Wolken zogen schnell dahin. Sie hielt ihre Lampe in die Höhe, ging über die Straße zu dem Denkmal mit dem Steigrohr daneben und dann weiter über die Wiese, auf der sie einst eine Kuh gehalten hatte. Die Temperatur sank, das Gras unter ihren Füßen war feucht, und sie dachte, dass der frühe Morgen den ersten Frost mit sich bringen würde. Sie konnte den Wald vor sich sehen und bereitete sich auf den leichten Anstieg vor, auf die vorsichtigen Schritte durch die Ahorn-, Haselnuss- und Edelkastanienbäume Richtung Fluss. Es war

Ebbe. Sie konnte den salzigen Schlamm riechen, ihr Lieblingsgeruch, den Geruch ihres Blutes, wie sie glaubte. Sie würde sich Muscheln in einer Pfanne über dem Feuer dämpfen, und das Feuer würde ein winziges Loch in die Nacht brennen. Bei dem Gedanken lief ihr das Wasser im Mund zusammen. Als sie stolperte und neben einen Schlehenbusch stürzte, nutzte sie das Missgeschick, um zwei Taschen voller Beeren zu pflücken. Vor ihr schimmerte das Licht ihres Wohnwagens, und sie fühlte sich – seltsamerweise – einsam. Niemals alt werden, flüsterte sie sich zu.

Es war spät. Eine Eule rief, und die dunklen Augen der Nacht blickten unverwandt zum Horizont. Da Marvellous nicht schlafen konnte, setzte sie sich ans Ufer und leistete dem Mond Gesellschaft, ein Häufchen leerer Muschelschalen zu ihren Füßen. Sie kauerte sich zur Wärme des Feuers, ihre gelbe Regenjacke schimmerte hell, roch und fühlte sich heiß an. Die Sterne sahen blass aus in der Ferne, aber das konnte auch an ihren Augen liegen. Früher hatte sie ein Fernglas benutzt, inzwischen sah sie durch ein Teleskop; bald würde die Nacht den Tag vollständig vertreiben. Ihr altes Krebsfischerboot wirkte tröstlich, wie es sanft auf den Wellen schaukelte. Das vertraute Knarzen des Seils am Holz klang angenehm in der wogenden nächtlichen Stille.

Fast ihr ganzes Leben hatte sie in dieser Bucht verbracht und war hier glücklich gewesen – so gut wie immer. Wie eine Insel ragte die kleine Kirche auf, die einst eine Kapelle gewesen und inzwischen nur noch eine Ruine war. Solange sie denken konnte, hatten die Gezeiten die Kirche umspült und isoliert, bis sie den Menschen weggebrochen war. Oder waren die Menschen der Kirche weggebrochen? Das alles war so lange her, dass Marvellous sich nicht mehr erinnerte, in welcher Reihenfolge es passiert war. Aber die Strömung hatte sich stetig ihren Weg gebahnt, bis die Kirche, die Grabsteine und der Glaube der Menschen überall verstreut waren. Der Sonntagsgottesdienst wurde immer dann abgehalten, wenn der Wasserstand seinen Tiefpunkt erreicht hatte, sei es bei Tagesanbruch oder in der Abenddämmerung. Einmal, so erinnerte sie sich, fand er sogar mitten in der Nacht statt. Die Laternen tragenden Gläubigen liefen singend am Flussufer entlang wie Pilger auf dem Weg nach Galiläa.

Ja, wir versammeln uns am Fluss,
Dem schönen, schönen Fluss;
Treffen auf die Heiligen am Fluss
Der bis zum Throne Gottes fließt.

Sie nippte an der Flasche mit dem Schlehenschnaps, dem Nektar der Götter, der zum Throne Gottes floss. Amen. Das Licht der Altarkerze schlich sich aus der Kirche und bestäubte die Spitzen jener Grabsteine, die die Gezeiten gnädig verschont hatten. Sie ist ihr eigener Stern, dachte Marvellous. Jede Nacht zündete sie diese Kerze an, schon seit Jahren. Im Grunde war sie eine Leuchtturmwärterin. Wiehießernoch hatte es damals während des Krieges an ihre Ufer geholt. Das – und die Musik natürlich.

Wiehießernoch. Der Amerikaner. Sie hatte beobachtet, wie er als Schatten in die Kirche geschlüpft und als ebensolcher wieder herausgekommen war. Dunkle Malventöne entströmten seiner schwarzen Haut, und an seinem Mund pulsierte die brennende Spitze einer Zigarette wie das Herz eines Nachtinsekts. Er ging über das trockene Flussbett, angelockt von der Musik, und als er die Uferböschung erklomm, entdeckte er das Radio in dem ramponierten Kinderwagen unter dem Baum.

»Louis Armstrong«, sagte er.

Darauf erwiderte sie: »Marvellous Ways. Schön, Sie endlich kennenzulernen.«

Er lachte, und sie hatte noch nie so ein Lachen gehört, in ihrem ganzen Leben nicht. Seine Augen leuchteten so hell wie Lichtstrahlen. Er setzte sich zu ihr, und der Tisch wackelte und der Fluss plätscherte, als Bomber über sie hinwegflogen, die Sirenen schrillten und Bomben auf den großen Hafen und Truro fielen. Sperrballone warfen große Schatten über ihnen, während Louis Armstrong von Lippen, Armen und Herzen sang, Fliegerabwehrkanonen in den indigofarbenen Himmel feuerten und zwei Fremde still nebeneinander unter einem Baum saßen, der das alles schon einmal gesehen hatte.

Er erzählte von seinem Großvater zu Hause in South Carolina im Low Country, von Angelausflügen im sumpfigen Moor und davon, dass der Geruch von Schlamm und Salz nach Heimat duftete. Darauf sagte Marvellous: »Ich weiß, was du meinst.« Er erzählte von den Gerüstbrücken, die in der Dämmerung rosa schimmerten, von Zedern in den saftigen Feuchtgebieten und dem schweren Duft von süßen Blüten und Jasmin, der ihn an seine verstorbene Mutter erinnerte. Er sagte, er würde so gerne mal wieder Katzenfisch essen, und Marvellous meinte: »Ich auch«, obwohl sie nur Doggenhai kannte. Mit ihren Bechern stießen sie auf das Leben an und taten so, als wären sie weit, weit weg.

Danach besuchte er sie häufiger. Brachte ihr Donuts von der amerikanischen Donut Factory am Union Square mit, die sie zu starkem schwarzem Tee aßen, obwohl er Kaffee lieber mochte. Sie hörten sich den *Rhythm Club* im Radio an und wippten im Jitterbug-Takt mit den Füßen. Manchmal brachte er auch Dosenfleisch oder Corned Beef mit und sorgte dafür, dass sie nie hungern musste. Einmal schenkte er ihr ein Poster von einem Film, den sie ein paar Jahre zuvor gesehen hatte. Er war sehr aufmerksam.

Ein paar Tage vor der geplanten Invasion in Frankreich bat er sie um einen Glücksbringer.

»Ein Glücksbringer?«, fragte sie.

»Ja, damit ich gesund wiederkomme«, sagte er.

Sie sah ihm in die Augen und erwiderte: »So etwas mache ich nicht. Ich habe noch nie einen Glücksbringer gemacht.«

»Oh, die Leute behaupten aber, dass du so etwas tust.«

Das hatten sie tatsächlich schon immer gesagt. Stattdessen hielt Marvellous seine Hand, denn das war der einzige Zauber, den sie hatte, und er wirkte.

Im Juni 1944 folgte dann der große Abschied, als die amerikanischen Soldaten eingeschifft wurden. Pfeifend stolzierte er mit seinen Gabardinehosen und dem Hawaiihemd hinüber. Ach, er sah ja so schick aus. Er gab ihr alles, was er noch besaß: Schokolade, Zigaretten, Strümpfe. Sie setzten sich unter den Baum, tranken Tee und hörten Armstrong und Teagarden, auch Bechet und noch jemanden, der nie so berühmt werden würde wie die anderen. Marvellous beobachtete den jungen Mann, wie er den Takt auf den Knien mitklopfte, wie sein Mund zur Klarinette wurde. In diesem Augenblick sah sie, wie die beiden Möglichkeiten seines weiteren Lebens miteinander wetteiferten. Einmal lag er ruhig am Omaha Beach, ein anderes Mal saß er still da, den Kopf in ein Buch gesteckt, und versuchte etwas aus sich zu machen in einem vom Hass gezeichneten Land.

Als er aufstand, um sich auf den Weg zu machen, sagte sie: »Geh links.«

»Was?«, fragte er.

Sie antwortete: »Keine Ahnung, was es bedeutet, aber du wirst es wissen, wenn es so weit ist. Du musst auf jeden Fall nach links gehen.«

»Bis dann, Marvellous.« Er winkte.

»Bis dann, Henry Manfred Gladstone der Zweite.« Auch sie winkte.

Henry Manfred Gladstone II. Das war also sein Name.

»Es war mir ein Vergnügen«, sagte er.

Die Nacht war voller Bewegung. Frachtkähne legten ab, Tausende Männer schifften sich vom Pier und den Stränden aus ein, und es herrschte ein unglaubliches Durcheinander. Trotzdem war am nächsten Morgen alles still. Der Geruch nach Diesel verzog sich, die Amerikaner waren weg und hatten romantische Geschichten und ungeborene Kinder zurückgelassen – und so viel Freude. Am Ende weinten die Frauen, weil sie es immer taten.

»Bis dann, Henry Manfred Gladstone II.«, flüsterte Marvellous. »Es war mir ein Vergnügen.«

2

Wie Marvellous vorhergesehen hatte, war das Tal um den Fluss am nächsten Morgen mit einer dicken Schicht Raureif überzogen. Ein Brachvogel rief unablässig von der Bucht herauf, bis irgendwann eine Rauchwolke vom Zigeunerwohnwagen aufstieg. Einen Augenblick später öffnete Marvellous die Schiebetür und stieg vorsichtig die eisglitzernden Stufen hinab. Während die Erde unter ihren Füßen vernehmbar knackte, streckte sie die Arme in Richtung der Baumkronen, dann zu ihren Zehen und wieder zu den Bäumen. Für jemanden, der so klein war, nahm sie recht viel Platz ein.

Sie folgte dem abfallenden Weg bis zum Ufer hinab, wo die Glut des Lagerfeuers noch zaghaft vor sich hin kokelte. Schwer ließ sie sich auf den Ankerstein sinken und horchte in sich hinein, um ihre Stimmung zu ergründen, so wie sie es jeden Tag auch mit der Strömung des Flusses machte. Sie war besorgt und hatte schlecht geschlafen. Ein Traum hatte sie aufgeschreckt – wieder ein blinder Traum – einer der Worte, nicht der Bilder. Öffne das Bootshaus, hatte ihr der Traum befohlen. »Auf keinen Fall«, hatte Marvellous heftig widersprochen, aber Träume streiten nicht.

Sie stand auf und wartete, bis der Wasserstand seinen höchsten Punkt erreicht hatte, jenen Augenblick, wenn der

Fluss kurz stillstand. Sie streifte die gelbe Regenjacke und die abgetragenen Stiefel ab und schauderte, als der frostige Schlamm zwischen ihren Zehen hindurchquoll. Sie löste ihr Haar, und die weißen Locken fielen ihr über die Schultern bis zur Hüfte, die einst schmal und fest gewesen war. Erst ein Knopf, dann ein zweiter. Ihre Finger waren nicht mehr sehr geschickt, und es dauerte einen Augenblick, bis die schwere Filzhose zu Boden fiel. Dann zog sie den Wollpullover über den Kopf, ihre Brüste sanken weich herab, und die kühle Morgenluft bescherte ihr eine Gänsehaut. Sie nahm die Kette mit der Muscheldose ab und legte sie vorsichtig auf den alten Stein neben ihr. Schließlich schlüpfte sie aus der langen Unterhose. Früher hatten sich ihre Oberschenkel nur ganz oben berührt, inzwischen überall, aber in einer Minute würde sich sowieso alles anders anfühlen. Im Fluss fühlte es sich immer anders an, das wusste sie, weil sie schon so lange alt war.

Nachdem sie ihre Brille abgenommen hatte, trat sie vorsichtig ans Ufer, tastete mit den Zehen nach dem Rand. Der Geruch der Flut hing schwer in der Luft. Sie hob die Arme über den Kopf, woraufhin der Wind unter ihren Achseln entlangstrich, ebenso am Übergang zu den Schenkeln.

Jetzt.

Sie beugte die Knie, sprang ins Wasser und kam zwei Meter vom Ufer entfernt wieder an die Oberfläche. Sie schwamm flussabwärts mit den Meeräschen und beobachtete einen Reiher, der tief und unbemerkt dahinflog und in dem schummrigen Licht leichte Beute hatte. Sie genoss das kalte Wasser zwischen ihren Beinen, wenn sie sich beim Schwimmen öffneten.

Auf Höhe des Bootshauses zog sich ihr der Magen zusammen, als ihr Blick auf die Steine und Schindeln fiel. Mit Reif überzogen wirkte es majestätisch und heiter, wie das Symbol für Liebe und Hingabe, das es einst gewesen war, als ihr Vater es vor so vielen Jahren erbaut hatte. Damals strahlend weiß, war es mittlerweile grün vor Moos geworden, lange schon von dem riesigen Schlund ihrer Vergangenheit verschluckt. Vor fünfundzwanzig Jahren hatte Marvellous die Tür verriegelt und alles eingeschlossen, was sich darin befunden hatte, genau wie mit ihrem Herzen. Die salzverkrusteten Fenster schienen sie anzuflehen, als sie daran vorbeischwamm. *Öffne uns,* flüsterten sie. »Unsinn«, sagte sie, tauchte erneut unter und ließ sich mit dem Seegras treiben. Sie blieb unter Wasser, so lange sie konnte, und kam flussaufwärts im Schatten des Ankersteins atemlos wieder nach oben. Sie kämpfte sich die Flussböschung hinauf und wickelte sich in ihre Regenjacke. Dann wandte sie sich zum Bootshaus.

»Du kannst nicht sprechen«, sagte sie.

»Nein, kann ich nicht«, erwiderte es.

»Dann ist es ja in Ordnung«, sagte sie und stapfte zu ihrem Wohnwagen zurück, in einer Stimmung, so schwer wie der Schlamm unter ihren Füßen.

Am Nachmittag schnurrte der Motor, während das Krebsfischerboot auf den abnehmenden Fluten in Richtung der seichten Sandbank fuhr, die die ungebetene Welt von der Bucht fernhielt. Auf der Sandbank lag das Wrack der *Deliverance,* das Fischerboot ihres alten Freundes Cundy. Bei Ebbe neigte sich das Boot nach backbord und offenbarte die Wunde, von der es sich nicht mehr erholt hatte. Bei Flut lag das Heck so tief im Wasser, dass man hätte meinen können, der Name des Boots wäre *Deliver.*

Hinter der Sandbank war das weite Gebiet der Carrick Roads zu sehen, Sonnenstrahlen funkelten auf der wogenden grauen Schiffsstraße. Ein Schuss hallte hinter den Feldern wider. Marvellous blieb stehen und lauschte. Fernes Hundegebell war zu hören. Ein Schwarm Möwen erhob sich, flog auf die tief stehende weiße Sonne zu und überzog das Tal mit flüchtigen, kaum wahrnehmbaren Schatten. Marvellous spähte durch das Teleskop und verfolgte ihren Flug, suchte nach ungewöhnlichen Anzeichen, aber es war nichts zu erkennen. Sie entdeckte eine Seeschwalbe, die sich dem Strom hingab und sich auf dem schnell dahinfließenden Wasser fröhlich rückwärts treiben ließ.

Marvellous senkte das Teleskop und nahm die Brille ab. Mittlerweile war sie sich ziemlich sicher, dass das, worauf sie wartete, nicht über das Wasser kommen würde. Das Wasser gab Zeichen, unverkennbare Zeichen, wie damals in jener unvergesslichen Nacht, als zweitausend Seesterne mit den Gezeiten ans Ufer gekrochen waren.

Sie war fast ein ganzes Leben her, jene Nacht, als die Einsamkeit sie zu früh ins Bett geführt hatte. Marvellous hatte wach gelegen und unbedingt gewollt, dass sich ihr Leben änderte, wie es bei jungen Frauen häufiger vorkommt, als sie plötzlich spürte, dass draußen etwas angeschlichen kam. Sie stand auf, und als sie die schimmernden orangefarbenen Sterne sah, dachte sie, die Welt stehe kopf und der Himmel sei nun endlich zum Greifen nah. Auf gewisse Weise war es auch so, denn am nächsten Tag watete Paper Jack durch das seichte Wasser und schlug einen Pfad durch fünfzehn Jahre dornige Stille.

Er kam mit Blauglöckchen hinter den Ohren und Bärlauchstielen im Mund, im Gefolge liebeskranke Bienen, die wussten, wie ein guter Mann riecht. Mit weit ausgebreiteten Armen blieb er vor dem Wohnwagen stehen und rief, was die Kinder immer gerufen hatten:

»Marvellous Ways! Marvellous Ways!
Ist sie gut, oder rastet sie aus?
Sie verzaubert dich und macht dich gesund,
Sie verzaubert dich, und du landest im Höllenschlund.

Marvellous trat an diesem Tag so gleichgültig wie selten aus ihrem Wohnwagen und meinte nur: »Du wieder!«

Da sagte er: »Ich wieder!«

»Was willst du? Gesund sein oder im Höllenschlund?

Ganz ruhig erwiderte er: »Du sein.«

Darauf sie: »Hier gibt's keinen Dusen.«

Darauf er: »Verdammt noch mal, Frau, du hast immer noch dieselbe große Klappe! Jetzt komm endlich von der Treppe runter und lass dich in den Arm nehmen.«

Sie hielten sich umschlungen, bis die »alte Zeit« zwischen sie kroch und sie schüchtern werden ließ. Paper Jack wich zurück und grinste sie an, dabei strahlte er wie ein Frühlingsmorgen und schmolz den langen Winter in ihrem Herzen weg.

Natürlich hieß er damals noch nicht Paper Jack, der Name kam erst viel später auf, wie es mit Namen oft so geht. Er hieß damals nur Jack oder Singer Jack, war still und aufmerksam und beobachtete alles und jeden wie das Wetter. Im Streit nannte er Marvellous mal eine »Hochdruckfront«, und ein andermal, als sein Bruder Jimmy nicht da war, bezeichnete er sie als »frostigen Tagesanbruch«. Jack mochte Marvellous, seit er sie an Jimmys Seite gesehen hatte. Er mochte Marvellous mehr als jede andere Frau, die er je gesehen hatte. Als er einmal betrunken und sie alleine war, sagte er ihr, dass er auf sie warten würde, denn sie sei es wert, wie »das erste Sichten von Sardinen an einem frühen Sommermorgen«.

Zum ersten Mal kam er 1900 zurück. Marvellous war damals zweiundvierzig Jahre alt und Jack sechsunddreißig. Beide waren vom Leben gezeichnet und einen Zentimeter kleiner als bei ihrem letzten Treffen. Marvellous entfachte draußen ein Feuer und kochte die Krabben, die sie am Vortag gefangen hatte. Sie tranken die Gegenwart des anderen mit Bier und Rum und wurden so schüchtern, dass selbst die Blätter erröteten.

»Hast du dir keinen Mann gesucht?«, fragte Jack.

»Nichts auf Dauer«, erwiderte Marvellous.

Halb glücklich und halb eifersüchtig sagte Jack: »Eine Frau wie du braucht einen Mann …«

»Ist das so?«

»Denn eine Frau wie du braucht ein Kind«, fügte er hinzu.

»Dafür ist es zu spät«, meinte Marvellous leise und begann die stinkenden Schalen wegzuräumen. Vierhundertsiebzehn Kinder hatte sie bis dahin auf die Welt gebracht, doch nicht ein eigenes. Sie blieb stehen und sagte: »Ich wollte ein Kind von dir, Jack. Ich wollte dein Kind lieben und großziehen.« Dann kniete sie sich hin und wusch sich die Hände in einem Eimer mit Flusswasser.

Schweigend saß er da und beobachtete sie schuldbewusst, während er der Nachtigall in den Ästen der Eiche über ihm lauschte. Als Marvellous fertig war, stand er auf und zog sie an sich. Sie wiegten sich zum Gesang der Nachtigall, und als sie sich küssten, wünschte sie, sie hätten es nicht getan, denn sie konnte die Traurigkeit in seinem Atem schmecken. Sie schmeckte sein anderes Leben und die anderen Frauen, und ihr war klar, dass er wieder gehen würde.

»Ich werde nicht bleiben«, flüsterte er.

»Ich weiß«, sagte Marvellous.

»Ich werde es wiedergutmachen. Danach komme ich zurück und hole dich.«

»Ich werde warten«, sagte Marvellous, weil sie so geduldig war.

»Du warst immer das einzige Mädchen für mich.«

»Ich bin kein Mädchen mehr, Jack, und die Zeit wird knapp.«

»Du warst nie schöner.«

»Wo haben sich diese Worte versteckt?«

»Ich habe Jahre gebraucht, um dich zu finden.«

»Ich war nie weit weg.«

Vogelschreie durchbrachen die Stille.

Sie strich ihm mit den Händen übers Gesicht. »Wo bist du die ganze Zeit gewesen?«

»In Australien.«

»Dacht ich's mir doch, dass ich da eine andere Sonne auf deiner Haut sehe.«

»Ich bin im Süden gelandet, bei den Kupferminen. Ein Ort namens Moonta – Little Cornwall haben sie es genannt, weil es dort Cornish Pasties und Methodisten gibt.«

»Nahrung für den Kopf«, sagte Marvellous. »Für die Seele.«

»Ein paar Schwarze gab es auch, die das Land kannten und das Meer. Ich bin immer zur Bay runtergegangen und habe zugesehen, wie sie mit Rochenstacheln die Fische aufspießten wie mit Harpunen. Einer der Schwarzen, Bob, nannte mich einen Weißen. Kannst du dir das vorstellen? Ich habe nie darüber nachgedacht, dass ich ein Weißer bin, nicht bis zu dem Augenblick, als ich an diesem fremden Ufer stand, den größten, den blauesten Himmel aller Zeiten sah und beobachtete, wie ein Schwarzer Fische für sein Abendessen aufspießt.«

Marvellous lächelte. Dann nahm sie seine Hände und küsste sie.

Er wollte ihr sagen, dass das der Beginn von Heimweh war: dieser überwältigende Himmel und diese dürren Schwarzen. Er wollte ihr sagen, dass sich nichts richtig angefühlt und er sein Zuhause vermisst hatte, denn wie hätte er sich in einem Land einrichten sollen, dass wütende Worte flüsterte? In einem Land, in dem es mehr Fliegen gab als Menschen, in dem die Hitze von der roten, ausgetrockneten Erde so glühend heiß aufstieg wie in einem Brennholzofen? Wie hätte er sich ein Zuhause schaffen sollen in einem Land, in dem sie nicht war? Er hatte geweint an dem fernen Strand und so getan, als reize die brennende Mittagssonne seine Augen. Als Bob zu ihm herübersah, lachte der Schwarze und rief: »Was sind das für dämliche Tränen, Kumpel?«

»Was ist denn?«, fragte Marvellous und holte ihn aus seinen Gedanken.

Jack wurde still. Er zog eine schwere goldene Taschenuhr hervor und legte sie ihr in die Hände. »Siehst du, ich bin als reicher Mann zurückgekommen.«

»Du bist als Gentleman gekommen.«

»Ja. Könntest du einen Gentleman lieben?«

»Ein Seemann ohne Geld wäre mir lieber.«

Jack lachte. »Woher weißt du das?«

»Weil ich dich kenne, Jack Francis. Ich kann dein Leben an deinen Händen riechen.« Marvellous schenkte ihm aus der Flasche nach.

»Es hat unter Tage noch einen Unfall gegeben, da habe ich die Nerven verloren, Marve. Konnte danach nicht mehr runter. Musste immerzu an Jimmy denken. Denkst du noch an ihn?«

»Hin und wieder. Aber öfter an dich.«

»Liebst du mich mehr als ihn?«

»Ja. Denn ich habe inzwischen mehr Liebe zu geben.«

Er griff nach seinem Bier. »Ich trage immer noch die Schuld in mir«, sagte er.

»Die Zeit hat meine verschluckt.«

»Du Glückliche.«

»Ich bin vor allem müde, sehr müde«, sagte Marvellous.

»Ich werde nicht mehr unter Tage gehen«, entgegnete Jack. »Für mich gibt's nur noch die See. Ich werde mein Glück auf den Wellen versuchen.«

»Lass uns ins Wasser gehen«, schlug Marvellous vor.

»Ich kann nicht schwimmen, kenne keinen Seemann, der das kann.«

»Keine Sorge, wir bleiben im Flachen, und ich halte dich.«

»Da gibt es aber ziemlich viel zu halten.«

»Ich bin ein guter Anker.«

Sie standen im Mondlicht beim Ankerstein, zogen sich gegenseitig aus und betrachteten sich von oben bis unten. Ihre Augen wurden zu Händen, ihr Verlangen kräuselte den Fluss, und als sie sich nicht mehr weiter ansehen konnten, führte sie ihn zum kalten Wasser. Ihm wurde dabei so schwindlig, dass er Mühe hatte, die Füße auf dem Boden zu lassen.

Während er sich nach dem Bad wieder anzog, packte sie ihm Schlehenschnaps, eingelegte Napfschnecken und Safranbrötchen in die Tasche. Ein Päckchen mit getrockneten Maronen und Schwarzwurzelblättern legte sie auch dazu, gegen den rasselnden Atem und die Luftnot, die er zu verstecken versuchte.

In dieser Nacht bat sie ihn, mit ihr zu schlafen, bevor er ging. Sie sprach es direkt aus. Sagte, dass sie schon genug Zeit vertan hätten und sie sich danach verzehrte, ganz ehrlich. Vom Alkohol erregt, folgte er ihr in das Bootshaus, und im goldenen Kerzenlicht machte die Hitze des Tages Platz für den Schweiß der Nacht. Sie zog ihre Bluse über den Kopf, und er berührte ihre Brüste, küsste sie, fuhr ihr unter den Rock, wo seine Hände auf nichts weiter als ihre Gänsehaut stießen. Er knöpfte sich die Hose auf, während sie einmal mehr sein Herz aufknöpfte. Schüchtern waren sie nun nicht mehr.

Sie klammerten sich aneinander und liebten sich, als wäre es ihre letzte Chance auf Liebe, und wo er in sie eindrang, verschwand er nie wieder. In jener Nacht begannen sie ihre Träume zu teilen, was immer dann geschieht, wenn beide um das Gewicht der Seele des anderen wissen.

Jack wartete, bis sie schlief, ehe er im Morgengrauen verschwand. Lautlos schlich er davon, indem er seine Lungen wie Ballone füllte und den Atem so stark anhielt, dass sie ihn vom Boden hoben. Während er zwischen den Bäumen hindurchglitt, drang ihre Stimme durch die Traumlandschaft und sagte: »Ich werde hier sein, wenn du zurückkehrst. Beeil dich, Liebster. Ich werde auf dich warten.«

Er war alles andere als schnell, trotzdem wartete sie auf ihn, zwanzig Jahre lang. Als er zurückkehrte, wies ihm kein goldener Pfad aus schimmernden Seesternen den Weg zu ihrer Tür. Nur das unverkennbare Geräusch von Gerüchten.

3

Ein Feuerwerk riss Marvellous aus einem traumlosen Schlaf. Ihr erster Gedanke war: Krieg, aber es war Frieden, als sie aus ihrem Wohnwagen taumelte und das Ende des Spektakels mitverfolgte. Das durchweichte Sprudeln, als die weißen, grünen und roten Funken hinter den Bäumen verschwanden, die Bucht in eine sanfte, milchige Stille tauchten und nur die Sterne zurückließen, unendlich viele.

Sie stand allein am Ufer, verwirrt und zerzaust, und der weite, dunkle Himmel Cornwalls drückte sie nieder. Lag es daran, dass ihre Hand vor den sich dicht an dicht drängenden Sternen so alt aussah, oder daran, dass sie nicht wusste, wem oder was genau sie in diesem perfekten Nachthimmel zuwinkte? Jedenfalls wurden ihre Augen feucht.

Sie taumelte zu ihrem Boot hinunter, halb Frau, halb Kind, und keine Hälfte wusste mit der anderen etwas anzufangen. Dort angekommen, zündete sie eine Lampe an, stieg ein und schob sich vom Ufer weg. Das Boot und ihr Geist trieben dahin. Und wieder herrschte Stille. Keine Geräusche von Flugzeugen oder Generatoren, auch nicht von Sirenen oder Bomben. Weder ein Möwenkrächzen noch ein Tröpfeln von feuchten Ästen. Nur gedämpfte Stille, die wie Strandgut an die Ufer ihres Wesens schlug.

Das Boot hob und senkte sich sanft. Bald war sie nur noch wenige Meter von der *Deliverance* entfernt, und der Anblick der zerborstenen Hülle stimmte sie traurig, denn an manchen Tagen dachte sie, ihr Kopf sei ebenfalls eine zerborstene Hülle. Sie spürte das Leck direkt über den Augen, hatte das Gefühl, dass die Ebbe sämtliche Augenblicke aus ihr herausschwemmte, und fragte sich, ob ihr Kopf irgendwann so leer sein würde wie das Bootswrack. Sie konnte nur eines denken, nämlich dass die Leere in ihrem Leben ein sehr einsamer Ort sein müsse, denn es war niemand mehr da, der sie daran erinnern konnte, was sie in ihrem Leben alles getan hatte und was sie einst gewesen war: nämlich jung.

Was wäre an den ruhigen Nachmittagen, an denen sie gerne dasaß und über ihr Leben nachsann, was wäre, wenn sie sich dann nicht mehr an Jack oder Jimmy erinnern könnte oder an den Leuchtturmwärter, der ihr das Lieben beigebracht hatte? Was, wenn sie sich nicht mehr an den Rausch der Sonne über den Mooren oder den Klang der Kirchenlieder entsinnen könnte, die an Weihnachten aus den Minen heraufdrangen? Was, wenn sie den Austernfang vergäße, der ihr Blasen an den Händen beschert hatte, oder den Anblick der rahgetakelten Schiffe, die am Horizont vorüberfuhren, immer auf die Sonne zu, während zu Hause noch der Mond am Himmel stand? Was, wenn aus dem Bild ihres Vaters ein Fremder würde und eine Eule nicht länger eine Eule wäre, sondern ihr Zweck unbekannt? Was, wenn ein Kirchturm elf Uhr schlüge und es nichts weiter als ein Geräusch wäre? Was, wenn alles sie verließe? Wenn die Nacht hereinbräche und sie nicht wüsste, dass es Nacht war? Oder wenn ein Wasserläufer riefe, eine Meeräsche über die Wasseroberfläche spränge oder ein Tölpel tauchte und sie ihre Namen verlegte wie die Münzen hinter den Sessellehnen? Was, wenn sie sich eine Muschel ans Ohr hielte und keine Worte mehr hätte, um das Geräusch zu beschreiben? Eine Napfschnecke, das wäre sie dann. Zu nichts nutze, außer sich festzuklammern.

Marvellous machte an dem Wrack fest, und die beiden Boote stupsten sich an wie alte Freunde, was sie ja tatsächlich waren. Sie fand ein Stück Lebkuchen in ihrer Tasche, der Geruch hatte sich verändert von dem schweren Gestank nach Tang und Schlamm. Sofort spürte sie, dass ihr Magen sich wärmte, und spürte, dass die kühle Feuchtigkeit der Sorge trocknete. Mit der Hand strich sie über die bemooste Flanke der *Deliverance*, und nachdem der Wind sich beruhigt und das Schaukeln nachgelassen hatten, beugte sie sich vor und begann dem Boot die Geschichte des zerschellten Boots zu erzählen.

Das Licht knabberte bereits am Fuß des Himmels, als sie mit ihrer Erzählung fertig war. Der Wind hatte aufgefrischt, dunstiger Nebel stieg verstohlen von der Erde auf. Der Fluss rührte sich, begann sich zu leeren. Marvellous legte ein Ohr an das feuchte Holz und hörte etwas, das sie noch nie vernommen hatte. Hätte sie an der Brust eines Menschen gelauscht, hätte sie es Herzschlag genannt. Aber es handelte sich um ein Boot, und sie kannte kein Wort dafür.

Die Leuchtturmglocke läutete und kündigte den einziehenden Nebel an. Große Schwaden krochen auf Marvellous zu, verfingen sich in den Bäumen wie Dschungelmoos und überzogen die Rhododendronblätter und die Spitzen der Palmen mit Salz. Sie ängstigte sich. Alt und ängstlich war sie. Sie zog die Decke höher und kauerte sich auf die Bodenbretter. *Mach das Bootshaus auf,* hatte der Traum gesagt. Sie blickte zurück zu dem traurigen weißen Schuppen und sah ihr Leben vor sich wie ein Fluginsekt, das in seiner Bernsteinvergangenheit gefangen war. Die Dämmerung senkte sich mit einem Flüstern über sie. Ihrem Mund entwich ein Seufzen.

Als der Nebel sich gelichtet und die Sonne übernommen hatte, legte sie am Ankerstein an und taumelte zu ihrem Wohnwagen, ehe der Tag sie umzustimmen versuchte. Außen hing wie ein Windspiel ein Bund mit unterschiedlich großen Schlüsseln, sie gehörten zu Booten, zu Häuschen, zu unbekannten Schlössern. Auch ein Schlüssel zum Verständnis war darunter, ein winziger Schlüssel an einer aquamarinfarbenen Schnur. Warum sie ihn so getauft hatte, wusste sie jedoch nicht mehr. Sie beugte sich vor und suchte nach dem unverwechselbar geformten Schlüssel zum Bootshaus, den sie zuletzt vor fünfundzwanzig Jahren in der Hand gehalten hatte. Da war er! So eindeutig wie ein vertrautes Gesicht aus alten Zeiten. Sie machte ihn vom Bund ab und marschierte zurück zu der moosbefleckten Tür, den Schlüssel triumphierend in der ausgestreckten Hand.

Er passte perfekt. Sie nahm das Vorhängeschloss ab und drückte die Tür mit der ihr verbliebenen Kraft auf. Sie hörte ein Stöhnen, das letzte Jahr mit Paper Jack rauschte auf sie zu und warf sie zu Boden. Es ließ nicht von ihr ab, bis sie es wieder spürte, bis sie sich wieder daran erinnerte. Ein riesiges Durcheinander, das war es, Trauer und Freude und ein großer Berg von Schmerz.

Marvellous kämpfte sich frei und atmete durch, ohne den Blick auch nur einen Moment von der Tür des Bootshauses abzuwenden. Sie schwang hin und her. Wandte den Blick kein einziges Mal ab, denn es wehte kein Wind mehr, alles war still. Ein Pendel der verlorenen Zeit, das hin- und herschwang, obwohl es windstill war.

Im Inneren irritierte sie der Gestank von längst vergangenen Jahren und salziger Feuchtigkeit. Feine Spinnweben verbanden die Wände mit dem Boden, grüne Schimmelsporen tratschten, küssten und vermehrten sich vor ihren Augen. Ein Geräusch wie ausströmendes Gas oder Darmwinde oder ein tiefes Seufzen war zu hören, vermutlich die abgestandene Luft, die aus diesem Grabmal für zwei entwich. Marvellous öffnete die Balkontüren, die Meeresluft drang herein, das Licht glitt durch den Spalt herein, fiel auf die Wände und das feuchte, unbenutzte Bett. An der Wand darüber hing der Seestern, orange wie eh und je. Sie nahm ihn ab, wiegte ihn in der Hand, und die Frau, die sie einst gewesen war, setzte sich zu ihr aufs Bett und tröstete sie. Fünfundzwanzig Jahre lebte sie nun schon ohne diesen Mann. Früher war schon ein Tag ohne ihn unerträglich gewesen.

»Fünfundzwanzig Jahre!«, sagte sie laut. »Hörst du das, du dummer Mann?«

Sie hörte sein Keuchen. Hörte ihn sagen: »Wir waren jung. Zumindest das hatten wir.«

»Jung«, spottete Marvellous. »Wir waren nie jung!«

»Du hast nie schöner ausgesehen«, hörte sie Jack sagen.

»Das ist doch alles Unsinn.«

»Dafür liebst du mich.«

»Ja, das tue ich.«

»Hast du gut auf dich achtgegeben, Marvellous?«

»Wenn ich daran gedacht habe, ja. Wie ist es mit dir?«

»Der Husten ist weg. Meine Kraft ist zurück. Hast du meine Träume bekommen?«

»Natürlich. Sie waren allerdings ziemlich undeutlich.«

»Ich gebe mir beim nächsten Mal mehr Mühe.«

»Das würde mir helfen. Worum geht es hier, Jack? Auf was warte ich?«

»Du weißt, dass es so nicht funktioniert, Marve.«

»Wirst du diesmal bleiben? Ist das der Grund, warum ich hier aufgeschlossen habe?«

»Noch nicht. Aber ich komme zurück.«

»Das alte Lied.«

»Sei lieb, mein Schatz.«

»Ich habe mich verändert. Vielleicht warte ich nicht mehr, weißt du? Ich bin um einiges älter … und weiser.«

»Oh, du wirst warten«, hörte sie ihn sagen. »Du kannst nämlich nicht genug von mir kriegen. Ich mache dich ganz wild.«

»Du machst mich wahnsinnig. Schon immer.«

»Wahnsinnig und wild. Du wirst auf mich warten.«

»Vielleicht auch nicht!«, rief sie. »Dummer, alter Narr!« Sie schnalzte laut und höhnisch mit der Zunge.

Danach konnte sie ihn nicht mehr hören, da waren nur noch die Wellen des Flusses, das Rauschen der Bäume und, seltsamerweise, das Rauschen der Angst. Eine Eule schrie. Marvellous spähte hinaus und sah, wie sie hinabschwebte und eine Maus zum Frühstück verspeiste.

Sie steckte den Seestern in ihre Tasche, zog die Tür des Bootshauses zu und machte sich auf die Suche nach Seife, einer Bürste und einem Eimer Wasser. Sie würde das Bootshaus wieder zum Leben erwecken, und zwar zu einem sauberen. Sie würde Feuer im Kamin machen, Tag und Nacht Holzscheite verbrennen und so die Feuchtigkeit vertreiben, bis der Dampf aus allen Ritzen stieg und nur noch getrocknete Salzkristalle auf den Fenstersimsen glitzerten.

Stunden später lag sie erschöpft im Bett. Ihre Hände waren rot und rau, die Arme zu schwach, um die Brille abzunehmen. Sie lauschte dem fernen Rufen eines Brachvogels, volltönend gegen das widerhallende Klagen der

Nebelglocke – jenem einen Fixpunkt ihrer veränderlichen, wirbelnden undeutlichen Welt. Sie fror. Selbst die Schieferkacheln, die sie im Herd erwärmt hatte, erwiesen sich als nutzlos gegen die klamme Kälte. Sie schob eine Kachel auf ihre Brust, und irgendwann geleiteten das Gewicht und die Wärme sie in den Schlaf.

Gerade als sich ihre Lider schlossen, baute sich ein Traum auf, um in ihren Schlaf zu fliegen und die beiden Bilder in ihrem Geist zu verankern: ein Flachsfinke, flink und frei, der aus voller Kehle singend über die Themse flog. Dazu ein junger Mann mit Blick auf den Horizont, der überhaupt nichts versprach.

Und mittendrin klagte die Nebelglocke.

II

4

Hier stand er also, spuckte sich die Seele aus dem Leib und verpasste darüber den Augenblick, als an dem grauen Oktobernachmittag die weißen Klippen von Dover in Sicht kamen.

Während der Überfahrt war das Meer relativ ruhig gewesen, nicht mehr als ein leicht wogender Seegang, aber der hatte genügt, um die Reste seines Frühstücks – ein ergötzliches Mahl aus *œuf sur le plat* und *jambon cuit* – auf das Vorderdeck der Fähre zu befördern, sobald sie in Boulogne abgelegt hatten.

Die Schiffshupe dröhnte in seinem Kopf, und Drake stöhnte auf, als ein weiterer wässriger Schwall aus ihm herausschoss und seine Hosen besprenkelte. Er dachte sonst kaum an seinen Vater, bei solchen Gelegenheiten allerdings schon. Fragte sich, ob der alte Mann je so gelitten hatte wie er jetzt, ob er sich je gekrümmt und betrunken mit letzter Kraft an die Reling geklammert hatte, aus lauter Angst vor etwas, das er nicht in Worte fassen konnte.

Als die Klippen näher kamen, strömten die Passagiere an Deck: elegante Paare, die aufgeregt plaudernd auf den Landstrich zeigten. War das wirklich Vera Lynn, die da in seinem Kopf sang, oder eine der Frauen hinter ihm? Drake drehte sich um, und sie sah sofort weg. Wahrscheinlich hätte er sich erst den Mund abwischen sollen. Mit seinem ganzen Gewicht stützte er sich auf das Geländer, als er hinauftaumelte, um England zu besehen. Er wollte nach erfüllter Pflicht salutieren. Im Jahr 1940 war er gegangen. Jetzt war er zurück, sieben Jahre später, mit dem bitteren Geschmack von Galle im Mund. Es wirkte angemessen.

Am Quay in Folkestone baumelte ein Auto gefährlich über ihren Köpfen, als es von der Fähre gehoben wurde. Die Menschen eilten an ihm vorbei, unterhielten sich über die Ferien oder die bevorstehende königliche Hochzeit, vom Krieg war keine Rede mehr. Seltsam, wie das Leben einfach weitergegangen war. Er drängte voran und nahm den Zug zur Victoria Station, um eine Nacht in London zu verbringen, ehe er nach Südwesten weiterfuhr. Nur eine Nacht, dachte er, das kann nicht schaden, oder? Nur eine Nacht im alten Viertel, um zu sehen, welchen Schaden sie dort angerichtet hatten.

Er betrat ein ruhiges Abteil, in dem drei Männer und eine Frau saßen, hob seinen Koffer auf das Gitter über den Sitzen und zog Regenmantel und Hut aus, ganz vorsichtig, um niemanden zu stören. Er ließ sich in den Sitz sinken und lutschte ein starkes Pfefferminzbonbon, als sich der Zug ruckelnd in Bewegung setzte. Allmählich spürte er, wie sich sein Magen entspannte und Farbe in sein Gesicht zurückkehrte. Er legte eine Wange an die kühle Fensterscheibe, während das Meer aus seinem Blickfeld verschwand, der Zug sich entlang des Piers zur Anschlussstelle vorarbeitete und ihm die Augen beim Rumpeln der Räder über die gute, sichere Erde zufielen.

Als der Schaffner hereinkam und nach den Fahrkarten fragte, fühlte Drake sich, als hätte er mehrere Stunden geschlafen. Er sah auf die Uhr: fünfunddreißig Minuten, mehr nicht. Er nahm die Fahrkarte aus seiner Innentasche und reichte sie dem Mann. Als der Schaffner weiterging, sank er zurück in seinen Sitz und wollte gerade wieder eindösen, als sich die Frau ihm gegenüber bückte und etwas neben seinem Fuß aufhob. »Das ist wohl Ihrer«, sagte sie und reichte ihm einen Briefumschlag. Er dankte ihr und nahm ihn entgegen. Als Erstes fiel ihm die vertraute Schrift auf, dann der Schmutz der französischen Erde daran und die Adresse, die nach Cornwall wies. Fast drei Jahre hatte er ins Land ziehen lassen, ehe er den Brief überbrachte. Die Bitte war immer in seinem Hinterkopf gewesen, hatte gedröhnt wie der Klöppel einer Glocke, das leise Geräusch der Schuld. Der ganze weite Weg, um das Schreiben dann in einem Zug in Kent fast zu verlieren. Ein Geniestreich, Drake. Du bist ein verdammtes Genie.

Seine Hände zitterten, als er den Brief zurück in die Innentasche steckte. Er ließ die Hand auf dem Umschlag ruhen und spürte, wie sein Herz raste. Er schloss die Augen und versuchte, an etwas Schönes zu denken, aber daraus wurden immer ein Glas Bier, ein gut gefüllter Teller und Frauenbeine – wenn auch nicht unbedingt in dieser Reihenfolge. Also schlug er die Augen wieder auf. Die Landschaft flog vorbei, eine rasche Folge von verschwommenem Braun und Grün, und er versuchte hier einen Baum und dort eine Scheune zu fokussieren, aber nichts war klar zu erkennen, denn sein Kopf war wieder bei jenem Tag in der Normandie, etwa eine Woche nach der Landung im Jahr 1944.

Der Marsch nach Caen hätte ganz leicht sein sollen, war jedoch alles andere als das. Die Front in der Bocage-Landschaft war ein Schlachtfeld voller Hecken und Gräben und stand zudem permanent unter Mörserbeschuss. Panisch sprangen sie zwischen den Deckungsinseln hin und her, deutsche Scharfschützen überall. Das hatte die Männer unruhig gemacht.

Die Bataillone waren im Nu zu Gruppen von zerlumpten, verängstigten Einzelpersonen geworden, völlig desillusioniert und erschöpft. Die Männer hatten begonnen, sich selbst zu verletzen, nur um von diesem grausamen Ort wegzukommen.

Damals waren sie sechs noch Freunde gewesen, heute konnte man das kaum mehr glauben. Vielleicht war es die letzte Schlacht gewesen, die sie auseinandergetrieben hatte, die sie wie Orangen geschält und bitter hatte werden lassen. Vielleicht war das ja der Keim gewesen, für das, was später folgen sollte? Hass braucht kaum Wasser und Pflege, nur einen kleinen Anstoß.

Sie hatten in den Ruinen eines kürzlich verlassenen Bauernhofs gewartet, inmitten der zerstreuten Habseligkeiten der geflohenen Familie. »Gütiger Himmel! Das ist ja meine!«, hatte Johnno gerufen und das Foto einer gealterten, beleibten Frau in die Höhe gehalten. Die Männer johlten und pfiffen, aber Drake ignorierte sie und sah weg. Unter dem zerborstenen Fenster entdeckte er das Gelb des Sommers überall: in der Sonne, im Mais, in den kleinen Blumen, die auf Feldern und Wiesen blühten.

Während der Wartezeit gab es wenig für sie zu tun, im Grunde nichts als rauchen und schlafen, und von beidem hatte er längst genug. Daher machte er sich vor dem nächsten Vorstoß zu einem Spaziergang auf. Es dauerte nicht lange, bis er auf ein Feldlazarett am Rand eines Obstgartens stieß. Es wimmelte nur so von Fliegen, die zwischen den abgerissenen Gliedmaßen und Blutpfützen herumflogen.

»Gaff nicht, sondern pack mit an«, rief ihm eine Krankenschwester zu, die an ihm vorbeieilte. »Der da drüben«, sagte sie und zeigte in eine Ecke.

Er folgte ihrem Finger und erblickte einen Soldaten auf einer Liege, der bis zum Kinn in eine Decke gehüllt war. Drake setzte sich ins Gras und zog eine Zigarette heraus. Das Gesicht des Soldaten wirkte friedlich, schicksalsergeben. Es war sogar ziemlich schön, und er fragte sich, ob der Mann tot war. Aber dann schlug der Soldat die Augen auf.

»Hast du mal eine für mich?«, fragte er.

Drake zündete ihm eine an.

»Kann die Hände nicht mehr bewegen«, sagte der Soldat, also schob Drake ihm die Zigarette zwischen die Lippen. Er nahm ein paar tiefe Züge, ohne auch nur einmal zu husten, und meinte dann: »Schmeckt gut, danke.«

»Bald kommst du hier raus«, sagte Drake.

»Da bin ich mir nicht so sicher. Es ist noch nicht vorbei.«

»Für dich schon, Kumpel. Bist ein Glückspilz.«

Der Soldat lächelte und nahm noch einen Zug.

»Nicht so übel hier, oder?«, fragte Drake und sah sich um. »Die Sonne scheint, die Blumen blühen, die Vögel singen.«

»Was für Blumen?«

Drake pflückte eine gelbe, trompetenförmige Blüte neben seinem Stiefel und hielt sie dem Soldaten vors Gesicht.

»Schlüsselblumen«, sagte der Soldat.

»Schlüsselblumen«, wiederholte Drake und hielt die Zigarette an die Lippen des Soldaten. »Was wirst du als Erstes tun, wenn du wieder zu Hause bist?«, fragte er.

»Schwimmen.«

»Ich hasse das verdammte Wasser«, sagte Drake.

»Wir bestehen zu sechzig Prozent aus Wasser. Unser Körper, meine ich. Wusstest du das?«

»Wahrscheinlich der Grund, warum ich nicht so gut mit Leuten kann.«

Der Soldat lächelte. »Dougie Arnold. Freut mich, dich kennenzulernen.«

»Francis Drake«, sagte Drake.

»Ahoi!«

»Hab ich alles schon gehört.«

»Du machst Witze, oder?«

»Mein Vater war Seemann.«

»Wird ja immer besser.«

»Hab ihn aber nie kennengelernt. Den Namen hat meine Mutter ausgesucht. Sie hatte immer noch romantische Vorstellungen, was das Meer angeht, als ich unterwegs war.« Drake schob die Zigarette zwischen die Lippen des Soldaten. Er begann zu husten. »Ganz ruhig«, sagte Drake. »Komm, langsam atmen. So ist's besser.«

»Könntest du etwas für mich erledigen?«, fragte der Soldat.

»Klar.«

»In meiner Brusttasche ist ein Brief. Ich komme nicht dran. Würdest du ihn rausnehmen?«

Drake drückte die Zigarette aus und beugte sich über Dougie Arnold. Vorsichtig zog er die Decke zurück, und der Geruch ließ ihn würgen. Wo Arme hätten sein sollen, waren nur noch verbundene Stummel, zerlumpt und verkohlt. Er hielt die Luft an und hoffte, dass sein Gesicht ihn nicht verriet, während er vorsichtig die Tasche aufknöpfte.

»Hier«, sagte Drake und hielt den Umschlag hoch. »An Doktor Arnold?«

»Ja, mein Vater.«

»Cornwall?«

»Meine Heimat.«

»Nie dort gewesen.«

»Würde dir gefallen, viel Wasser«, grinste Dougie.

Drake zog einen kleinen Flachmann aus seiner Tasche und wedelte damit vor dem Gesicht des Soldaten herum.

Der Soldat sagte: »Verdammte Scheiße, die Kavallerie ist da.«

»Na dann prost«, sagte Drake und trank einen großen Schluck.

»Zum Wohl«, sagte Dougie.

»Zum Wohl. Auf bessere Zeiten.«

Bessere Zeiten, und der Soldat schloss sanft die Augen.

Drake starrte ihn an. Sie waren etwa gleich alt, überlegte er. Ob er eine Freundin hatte? Wahrscheinlich nicht, der Brief war schließlich an seinen Vater adressiert. Er öffnete den oberen Knopf am Kragen des Soldaten und bemerkte einen schwachen Puls.

»Überbring ihn«, sagte der Soldat schwach.

»Was?«, fragte Drake und beugte sich vor.

»Überbring ihn.«

»Überbringen? Wen?«

»Den Brief.«

»Ich?«

»An meinen Vater. In Cornwall. Wenn alles vorbei ist. Wenn du zurück bist. Sag ihm, dass es mir gut ging.«

»Es *geht* dir gut.«

»Erzähl ihm was Schönes.«

Panzer fuhren vorbei, Soldaten begannen zu rufen. Abmarsch. Die Alliierten eroberten Frankreich zurück.

»Versprich's mir, Francis Drake. Ich kann dich nicht hören.«

»Ich bin hier«, sagte Drake. Er beugte sich vor.

»Versprich's mir«, sagte Dougie Arnold.

»Ich verspreche es«, sagte Drake. »Ich überbringe deinen Brief.«

5

Von der Victoria Station nahm Drake die U-Bahn nach Farringdon, lief die Treppen hinauf und trat in die kühle, neblige Dämmerung. Eine große Ratte huschte direkt vor ihm vorbei und sah ihn verärgert an.

»Ja, ich bin wieder da«, sagte Drake und ging die Turnmill Street hinauf, unter dem beständigen Rumpeln der Züge zu seiner Linken und der allzeit wachsamen Kathedrale St. Paul's hinter ihm. Die Luft roch schmierig, schmeckte staubig. Er hatte vergessen, wie es hier war. So viele Menschen kamen ihm entgegen, alle auf dem Weg nach Hause. Aber er hatte sie nicht vergessen, nicht wirklich. Er trug sie in Mark und Bein, diese Stadt, die ihm das Leben geschenkt hatte. Die Luft geriet in Bewegung, als eine dunkle Wolkenfront über die Dächer hinwegzog. Er lief schneller und überquerte die Straße nach Clerkenwell Green zu den Gassen jenseits davon. Er schaffte es gerade noch bis zur Herberge, bevor es sintflutartig anfing zu regnen.

Drake wartete an dem kleinen Tisch im Flur, während draußen der Verkehr vorbeiratterte. Über ihm ließ sich jemand auf ein Bett fallen, die Decke quietschte, die Lampe über seinem Kopf schaukelte hin und her, und er stand immer wieder im Schatten. Der Geruch von nasser Wolle vermischte sich mit dem Geruch von verkochtem Shepherd's Pie, und er spürte, wie ihm wieder schlecht wurde. Eine junge Frau ging an ihm vorbei, und er versuchte sie nicht anzusehen, während sie versuchte, nicht zu lächeln. Sein Gesicht hatte Farbe bekommen von den zwei Sommern unter französischer Sonne, sein Körper war vom Krieg und den Bauarbeiten gestählt. Sein Hut war französisch, seine Zigaretten auch. Er reiste mit leichtem Gepäck, zu seinen Füßen stand nur ein kleiner Koffer, der alles Notwendige enthielt, das er auf seinem langen Weg zusammengetragen hatte. Er sah zu, wie die Frau die Treppe hinaufstieg. Hübsche Beine. Im Wohnzimmer hinter ihm sang Louis Armstrong leise im Radio.

Sein Blick fiel auf das Telefon neben ihm, und ihm ging auf, dass es niemanden gab in dieser Welt, den er hätte anrufen können. Er spürte, wie es ihm die Brust zuschnürte, spürte die träge Bewegung von Flüssigkeit unter seinen Füßen. Er beugte sich vor und nahm einen tiefen, langsamen Atemzug.

»Das Zimmer ist bereit«, sagte Mrs. Marsh, die Hausherrin, als sie die Stufen herabkam und ihm einen Schlüsselbund sowie ein Bündel zugeschnittenes Zeitungspapier übergab.

»Die Toilette ist draußen«, sagte sie. »Gehen Sie sparsam damit um.«

»Ah, England.«

Das Zimmer war schäbig, aber die Laken waren sauber. Die Leselampe warf einen traurigen Schein über das Bett, und als er die Deckenlampe anmachen wollte, sah er, dass die Birne fehlte.

Die blaue Velourstapete löste sich in einer Ecke von der Wand, wo sich ein Schimmelschleier niedergelassen hatte.

Ein grelles Bild mit Chrysanthemen hing über dem Kopfende des Bettes. Drake bückte sich und knipste den Heizstrahler an. Ein Balken wurde rot, aber nur wenig Wärme drang bis zu ihm herüber. Er ging zum Fenster und blickte in die schmutzige Nacht hinaus, die durch die trostlosen Gebäude auf beiden Seiten noch schmutziger wirkte, manche davon vernagelt, andere verfallen. Er zog die Vorhänge zu, nahm den Brief aus der Innentasche und legte ihn auf den Kaminsims. Es war etwas anderes, ihn in England anzusehen, jetzt da er den ersten Teil seiner Reise hinter sich hatte. Was er für französischen Schlamm gehalten hatte, war in Wirklichkeit getrocknetes Blut, und er ertappte sich dabei, wie er sich entschuldigte, dass er nicht eher gekommen war. Es klang wie die Stimme eines anderen. »Alles war ein einziges Chaos«, sagte er immer wieder. Das hatte er sich selbst noch nie sagen hören, und es erschütterte ihn, denn mit dem tiefen Bedauern in der Stimme klang er wie ein Kind.

Als er sich auf das Bett setzte, fühlte sich die Matratze wie eine unerwünschte Beule unter seinem Hintern an. Er holte ein Päckchen Gauloises hervor, wobei seine Hände wieder zitterten, und fragte sich, wann das angefangen hatte. Er zündete sich eine Zigarette an und blies den beißenden Rauch in Richtung der fleckigen Lampe über ihm. In dem trüben Licht wand er sich und schwebte wie dichter Nebel durch den Raum. Mit geschlossenen Augen legte Drake sich zurück und stellte sich vor, es wäre warm statt kalt. Stellte sich vor, er würde Möwen hören statt des Streits von nebenan. Stellte sich vor, er wäre irgendwo anders auf dieser Welt statt in diesem trostlosen Herbergszimmer.

Nach dem Krieg war er nach Südfrankreich geraten, wo das Licht weich und das »Willkommen« der Leute ehrlich war. Er lächelte und hatte wieder sein Café bei Sonnenaufgang vor Augen. Die Stühle standen auf dem Platz, ein kleiner schwarzer Kaffee, so dick und stark wie Schlamm, vor ihm auf dem Tisch, dazu in der Ferne Fischerboote, die in den Hafen zurückkehrten und die gefangenen Tintenfische und Seeigel am Quai verkauften. Die Pastellfarben der Fischerhäuschen leuchteten hübsch im süßlichen Morgenlicht. Er hatte Gemüse von Lastern entladen, Getränke serviert, hatte Stege und Fischerhütten gebaut. Verdammt, er hatte alles gemacht, was man ihm aufgetragen hatte, und es hatte immer Arbeit für ihn gegeben, für den Befreier von Frankreich. Auch die Frauen hatten ein Auge auf ihn geworfen, hatten Parfüm an versteckte Stellen gesprüht, nur für den Fall ... Aber er hatte sich von ihnen ferngehalten, sein Schwanz war so weich wie Brie.

An den freien Tagen schlenderte er ziellos umher und tat so, als wäre nie etwas Schlimmes passiert. Die Gewalt, die er gegenüber Männern wie ihm selbst und Frauen wie seiner Mutter angewandt hatte, war es wert gewesen. Sie hatte ihm nichts anhaben können, sein Herz war immer noch fähig zu Mitgefühl und zu lieben. Der Krieg war seine erste Erfahrung mit Gewalt gewesen. Als Kind hatte er Wetten auf gewalttätige Männer abgeschlossen – wer hatte das nicht? Aber sie hatten etwas in ihm gesehen, einen Hauch Liebenswürdigkeit oder Unschuld, und hatten ihn unter ihren weiten Flügeln in Schutz genommen, als wäre er der Spiegel ihrer verlorenen Seelen.

An den freien Tagen nach dem Regen baute er Sandburgen am Strand. Bald wurden aus den Burgen Dörfer, teuflisch komplizierte Anlagen mit Stadtgräben und Booten, Märchengebilde, die ihn beruhigten. Indem er grub wie ein Hund, sorgte er dafür, dass alles Unerfreuliche – alles Stinkende – wie Exkremente unter dem Sand verschwand.

Oh, er hätte an diesem Ort wunderbar leben können. Ewig an dem Tischchen vor dem Café sitzen, für immer unbekannt, ohne je wieder an den Brief oder eine Rückkehr nach England zu denken, denn in seinem Kopf war das genauso weit weg wie der Mond und genauso entrückt. Es war perfekt. Ein ganzes Jahr lang. So verdammt *parfait.*

Aber dann begann sein Kopf ihm Streiche zu spielen.

In der Kühle dieser unergründlichen Dunkelheit hatten Erinnerungen Wurzeln geschlagen, waren durchgebrochen wie Dünengras, fesselnd und ausdauernd, und schon bald sah er wieder Gesichter und roch den gallenbitteren Gestank von brennendem Haar. Deshalb stahl er sich eines Nachts davon. Ohne Abschied, ohne Dank. Nur er allein, der ausgerechnet vor dem wegrannte, was gut gewesen war.

Er hielt sich von Bahnhöfen und Häfen fern, zog stattdessen ins Landesinnere und weiter nach Norden zu den versteckten Dörfern und Gehöften, die regelmäßig Helfer brauchten. Er schlief in Scheunen, und wenn sich die Kühe im Zwielicht rührten, waren sie ihm eine gute Gesellschaft. Er lebte wie ein Mönch, ruhig und allein. Erledigte seine Arbeit, aß Brot und Käse, hin und wieder auch einen Eintopf und gab das Geld, das er verdiente, nie aus. Dann, eines Nachts in der Nähe von Tours, schlich sich die Tochter des Hauses in die Scheune und legte sich zu ihm. Sie knöpfte ihm die Hose auf und nahm seinen Schwanz in die Hand. Er schämte sich, gab der Nähe des Viehs die Schuld mit seinem Schnarchen und Gepisse. Aber für ein Mädchen von achtzehn Jahren wusste sie viel. Sie beugte sich hinab und nahm ihn in den Mund. In ihr wurde er steif, und das schien die Kühe zu beruhigen. Er kam sofort. Er bewegte sich nicht und sie auch nicht. Er streichelte ihr übers Haar, um zu sehen, ob sie eingeschlafen war. Da hob sie den Kopf, und ihr Mund schimmerte einladend. Niemand hatte das je zuvor mit ihm gemacht, und er bezweifelte, dass es je wieder geschehen würde. Also küsste er sie fest, und sogar das Unbehagen, sich selbst zu schmecken, konnte den seltsamen Frieden nicht stören, den er augenblicklich verspürte.

Danach saßen sie nebeneinander, den Rücken an die alte Scheunenwand gelehnt. Fremde. Redeten nicht, hofften nicht. Sie ging, als ihr Vater sie rief.

»Adieu«, sagte sie. »Leb wohl.«

Wieder allein im Stall, wurde der Gestank des Strohs weicher und erinnerte ihn an reifen Käse. Auf einmal war er so hungrig, dass er sich die Hand hätte abkauen können. Er aß sein letztes Stück Brot, und ihm wurde klar, dass es nicht Hunger war, was er da verspürte, sondern Einsamkeit. Ein leerer Raum an der Stelle, wo sein Herz hätte sein sollen.

Das war der Augenblick, als er beschloss, nach England zurückzukehren. Er musste etwas finden, das in seine Brust gehörte, wenn auch nur um den Hunger zu lindern.

Drake drückte die Zigarette aus, stand vom Bett auf und zog die Vorhänge zurück. Der Gehsteig glitzerte, aber es regnete nicht mehr. Er hob den Koffer auf das Bett und öffnete den Schnappverschluss. Er nahm eine kleine Flasche Gin heraus, steckte sie in die Jackentasche und wollte gerade die Tür öffnen, als sein Blick wieder auf den Brief fiel.

»Morgen«, flüsterte er. »Ich verspreche es dir, morgen.«

Damit verließ er das Zimmer und das streitende Paar nebenan und ging die Treppe hinab, hinaus in die Dunkelheit, unberührt von Sperrballons und kreuz und quer verlaufenden Streufeuern. Er ging hinaus in die süße Stille einer Welt im Frieden.

6

Die Straßen waren leer. Die Nacht hatte die Lebenden verschluckt wie eine uralte Seuche. Schwache Umrisse von Gebäuden und Menschen waren immer noch in den Schlünden zu sehen, in denen jetzt Gänseblümchen wuchsen. Geister hatten Drake noch nie gekümmert, nur die Lebenden, und hin und wieder hörte er Schritte hinter sich. Wandte er sich um, sah er jedoch nur seine eigene Nervosität im Lichtstrahl der Gaslaternen zusammenzucken. Er bog in die St. John Street ab, in der St. Paul's in der Ferne emporragte. »Eine Stadt der Heiligen, geführt von Sündern«, hatten seine Tanten immer gesagt. Vielleicht hatten sie recht, dachte er. Die Verladerampen des Fleischmarkts waren verlassen. Nur er und ein paar Papiertüten trieben in dem aufkommenden Wind umher.

Die Verwüstung schockierte ihn nicht. Wie auch? Er war beim Bombardement von Caen dabei gewesen. Welle um Welle von Explosionen hatte die Stadt vernichtet, bis nichts mehr von ihr übrig war. Sie waren durch die schmalen, mit Trümmern übersäten Straßen marschiert, im Schutz von Staub und Rauch, und die Luft war erfüllt vom Feuerwind, von den Schreien des fallenden Mauerwerks und dem qualvollen Gejammer der unsichtbaren Verletzten. Je länger der

Krieg andauerte, umso weniger machten ihm die Toten etwas aus, aber zu sehen, wie schnell die Häuser verschwanden, schnürte ihm die Luft ab. Hunderte von Jahren, in denen sorgfältig Ziegel auf Ziegel gesetzt worden war – alles innerhalb von Minuten ausgelöscht. Als die Zivilisten blinzelnd und zitternd aus ihren Kellern krochen, begannen sie nach und nach zu klatschen und jubeln, und das ging ihm auf die Nerven. Hätte er sich etwa verbeugen sollen? Damals hatte er nicht daran gedacht, danach dann schon. Das war der Grund, warum seine Hände zitterten, da war er sich sicher. Ein jeder hatte Grenzen.

Drake beschleunigte seinen Schritt und eilte am Krankenhaus vorbei, weiter in Richtung Old Bailey. Er wusste nicht, was er erwartete, doch als er den alten Pub an der Ecke und das schäbige Mietshaus daneben sah, wurde ihm schwindlig, fast fühlte er sich seekrank. Etwas steckte ihm im Hals, und er wusste, dass es etwas Gutes sein musste, denn seine Augen brannten und die Nase begann zu laufen. Hier hatte er die ersten elf Jahre seines Lebens verbracht, zusammen mit seiner Mutter natürlich. Zwei Räume für zwei Menschen, aber es hatte genügt. Er wünschte, er könnte die Jahre auf der schnell tickenden Uhr zurückdrehen und es ihr sagen.

Von innen hörte er Geplauder und Gelächter, und er stellte sich ans Fenster, um hineinzuspähen. Weder Mr. noch Mrs. Betts hinter der Bar, kein Mr. Toggs am Klavier. Keine Iris, keine Lilly mit ihren schmuddeligen Geschichten über Sex und Männer. Sechzehn Jahre waren vergangen, und alle, die er hier gekannt hatte, waren lange fort. Er wusste, dass daran nicht der Krieg schuld war, der sie geholt hatte, sondern schlicht das Leben, denn so läuft es nun mal. Nein, er würde nicht reingehen, nicht heute Abend. Drake schloss die Augen und lauschte auf die vertrauten Geräusche des vorbeiratternden Zugs und eines Oberleitungsbusses.

Ziellos streifte er durch die Straßen, in denen er als Kind gespielt und darauf gewartet hatte, dass die Männer aus der Nachbarschaft von den Fabriken oder Pubs nach Hause zurückkehrten, damit er sich an sie dranhängen und sich vorstellen konnte, sie wären seine älteren Brüder … oder seine Väter. Das waren seine Zitronendrops-Momente: bittersüße Augenblicke, bei denen ihm erst das Wasser im Mund und später auch in den Augen zusammenlief. Denn wenn das Tageslicht schwand und es Zeit für den Tee war, schickten ihn die Männer weg wie eine lästige Klette und gingen hinein zu dem Licht ihrer eigenen Familien. Er stand dann draußen und spähte durch die Fenster auf die Szenen dieses Dramas, manchmal ein paar Minuten lang, manchmal länger. Wenn es Zeit war, die Vorhänge zuzuziehen, drehte er sich enttäuscht oder sogar beschämt um, und in ihm brannte die Erkenntnis, was er alles nicht hatte. Was er nie haben würde. Diese schmerzhaften Augenblicke setzten ihm zu und sorgten sogar dafür, dass seine Beine nicht mehr richtig funktionierten. Wenn er hätte wegrennen sollen, blieb er stehen, und wenn er hätte stehen bleiben sollen, rannte er davon, und wegzulaufen fühlte sich für einen vaterlosen Jungen richtig an.

Missy war der einzige Mensch, dem er je davon erzählt hatte, und sie meinte, dass einen solche Momente nur stärker machen. »Antikörper« hatte Missy sie genannt, wie eine Impfung, um einen vor der Einsamkeit der Zukunft zu schützen. Missy gab viele dämliche Dinge von sich, außer jenen, die sie hätte sagen sollen, und eines Tages war sie nicht mehr da, und niemand, so wurde ihm klar, hatte je irgendwelche Antikörper erfunden, um ihn davor zu schützen.

Zuletzt hatte er sie – lieber Gott, wann war das noch? – im Herbst 1939 gesehen. Konnte das sein? Sie war aus dem Savoy gekommen, aufgetakelt wie ein Filmstar mit perfekten Locken und einer Taille, so schmal, dass man mehrmals blinzeln musste, um sie nicht zu übersehen. An ihrem Arm ging ein Mann, glitzernd wie ein Armband. Als sie Drake sah, strahlte sie und rief: »Freddy!«, denn sie war die Einzige, die ihn so nannte. Sie schälte sich aus dem Griff des Glitzermannes und kam mit ausgebreiteten Armen und einem strahlenden Lächeln, so rot, so echt und so verdammt groß, auf ihn zu.

»Du bist ein echter Hingucker geworden, Freddy. Das hab ich schon immer gewusst.« Sie berührte seine Wange und spürte, wie er errötete.

»Ich bin neunzehn«, sagte er. »Und ich gehe von hier weg, sobald ich kann.«

»Warum das denn?«

»Irgendjemand muss ja kämpfen. Warum nicht ich?«

»Dafür gibt es Hunderte von Gründen, mein Schatz«, sagte sie, und Freddy lachte.

Der Glitzermann rief ein Taxi. Missy ließ Freddys Hand los und wandte sich ab.

»Wo fahrt ihr hin?«, fragte er.

»Ins Café de Paris. Ken Johnson spielt mit seiner Band.«

»Den würde ich mir ja gerne mal anhören.«

»Ich würde ja sagen, komm mit, aber …«

»Sag's und ich tu's.«

»Ach, Freddy!«

Er folgte ihr bis zur offenen Tür.

»Bin wohl nicht richtig gekleidet, was?«, sagte er.

»Gut genug für mich«, erwiderte sie und glitt so geschmeidig wie die Seide, die sie trug, auf den Rücksitz. »Pass auf dich auf und komm heil zurück, hörst du? Und den Kopf immer schön unten halten, du kleiner Trottel.«

»Mach ich.«

»Und dann komm und such mich, Freddy.«

»Wo finde ich dich denn?«

»Im Café de Paris, natürlich!«

Jetzt rannte Drake. Vorbei an St. Paul's, der Kathedrale, die isoliert und fernab stand wie in einem Meer aus Staub. Die Godliman Street hinab und danach über die Queen Victoria. Sein Kragen war aufgestellt, und er kannte den Weg, hätte die Augen getrost schließen können. Der salzigschlammige Geruch der Jugend ließ unzählige Erinnerungen aufsteigen, und das war gut so, auch wenn es sich nicht so anfühlte. Über die engen Kopfsteinpflastergassen lief er zu den Werften, wo nur eine schwache Gaslampe brannte. Sein Atem war laut, ebenso wie seine Erinnerungen, als er sich den Stufen näherte, die ihn riefen, hinab zur Themse.

Da! Der Fluss! Der wunderschöne Fluss!

Dieser alte Hund von einem Fluss sah ihn kommen. Hatte beobachtet, wie er die Straße im Rücklicht eines vorbeifahrenden Wagens überquerte. Kurz wurde er angeleuchtet. Mit aufgestelltem Kragen und hochgezogenen Schultern blies er warmen Nikotinatem auf seine kalten, schwieligen Hände. Die Stirn faltig, der Blick leer. Die alte Themse weinte, und das Wasser stieg um ein paar traurige Zentimeter. Er ist so anders als der Junge von damals, den ich kannte, sagte der Fluss.

An der Ecke des Lagerhauses blieb Drake stehen. Das Wasser war aufgebläht, schimmerte in der Abenddämmerung. Silberne Kämme leckten das Licht der Nacht auf, schlugen gegen die Treppenstufen, erreichten seine Schuhspitzen. Sich brechende Wellen in der Stille. Er spürte das vertraute schwere Pochen in der Brust, als er sich nach unten zu dem Strom beugte. Der Fluss wurde in seiner Gegenwart langsamer, er beugte sich weiter vor und lauschte.

»Fordere ihn nicht heraus«, hörte er seine Mutter sagen. »Geh einen Schritt zurück! Er findet seinen Weg zu den stärksten Dingen und reißt sie ein, egal ob eine Wand, einen Steg oder eine Familie. Er zerstört alles, selbst die Liebe. Halt dich von ihm fern, Francis Drake.«

Seine Mutter wusste viel über das Wasser zu sagen. Sie hatte zu den meisten Dingen viel zu sagen, außer über seinen Vater. Nur dass seine Augen blau waren und er ein Seemann war, der nie zurückkehrte.

Er kommt nie wieder, und seine Augen waren blau. Du liebst ihn so sehr, aber er liebt dich nicht. Tataaa!

Drake zerriss das Siegel an der kleinen Flasche Gin. Er verzog das Gesicht, als er den ersten Schluck trank.

»Wie war sein Name, Ma?«

»Hör auf, mir Fragen zu stellen.«

»Wie war der Name meines Vaters?«

»Lucky.«

»Was ist das für ein Name, Lucky?«

»Der einzige, den er hatte. Schlaf jetzt.«

Das Elektrizitätswerk pumpte Schlamm ab, und ein feiner Nebel überzog die Stadt. Nebel oder Smog, das wusste er nicht, aber die Lichter sahen wunderschön aus in dem Dunst. Die vertrauten Kräne, die am anderen Ufer aus dem Boden zu wachsen schienen, standen still und melancholisch da, wie müde alte Männer, die über die Stadt wachten. Drake zog den Regenmantel aus und legte ihn in den Schatten der Wand. Er setzte sich und zog das Jackett enger um sich. Die Welt war klamm, und die Feuchtigkeit kroch ihm bis in die Knochen, genau wie die Erinnerungen. Er hob den Gin an die Lippen. Wieder hat er vor Augen, wie seine Mutter durch den Nebel genau an dieses Ufer schleicht. Er ist elf Jahre alt und beobachtet sie von dieser Stelle aus, sieht zu, wie sie seinen Vater ruft, der nie nach Hause zurückkommt. Er versteht es nicht, weil er zu jung ist, und erzählt es niemandem, falls seine Mutter verrückt ist. Einen ganzen Monat lang tat sie das, flussauf, flussab. Eines Morgens wachte sie nicht mehr auf, und alles war anders. Etwas hatte mit ihrem Herzen nicht gestimmt, behauptete der Arzt. Aber Drake wusste ganz genau, dass mit ihrem Herzen alles gestimmt hatte. Es war einfach nur zu schwer, und deshalb war es gebrochen.

Das Geräusch der Brauereikutsche hallte im Nebel wider, während sich die Hufe der Pferde ihren Weg über die Brücke suchten. Drake leerte die Flasche. Betrunken erhob er sich und warf sie in den schwarzen Fluss. Er sah zu, wie sie kurz noch einmal an der Oberfläche auftauchte, ehe die Strömung sie nach Silvertown hinabtrug und weiter nach Wapping, aufs offene Meer hinaus. Er fühlte sich verbraucht. Verdammt, er war betrunken, und sein Magen stand in Flammen. Er stieg wieder zur Straßenlaterne hinauf, zu der sauberen Nüchternheit von St. Paul's, in die kalte Herberge mit einem grellen Chrysanthemenbild überm Bett.

Er blieb stehen. Drehte sich für einen letzten benebelten Blick um.

Und dieser alte Hund von einem Fluss seufzte.

7

Am nächsten Tag erwachte Drake vom Geräusch eines Staubsaugers im Zimmer nebenan. Lieber Himmel, selbst die Vormittage schnurrten bedrückend zusammen. Sein Kopf pochte, die Zunge war so rau wie Ziegelstaub, die Lenden waren heiß von Flüssigkeit. Er starrte auf die blaue Velourstapete, bis er wieder wusste, wo er war. Dann griff er nach seiner Armbanduhr. Verdammt! Er hatte bis nach dem Mittag geschlafen.

»Sind Sie immer noch da drin?«, rief Mrs. Marsh und hämmerte mit der Faust gegen die Tür.

»Bin noch da, Misses Marsh«, murmelte er und stand auf.

Er bezahlte sein Zimmer und machte sich auf in Richtung Paddington Station, um noch etwas vom Tag zu retten. Er hatte beschlossen, erst das Zugticket zu kaufen und sich dann ein Zimmer in Bahnhofsnähe zu suchen, um früh am nächsten Morgen nach Cornwall aufzubrechen. Mehr brachte er nicht zustande. Sein Kater nagte an seinem Hirn wie eine Ratte, und er spürte, wie ihn die nächste klebrige Welle der Beklemmung begrüßte.

Die Rushhour hatte er verpasst, und so konnte er die Schalterhalle mühelos durchqueren. Rauchwolken stiegen auf, als ein Zug zum Stehen kam, und er trat zurück, um die Passagiere und Schaffner vorbeizulassen. Er blickte zur Uhr hinauf. Sie zeigte auf Hunger, und er betrat das nächstbeste Café.

Seit dem Frühstück am Vortag hatte er kaum etwas gegessen, und selbst das bisschen war auf dem Deck der Autofähre gelandet. Er bestellte bei der Kellnerin einen Tee und ein Schinkenbrötchen, und sie quittierte seinen unhöflichen Ton mit: »Ein Bitte würde nicht schaden.«

Mein Gott, wenn sie wüsste. Er kramte in den Taschen nach der richtigen Summe. Er war nicht unhöflich, nur sparsam mit Worten und hatte außerdem Mühe, nicht zu lallen oder zu zittern. Er brauchte beide Hände, um den Tee, ohne etwas zu verschütten, an einen Tisch zu tragen. Der Tee war stark und dunkel, English Tea – die Franzosen konnten das nicht –, und er trank einen großen Schluck. Dann ging er an die Theke zurück.

»Hier«, sagte die Kellnerin. »Ihr Schinkenbrötchen, Sir.«

Drake sah sie an. Er wusste, dass sie ihn nicht mochte, dass sie sich nicht von ihm täuschen ließ. Weder von den französischen Kleidern noch von seinem Pfefferminzatem. Sie merkte sofort, was sich unter diesem klebrig-säuerlichen Schein verbarg.

»Danke«, sagte er. »Und tut mir leid. Hatte 'ne schlechte Nacht.«

»Eher 'nen schlechten Morgen, wie's aussieht.«

»Alles schlecht«, sagte er und brachte ein Lächeln zustande. Na, das hat doch gar nicht wehgetan, oder?, dachte er.

Er setzte sich und schlang beim Essen. Zwischendurch sah er zu, wie die Kellnerin den Nachbartisch sauber wischte, und sein Kopfschmerz wurde kurz von ihren wohlgeformten Brüsten und der Bewegung ihrer Hüften überlagert. Dann ging sie wieder hinter die Theke, und seine trübe Stimmung kehrte zurück. Er beobachtete, wie die Passagiere klackernd vor dem Fenster vorbeiliefen und gab sich den hypnotischen Bewegungsabläufen hin. Er aß den Rest des Brötchens und zündete sich eine Zigarette an. Langsam konnte er wieder klarer denken.

Da eilte draußen eine Blondine vorbei. Es war nur ein kurzer Moment, trotzdem nahm er sie wahr, denn sie wurde im Vorbeigehen langsamer, um in der beschlagenen Scheibe ihr Spiegelbild zu betrachten. Nicht aus Eitelkeit, es war schlicht ein Wiedererkennen, als wäre sie ein Geist, der plötzlich wieder in einem Körper steckt und daher lebendig erscheint.

Missy?

Drake stand auf und stieß dabei den Tee um. Nein, das konnte nicht sein. Herrgott, er war völlig durch den Wind. Er rückte den Stuhl zurecht und versuchte den Tee mit einem Taschentuch aufzuwischen. Dann setzte er sich wieder, um sich zu sammeln. Er zündete sich noch eine Zigarette an, drückte sie jedoch gleich wieder aus, denn sie schmeckte nicht. Er sprang auf. Verdammt! Sie war es gewesen, er war sich ganz sicher. Ein älteres Paar mit einem riesigen Koffer blockierte die Tür, und es wäre nicht nötig gewesen, die beiden derart anzufahren. Er bemerkte den mitleidigen Blick der Kellnerin, als er am Fenster vorbeirannte.

Zwei Züge fuhren gerade ein, und der Bahnhof war voller Menschen, Lärm und Dampf.

»Missy!«, rief er. »Missy, warte!«

Aber seine Stimme ging im unablässigen Geplapper, dem Klappern der Gepäckstücke, der Gepäckwagen und dem rußigen Staub in der Luft unter. Er blieb stehen, um wieder zu Atem zu kommen. Missy war nirgendwo zu sehen. Er fuhr herum und rannte die Treppe hinab zur U-Bahn. Im Nu war er am Schalter und taumelte atemlos in Richtung Gleise. Nach Osten oder nach Westen? Er hörte das vertraute Rumpeln einer einfahrenden U-Bahn. Na los! Ost oder West, Drake? Der Lärm des Zugs wurde lauter. Ost oder West? Er fing an zu rennen. Osten. Sie fuhr sicher nach Osten.

Der Bahnsteig war überfüllt. Man kam kaum durch die Menge, ohne sich Kommentare oder böse Blicke einzufangen. Er konnte Missy nicht sehen, offenbar war sie doch nach Westen gegangen. Er lehnte sich an die Wand und spürte den Luftzug durch den Tunnel rauschen, ehe erst die Lichter zu sehen waren und dann der Zug. Im Tumult verlor er seinen Hut und wollte ihn schon zwischen den schlurfenden Beinen liegen lassen, dann bückte er sich aber doch danach, und genau in dem Moment sah er sie. Sie stand völlig sorglos von einer Bank auf, blickte in einen Spiegel und zog ihre perfekten roten Lippen nach. Mit einem Mal fühlte er sich wiederhergestellt und fing an zu lachen. Sie sah unglaublich gut aus.

Körper schoben sich nah an ihn heran. Sie wählte die Tür ganz links, er wurde zu der weiter rechts geschoben. Ein Mann bot ihr einen Platz und eine Zigarette an, sie nahm beides an und legte ihr Köfferchen auf die Knie. Drake stand am anderen Ende des Wagens und beobachtete sie, was sich falsch und köstlich zugleich anfühlte, die Hutkrempe tief ins Gesicht gezogen. Bei diesem Blick über so viele Jahre hinweg regte sich etwas in seiner Hose.

Er erinnerte sich noch bis ins letzte Detail an das erste Mal, als er sie gesehen hatte. Er war damals elf, seine Mutter war gerade gestorben, und er lebte bei seinen Tanten. Sie war in sein Zimmer geplatzt, ohne anzuklopfen, sechzehn Jahre alt, keck, hübsch, und hatte gesagt: »Ich bin Missy Hall, deine Cousine dritten Grades. Keine Sorge, wir können trotzdem heiraten.« Dazu lachte sie tief und laut und zog eine Schachtel Zigaretten aus dem Jackett ihrer Schuluniform. Dann ging sie ans Fenster und machte es weit auf. Sie zündete sich eine an und blies den Rauch hinaus. »Halt dich an mich, Francis. Ich bin auch Waise.«

Er hasste das Wort. War noch nicht dafür bereit.

Sie fuhr fort: »Noch ein Jahr in der Schule, dann liegt mir die ganze Welt zu Füßen. Übrigens ist Francis ein Mädchenname, das weißt du, oder? Ich werde dich Freddy nennen, okay?«

Es war okay, so einfach war das. Wenn die Tanten ihnen den Rücken kehrten, entführte Missy ihn an die Themse, wo sie sich sorglos unter dem dankbaren Blick der Tower Bridge auszog.

»Komm rein!«, rief sie, während sie planschend ins Wasser rannte.

Freddy hätte alles dafür gegeben, ihr zu folgen, mutiger zu sein, älter, aber er behielt die Kleider an und krallte die Zehen umso tiefer in den sicheren, feuchten Kies. Er beobachtete die bleichen, mageren Körper der anderen Badenden, die in die Wellen rannten und sprangen, ebenso die vorbeiziehenden Schleppdampfer. Es sah aus, als hätten sie Spaß.

»Was is'n los, Freddy? Kannst du nicht schwimmen?«, fragte Missy, als sie auf ihn zustolperte.

»Nein. Nicht wirklich.«

»Soll ich's dir beibringen?«

»Nee, danke.«

Er bückte sich und reichte ihr ein Handtuch. Während er beobachtete, wie ihr Badeanzug am Körper trocknete, bemerkte er, wie ihr Körper unter der gelegentlichen Brise erbebte, die über ihre Haut strich und sie aufkeuchen ließ. Er beobachtete, wie sie nach ihren Players-Zigaretten griff. Er war schneller an den Streichhölzern und gab ihr in der hohlen Hand Feuer. Das Strahlen ihres Lächelns – das könnte das Leben sein.

Als am King's Cross ein ganzer Schwung Passagiere ausstieg, war er zu einer schnellen Entscheidung gezwungen: bleiben und entdeckt werden oder in den nächsten Wagen wechseln? Er stieg um und beobachtete Missy durch ein halb verstelltes Fenster. Sah zu, wie sie ihre Beine übereinanderschlug, sich ins Haar fasste, am Saum ihres perfekt sitzenden Tweedrocks zog.

Es war eine Herausforderung gewesen. Etwa ein Jahr nach ihrem Kennenlernen hatte Missy ihn in ihr Zimmer gerufen, und als er eintrat, lag sie im gelben Lichtstrahl der Straßenlaterne auf dem Bett. Ihre Bluse stand offen, und auf der linken Brustwarze lag eine Münze.

»Nimm sie in den Mund«, sagte sie. »Nimm sie in den Mund, und sie gehört dir, Freddy.«

Er war nervös. Es fühlte sich verkehrt an und irgendwie auch schmuddelig. Zuerst hatte er Angst, aber dann kniete er sich neben das Bett, senkte den Kopf, öffnete den Mund und küsste ihre warme Haut. Die Münze ließ sich leicht wegschieben, aber sie hielt seinen Kopf fest, bis seine Zunge über die Münze glitt, bis Haut, Metall und Wärme miteinander verschmolzen. Sie hörten auf, als sich vor der Tür die Schritte ihrer Tanten näherten. Atmeten aus, als die Stimmen der Tanten verklangen. Erst später im Dunklen machte die Mutprobe Platz für schlichtes Verlangen.

»So groß ist dein Herz«, sagte Missy, als sie den Umriss seiner Handinnenfläche mit dem Zeigefinger nachfuhr. »Liebe ja nicht zu sehr, sondern höchstens gerade genug, Freddy.«

»Was ist gerade genug?«

»So viel, dass es hält. Wenn es wehtut, liebst du zu sehr. Nur so viel, dass es hält. Alles, was über diese Handvoll hinausgeht, bedeutet nur Ärger. Verstehst du? Hörst du mir zu, oder schläfst du?«

»Ich höre dir zu.«

»Und was habe ich gerade gesagt?«

»Dass ich nie loslassen soll.«

Er hörte, wie sie lachte. »Das genügt«, sagte sie.

Er gab ihr die Münze. »Können wir es noch mal machen?«, fragte er.

»Sag bitte«, verlangte sie.

»Bitte.«

Er blieb auf ihrer Brust liegen und hob dann den Kopf, die Münze zwischen den Zähnen. Er war so mutig wie nie zuvor, als er die Münze losließ und sein Mund den ihren fand. Zum ersten Mal schmeckte er das, was er für das Leben hielt, das außerhalb dieser ernsten Wände existierte, außerhalb von ihm selbst. Er liebte sie, und das war alles.

Sie erwiderte den Kuss zunächst leidenschaftlich. Er spürte, wie sie mit der Zunge seinen Mund erkundete, und es fühlte sich gut an. Es pulsierte zwischen seinen Beinen, bis sie plötzlich erschauderte und ihn auf den Boden schob. Erschrocken starrte sie ihn an. Es war nicht der Geschmack der Verheißung, der seinen Mund überzog, sondern jener der ersten Milch. Damit hatte sie Gewissheit und verließ ihn.

An jenem kalten Morgen im März, an dem das Leben rundum neu erblühte, endete seines. Ein Stück Papier wurde hastig unter seiner Tür hindurchgeschoben, in der Mitte der schmale Strich ihrer Schrift. *Nicht zu sehr, Freddy,* schrieb sie. Aber es war schon zu viel. *Vergiss mich nie.* Nie. Nie. Nie.

Liverpool Street. Drake starrte auf das U-Bahn-Schild, doch nichts klingelte bei ihm. Erst als sich die Türen wieder schlossen, merkte er, dass Missy ausgestiegen war. Er sprang mit seinem Koffer auf und drückte sie in letzter Sekunde auseinander. Nicht allzu weit entfernt entdeckte er sie. Ihr platinblondes Haar tanzte auf einem See aus Schwarz und Grau. Er rückte seinen Hut zurecht, atmete tief durch und ging in sicherer Entfernung hinter ihr her.

Missy scherte nach rechts aus der Menschenmenge aus in Richtung Bishopsgate. Als sie oben an der Treppe angekommen und gerade außer Sicht war, nahm Drake immer zwei Stufen auf einmal und erwischte sie, als sie die Straße überqueren wollte. Bei der Polizeistation wurde sie langsamer, schien es sich anders zu überlegen und ging dann die Brushfield Street entlang zum Obstmarkt. Als sie stehen blieb, drehte er sich um und bückte sich, um seinen Schuh zu binden. Sie ging weiter, er folgte ihr in die Commercial Street und sah, wie sie einer Frau bei den Ten Bells zuwinkte. Sie machte den Anschein, als wollte sie die Straße überqueren, zögerte dann jedoch und blieb stehen, als hätte sie etwas vergessen. Mit jeder Straße fielen mehr Jahre von ihm ab. Hastig bog sie nach links ab, sie rannte jetzt beinahe, machte kehrt, bog in die Folgate Street, lief wieder zurück.

Herrgott, dachte Drake. Das kann sie unmöglich sein. Aber sie war es. Als er an die Kreuzung kam, war die Straße leer – abgesehen von ihr.

Sie stand mitten auf der Straße und betrachtete ein Haus. Es wirkte schief, als lehnte es sich an die Ruine daneben. Es schien verwundet, aber es stand noch. So hatte sie es immer ausgedrückt, wenn sie ein bisschen angetrunken und ein bisschen traurig war: »Ich stehe noch.«

Eine undichte Gasleitung, keine Bombe, hätte beinah das ausradiert, was Hitler übersehen hatte. Leichtsinniges Geschwätz kostet Leben, leichtsinnige Raucher kosten fast genauso viele, dachte Missy und zündete sich eine an. Sie hob einen Stein auf und warf ihn auf eines der vernagelten Fenster. Warum sie das Haus so sehr hasste, wusste sie nicht, immerhin war es so etwas wie ein Zuhause für sie gewesen. Aber sie hatte sich dort nutzlos und schmutzig gefühlt, dabei war sie einfach nur jung gewesen.

Die Schritte hinter ihr drangen laut und schwer in ihre Gedanken. Sie drehte sich nicht um. Straffte nur die Schultern, stellte sich aufrecht hin und sagte: »Was willst du? Ich weiß, dass du mir folgst. Ich hätte zur Polizei gehen können, aber so was tue ich nicht, hab ich noch nie. Pass auf, ich hab ein Messer in der Tasche und …«

»Missy«, sagte Drake nur leise.

»Ich werd's auch benutzen.«

Er rief sie noch einmal bei ihrem Namen, trat aus dem Schatten der Kindheit ins Licht, und sie sagte: »Freddy?«

Darauf konnte er nichts erwidern, denn ihm schlug das Herz bis zum Hals.

8

Missy und Drake saßen an einem Tisch in der Ecke des Pubs, während die Nacht hinter den Fenstern in ihrem Rücken dunkler wurde. Die Geräusche um sie herum waren wohlwollend und beruhigend. Männer unterhielten sich, stießen an, erzählten Witze, ein Feuer prasselte, und hin und wieder brach jemand in lautes Gelächter aus. Es war ansteckend und tollte durch den Raum wie ein Kind, das Fangen spielt. Sie waren dankbar für die Ablenkungen, da sie nicht wussten, worüber sie reden sollten. Sie sahen müde aus, erschöpft, was jedoch keiner erwähnte, denn ihre Freude war gegenseitig. Sie klammerten sich an diesen wunderschönen stillen Augenblick, bevor die Worte sie in das Reich des Gewöhnlichen trugen, in das Reich des Unaussprechlichen, des Banalen.

»Ich glaub's nicht«, sagte sie. »Du bist wirklich hier.«

Drake grinste. Er hob sein Glas und ließ sich den ersten Schluck Truman's schmecken. »Mein Gott, das tut gut«, sagte er und wischte sich den Schaum von der Oberlippe.

»Du hast die Welt gesehen, Freddy!«

»Ja, hab ich.«

»Und keinen einzigen Kratzer abbekommen.«

Er lächelte und versteckte seine zitternde Hand unter dem Tisch.

»Wann bist du zurückgekommen?«, fragte sie.

»Gestern.«

»Gestern erst? Herrje! Warum hat es so lange gedauert?«

»Weiß nicht.«

»Die meisten sind letztes Jahr zurückgekommen, manche schon früher.«

»Ja, hab davon gehört. Ich wusste nicht, ob es hier was gibt, für das es sich lohnt zurückzukommen.«

»Nicht mal ich?«

»Ich dachte, du bist tot«, sagte er.

»Was? Warum das denn?«

»Wegen dem Café de Paris. Als ich gehört hab, dass es getroffen wurde, hab ich sofort an dich gedacht. Ich war mir sicher, dass ich dich verloren hatte.«

Missy wurde still.

»Du hast mir gesagt, dass ich dich dort finde«, sagte Drake.

»Hab ich das?«

»Weißt du das denn nicht mehr?«

»Das ist lange her, Freddy.«

»Ich weiß.«

»Ein ganzes Leben.«

»Ja.« Er trank einen Schluck Bier.

»Ich wette, du hast dich verliebt und bist deswegen nicht zurückgekommen«, sagte Missy.

Drake lächelte. »Nee.«

»Glaub ich dir nicht.«

»Ich wär jetzt nicht hier, wenn ich mich verliebt hätte, oder?«

»Alles hat ein Ende.«

»Nicht bei mir«, sagte er und sah ihr in die Augen. »Ich hab nie wen kennengelernt, Missy. Jedenfalls keine, die zählt.«

»Wie schade. Hätte dir sicher gutgetan.«

»Meinst du?«

»Ich bin mir sicher.«

Er lächelte, weil sie ihn kannte. Es fühlte sich gut an, dass ihn jemand kannte, dass sich jemand um ihn sorgte, und ihm wurde warm ums Herz. Er lockerte den Binder und krempelte die Ärmel hoch, dann berührte er ganz leicht Missys Wange.

»Du siehst gut aus«, sagte er.

»Ich? Du musst verrückt sein.«

»Du hast dich überhaupt nicht verändert.«

»Wirklich?«

»Als ich dich in Paddington gesehen habe, hab ich gedacht: Teufel noch mal, sieht die gut aus.«

»Teufel noch mal, sieht die gut aus? Bist du wieder zwölf, oder was?«

Er lachte. »Doch, so war's. Wo kommst du gerade her?«

»Aus Oxford.«

»Wie das?«

»Ich habe dort jemanden besucht.«

»Wen denn?«, hakte Freddy nach.

»Nicht, was du denkst.«

»Was denke ich denn?«, fragte er grinsend.

»Also, drei Tage die Woche arbeite ich in einem Büro in der Fleet Street. Das ist ganz nett. In der übrigen Zeit modele ich ein bisschen.«

»Für Magazine?«

Sie grinste und sagte: »Dafür ist es zehn Jahre zu spät. Nein. Ich sitze für einen alten Kerl Modell, der mich malt. Und wirklich gut zahlt … Jetzt schau mich nicht so an, Freddy, ich kenne diesen Blick. Für dich ist es schmuddelig, aber das stimmt nicht. Ich bin ein lebendiges Modell, und das ist nichts Unanständiges. Er hat mich noch nie berührt, sondern sieht mich nur an. Nur einmal hat er mich gebeten, die Träger von meinem BH oder den Slip ein Stück herunterzuziehen.«

»Hast du's gemacht?«

»Ja.«

»Und?«

»Nichts weiter. Hauptsächlich sitze ich in meinem Nachthemd vor einem Heizstrahler neben einer alten, gefleckten Katze, und er legt mir Sachen um die Schultern.«

Freddy lächelte. »Was denn zum Beispiel?«

»Meistens irgendwelche Schals, einmal eine Pelzstola. Irgendwas. Wenn ich danach das Bild anschaue, ist der Raum, in dem ich sitze, verschwunden. Das Feuer, das Bücherregal, alles weg. Er hat eine ganz andere Welt gemalt. Das Bild, an dem er momentan arbeitet, zeigt eine Farm. Keine von hier, sondern eine irgendwo weit weg. Weiter Horizont, seltsame Bäume und überall rote Erde und eine Sonne, so hell, dass es wehtut, sie anzusehen. In der Ferne das blaueste Meer. Er nennt es allerdings Ozean. Ich kann es riechen, dieses Meer. So viel Kraft hat das, was er malt. Weißt du was? Mir gefällt wirklich, wer ich auf diesen Bildern bin, was er von mir eingefangen hat. Er hat mir einen Schal um den Kopf gebunden, ich trage kein Make-up und betrachte etwas, das er aber nicht gemalt hat. Kannst du dir das vorstellen, Freddy? Es ist faszinierend. Wenn er mich ansieht, beobachte ich ihn. Ich beobachte die Welt, die er betritt, eine Welt, aus der er nie wirklich zurückkehren will. Kunst, dabei geht es um eine Art Ordnung, schätze ich.«

»Eine Ordnung?«

»Ja. Vielleicht eher eine Neuordnung. Er bringt dadurch Richtigkeit in sein Leben. In das Leben, das er seiner Meinung nach hätte führen sollen. Eigentlich ist es wie träumen, nur mit Farben. Er hält sich nicht für Picasso, er ist bloß einsam. Ich schätze, ich wäre eine gute Malerin geworden, Freddy.«

Missy trank ihr halbes Pint leer. »Noch eins?«, fragte sie. »Ich bin dran«, sagte sie dann, schlängelte sich hinter dem Tisch hervor und glitt durch das Meer fremder Blicke zur Bar.

Freddy war sich der Männer bewusst, die sie beobachteten, denn genau das hatte er auch immer getan. Aber an jenem Abend fiel ihm auf, dass die Männer ihn ebenfalls musterten und ihn abcheckten, dass sie wissen wollten, mit wem Missy da unterwegs war. Er drehte sich um, um ihr zuzulächeln, damit sie ihn alle sehen konnten. Er wusste, dass das nicht besonders nett war, konnte sich aber nicht zurückhalten. Es fühlte sich einfach zu gut an, und das passierte ihm selten. Er zog den Tisch beiseite, damit sie wieder auf die Bank rutschten konnte. Dann zündete er sich eine Zigarette an und grinste sie an.

»Oh, französische Zigaretten«, kommentierte Missy und zwinkerte ihm zu. »Bisschen schick für einen Laden wie den hier.«

»Möchtest du eine?«, fragte Freddy.

»Warum nicht?«

Er hielt ihr das Feuerzeug hin, und sie umfasste seine Hand, damit sie nicht mehr zitterte.

»Maurerhände«, sagte sie.

»Ich hab nach der Schule eine Lehre gemacht. Hauptsächlich Schreinerarbeiten.«

»Damit wirst du nie verhungern. Die Leute brauchen immer einen Tisch.«

»Ist das so?« Er lachte.

»Jetzt erzähl«, forderte Missy ihn auf. »Was ist aus den Schwestern geworden? Wo seid ihr alle hin?«

»Nach Northumbria. Drei Jahre vor Kriegsausbruch sind sie dort hingezogen. Sie haben sich ein Cottage und ein bisschen Land gekauft.«

Missy sagte: »Und das war's? Ist das etwa das Ende der Geschichte?«

»Ich fürchte, schon.«

»Nichts weiter als das?«

»Nein. Es endet auf dem Feld.«

»Nein, wir enden auf einem Feld, Freddy. Sie waren unsere Geschichte. Wir enden auf einem verdammten Feld!«

Sie tranken ihr Bier und lachten.

»Ich bin froh, dass du zurück bist«, sagte sie.

»Ich auch«, antwortete er.

Die alte Missy blitzte wieder auf, als sie aufstand und »FReddY zu Hause 31.10.47« auf die beschlagene Fensterscheibe schrieb. »Jetzt ist es offiziell.« Als sie sich zu ihm umdrehte, erschien ein Gesicht aus der Vergangenheit hinter seiner Schulter in der Tür. »Jeanie?«

Der Drang, auf die Freundin zuzugehen, war instinktiv, aber sie waren keine Freundinnen mehr, oder? Jeanie eilte weiter in Richtung der Toiletten und zur Hintertür hinaus. War das der neue Geheimcode? Scheißen oder gehen?

»Alles gut?«, fragte Freddy.

»Besser sogar«, erwiderte Missy brüsk.

»Du siehst aus, als hättest du ein Gespenst gesehen.«

»Sie sind überall, Freddy.«

Hastig sammelte sie ihre Sachen zusammen und fluchte innerlich darüber, dass sie diesen Pub ausgewählt hatte. Als sie aufbrachen, lief das Kondenswasser über die Scheibe.

9

Sie erreichten Missys Wohnung, noch ehe der Regen losprasselte und der erste Donner durch die Straßen dröhnte. Missy nahm seine Hand und führte ihn still die enge Treppe hinauf in den zweiten Stock, ohne dass Miss Cudgeon sie erwischte und wieder so ein Theater veranstaltete wie letzte Woche.

»Was war letzte Woche los?«, fragte Freddy so beiläufig wie möglich.

Missy antwortete ihm nicht. »Ich behaupte einfach, du bist mein Bruder.« Das Wort irritierte ihn.

Sie öffnete die Tür, bedeutete ihm, leise zu sein und die Schuhe auszuziehen, die sie auf die alte *Radio Times* stellte. Seinen Mantel hängte sie an die Rückseite der Tür.

»Mach's dir gemütlich«, flüsterte Missy.

Da es nur ein schmales Bett und einen Stuhl gab, setzte er sich auf den Stuhl. Sie ging zum Ofen im Alkoven am Fenster und zündete einen Gaskocher an. Erstaunlich schnell wurde es warm. Nachdem sie sich die Hände gewaschen und den Wasserkocher am Waschbecken befüllt hatte, nahm sie die Ohrclips ab und tanzte leichtfüßig um ihn herum. Sie war offenbar damit vertraut, einen Mann in ihrem Zimmer zu haben. Ihre Hüften bewegten sich routiniert. Drake spürte einen Anflug von Eifersucht, selbst nach all den Jahren.

»Lass uns die Plätze tauschen«, sagte sie und schob sich an ihm vorbei, um zum Schrank zu kommen.

Sie befahl ihm, sich umzudrehen, während sie sich umzog, also wandte er sich ab und betrachtete ihr Leben. Ein gerahmtes Foto von Clark Gable hatte einen Ehrenplatz an der Wand gegenüber von dem Metallbett. Offenbar wachte sie gerne mit einem Hauptdarsteller auf. Auf einem kleinen Bücherregal standen Schuhe statt Bücher, ein Philips-Radio und die aktuelle Ausgabe von *Melody Maker.* Eine große Flasche Parfüm auf dem Nachttisch neben einem Aschenbecher und einer Leselampe. Unter dem Nachttisch eine Wärmflasche, ein Paar Wollsocken und eine ungeöffnete Dose Bertlett-Birnen. Praktisches versteckte sie also. Das war ein Leben, in dem es bisher keinen Ehemann gab.

»Rede mit mir, Freddy. Es ist verrückt, dass du nach all der Zeit einfach nur dasitzt.«

»Ich fühle mich nicht verrückt.«

»Ich schon.«

»Wie heißt der Vogel?«, fragte er und schob vorsichtig einen Finger durch die Stäbe.

»Buddy«, sagte Missy.

»Hey, Buddy«, sagte Freddy und schnalzte mit der Zunge.

»Er singt nicht«, erklärte sie.

»Wieso?«

»Keine Ahnung. Er hat einfach irgendwann damit aufgehört und mir nie gesagt, warum.«

Freddy betrachtete den Vogel, der sich an seinen Spiegel kauerte. Der Käfig war schick, ziemlich groß, eher für einen Kakadu oder einen Papagei als für einen Hänfling gedacht. Die roten und braunen Federn wirkten zerzaust und stumpf neben dem gelben Plastikmodell eines perfekten Kanarienvogels.

»Na ja, der andere redet auch nicht viel. Was soll man da schon erwarten?«, sagte Freddy.

Missy trat wieder in sein Blickfeld und trug nun ein schlichtes grünes Hauskleid. Der Kessel begann zu pfeifen.

»Du bist ganz schön albern«, sagte sie und verstrubbelte ihm die Haare.

Er beugte sich vor, zog seinen Koffer zu sich heran, ließ das Schloss aufschnappen und nahm eine Flasche Brandy heraus. »Die hab ich aufgehoben«, sagte er.

»Für was?«

»Für einen guten Tag.«

»Dann lass uns einen noch besseren Tag draus machen«, erwiderte sie, nahm den Teekessel vom Ofen und reichte ihm einen Korkenzieher mit Knochengriff. »Du siehst glücklich aus«, sagte sie, als sie zwei Tassen von den Haken nahm und sie auf den Tisch zwischen dem Bett und dem Sessel stellte.

Er entkorkte den Brandy und schenkte ein.

»Auf uns«, sagte sie.

Er fand, diese beiden Worte schmeckten wunderbar.

Missy zog die Vorhänge vor der Welt da draußen zu. Im grellen Licht der Glühbirne neben dem unordentlich aufgehängten Kleid sahen die Vorhänge alt und verschlissen aus. Alles war überzogen vom Staub besserer Tage, sogar Missy. Sie blickte zu Freddy hinüber, der auf ihrem Bett döste.

Sie hatte ihn gefragt, was er zum Abendessen wolle.

»Überrasch mich«, hatte er geantwortet.

Daraufhin war sie zum Ofen gegangen und hatte aus dem Regal darunter ein echtes Ei geholt, es ihm entgegengestreckt und gesagt: »Weißt du noch, als die so gut wie Goldstaub waren?«

Beide mussten lachen, denn es gab einfach zu viel zu erzählen, und wo sollten sie beginnen? Bei den vom Krieg gezeichneten Tagen, den Nächten, als sie ein wenig von diesem, ein wenig von jenem und jede Menge von dem anderen getan hatte. Missy verspürte einen heißen Stich der Scham. Das kam davon, dass sie Jeanie wiedergesehen hatte. Jedes Mal nahm sie das so sehr mit, und sie legte eine Hand auf den Magen. Das Gefühl würde vermutlich nie ganz verschwinden. Es lebte in der Dunkelheit und wurde hin und wieder vom blendenden Licht enthüllt. Missy hörte auf, das Abendessen vorzubereiten, setzte sich und schenkte sich ein großes Glas Brandy ein.

Sie wusste nicht mehr, wer den Luftschutzbunker zuerst erwähnt hatte, Jeanie oder sie, aber eine war so schlecht gewesen wie die andere, und sie hatten sich gegenseitig angestachelt wie kleine Kinder. Der Ort war bereits stadtbekannt, als sie dort antanzten, und sie konnten einfach nicht die Finger davon lassen. Es war ihr geheimes Ritual, keine ihrer anderen Freundinnen wusste davon. Sie behielten es ebenso für sich wie das Wissen um die Krankheit, die man sich dort unten holen konnte.

In den ersten Wochen nach Öffnung des Bunkers ging es chaotisch zu, ohne jede Ordnung. Tausende hatten sich vor der Börse angestellt, noch bevor die Sirenen losgeheult hatten. Jeanie und sie hielten sich an den Händen und traten schweigend durch die Türen. Andere redeten miteinander, wieder andere blödelten herum, und die Familien erhielten den Anschein der Normalität aufrecht. Jeanie und sie sprachen kein Wort, denn sie wussten, wohin sie unterwegs waren. Herausgeputzt, wie sie waren, torkelten sie die Stufen der Wendeltreppe hinab in den dunklen Keller, wo sich der faulige Geruch von alten Früchten und Gemüse mit allen möglichen menschlichen Gerüchen vermischte.

Die Familien und alte Menschen blieben innerhalb der Lichtkegel der Lampen, um sich mit Liedern und Geschichten aufzuheitern. Andere wagten sich bis in die dunklen Löcher vor, die sich selbst regierten, in denen Karten und Geld erleuchtet wurden, Gesichter jedoch nicht. Dorthin gingen auch Jeanie und Missy. Mit schlurfenden Schritten in eine unsichere Dunkelheit, zu einer seltenen Freiheit. Zu der drängenden Erregung der allzeit bereiten Berührung.

Sie wussten immer, wann sie in diesem Bereich angelangt waren, denn man konnte den starken Geruch nach Parfüm, Eau de Cologne und Sperma wahrnehmen. Missy hatte weiche Knie und war fürchterlich nervös. Sie musste sich entleeren, ehe sie dort hingehen konnten, denn sie wollte sich auf nichts verlassen, nicht an diesem Ort, an dem alles geschehen konnte.

Nie war sie sicher, ob Jeanie bei ihr war, denn niemand sprach. Aber man spürte den Atem und die Bewegungen der anderen, von hinten, von vorne und auf beiden Seiten. Niemand zündete ein Streichholz an oder schaltete eine Taschenlampe ein, die Dunkelheit regierte. Die Anonymität der Anwesenden wurde gewahrt, es war ihr kleines, schmutziges Geheimnis, und niemand wollte es preisgeben.

Es war auf Anhieb klar, welche Männer schon einmal hier gewesen waren. Sie legten einem immer als Erstes die Hände auf Hüften und Hintern und waren dann schnell bei den Brüsten. Pullover wurden nach oben geschoben, Münder fanden sich. Die meisten schmeckten nach Alkohol, aber einmal, gegen Ende, roch Missy Zwiebel im Atem eines Mannes, und das empfand sie seltsamerweise als sehr schön. Sie hatte schon seit einer Weile keine Zwiebeln mehr gegessen und ließ seinen Mund auf ihrem ruhen, um den leicht säuerlichen Duft einzuatmen.

Sie hatte sich angewöhnt, im Bunker keinen Schlüpfer zu tragen, sondern nur Strümpfe und einen Gürtel, denn so war es leichter. Kleider, die man aufknöpfen, nach oben oder zur Seite schieben konnte, nichts, was auf dem Boden zurückblieb.

Es dauerte nie lange, bis jemand ihr den Rock hochschob oder seine Hand zwischen ihre Beine wandern ließ. Fremde Finger waren im Nu in ihr, und die Mischung aus Scham und Aufregung, Angst und Ekel, zusammen mit diesem ungewissen Gefühl, ließ sie die Beine öffnen. Das Gefühl erfasste sie immer dann, wenn ein Fremder sie auf sich setzte und mit einem Verlangen in sie eindrang, das von der permanenten Nähe des Todes noch befeuert wurde. Missy biss auf Anzugjacken, Wintermäntel und Waffenröcke, um ja keinen Laut von sich zu geben, und wenn es vorbei und er weg war, säuberte sie sich mit einem parfümierten Tuch und fragte sich, wer der Mann wohl gewesen war. Nicht ob er Soldat oder Ähnliches war, denn das waren die meisten – sie gingen oft direkt dorthin, wenn sie auf Heimaturlaub waren –, sondern ob er gutaussehend, langweilig oder hässlich war. Ob es ein Mann gewesen war, den sie bei Tageslicht nicht mal angesehen hätte. Einer, den sie womöglich abstoßend gefunden hätte. Insgeheim gefiel ihr der Gedanke, dass es so war.

Jeanie und sie waren keine Freundinnen mehr. Wie auch? Sie waren nicht davon ausgegangen, dass sie überleben würden und sich irgendwann der Tatsache stellen mussten, dass sie übereinander Bescheid wussten. Verdammt, Jeanie fehlte ihr. Aber ihre ehemalige Freundin war jetzt anständig. Sie war mit einem Polizisten verheiratet und hatte ein Kind. Also wechselten sie und Missy die Straßenseite, wenn sie sich zufällig begegneten, verließen den Pub oder eilten zur

Toilette. Es war besser so. Schande bleibt Schande, ganz egal welches Parfüm man darauf sprüht.

Freddy rührte sich. Missy drückte ihre Zigarette aus und stand auf. Sie war müde. Rasch öffnete sie eine Dose mit Fleisch und begann es in dicke, saubere Quadrate zu schneiden.

10

Freddy erkannte sofort, wenn ein Ei verrührt, eine Dose geöffnet oder ein Brandy eingegossen wurde. Mit geschlossenen Augen lauschte er auf die Geräusche aus der Küche, denn sie klangen gemütlich, zeugten von einem Zuhause, von Kameradschaft. Als er schließlich doch die Augen öffnete, achtete er darauf, sich nicht zu bewegen und Missys Abgeschiedenheit nicht zu stören. Er beobachtete, wie sie gedankenverloren dasaß und trank. Wie sie das Dosenfleisch schnitt und Semmelbrösel in eine Schüssel gab, wie sie zu seinem Koffer ging und vorsichtig die Hemden, die Hose, den Rasierer und die Seife herausnahm. Wie sie einen Zettel auseinanderfaltete und mit dem Finger über ihre eigene verblasste Schrift strich, die sie an einem Märzmorgen in einem anderen Leben eilig hingekritzelt hatte.

»Alles klar?«, fragte er verschlafen.

Missy zuckte zusammen. »Ich habe nach Streichhölzern gesucht …«

»Ganz unten.«

»Und bin abgelenkt worden«, erklärte sie.

»Schon in Ordnung«, erwiderte er.

»Eigentlich war ich neugierig«, sagte sie.

»Da ist nichts drin, was du nicht sehen darfst.«

Sie warf noch einen Blick auf das Papier, ehe sie es wieder zusammenfaltete.

»Ich wollte dich immer fragen«, begann Freddy, »wohin du gegangen bist?«

»Wann?«, fragte Missy.

»Als du mich verlassen hast«, sagte er und nickte in Richtung ihrer Hand. »Ich war noch ein Kind.«

»Ich auch«, entgegnete Missy und legte den Zettel zurück in den Koffer. »An einen Ort, wo mich niemand kannte. Ein Ort, an den ich nie zurückkehren würde.«

»Und dann?«

»Bin ich wieder hierhergegangen. Hab im Süden gewohnt und einen Job in einem Ausschnittbüro in der Fleet Street bekommen, nicht weit entfernt von da, wo ich jetzt arbeite. War ein netter Job. Hab eine gute Freundin dort gefunden, Jeanie. Sie hat mich dazu überredet, mit ihr wieder in den Osten zu ziehen. Das war's auch schon. Als ich gegangen bin, wart ihr alle längst weg.«

»Die Streichhölzer sind ganz unten, Missy«, sagte Freddy.

»Oh ja, stimmt.« Sie kramte tiefer und entdeckte sie unter dem bernsteinfarbenen Futter. Dabei fiel ihr der schmutzige, fettige Umschlag in die Hände, der an Dr. James Arnold adressiert war.

»Monk's Rise, Chapel Street, Truro, Cornwall«, las sie. »Stell dir vor, du wohnst an einem Ort, der Monk's Rise heißt. Klingt hübsch, oder? Warum hast du den?«

»Ich hab jemandem versprochen, ihn zu überbringen. Ich war gerade am Bahnhof, um mir eine Fahrkarte zu kaufen, als ich dich gesehen habe.

»Um nach Cornwall zu fahren?«

»Ja, genau.« Freddy schüttelte die Kissen und setzte sich auf.

»Von wem ist er?«

»Vom Sohn des Mannes.«

»Ist er tot?«

»Ja.«

»War er ein Freund von dir?«

»Nein, ich habe ihn zufällig getroffen.«

»Und er hat dir einfach diesen Brief gegeben?«

»Irgendwie schon. Er lag im Sterben, und wir haben uns unterhalten, das war alles. Ich glaube, er wusste, dass er sterben würde. Wollte sichergehen, dass der Brief seinen Vater erreicht. Also hat er mich darum gebeten.«

»Ihn aufzugeben?«

»Nein, ihn zu überbringen.«

»Was steht denn drin?«

»Keine Ahnung.«

»Reizt dich das nicht?«

»Es ist privat.«

»Du solltest es bald erledigen, weißt du?«, sagte Missy.

»Ich weiß«, erwiderte er. »Ich wollte es morgen machen.«

»Das wäre wohl das Richtige.«

»Oder übermorgen. Montag, schätze ich. Montag wird der Tag sein, an dem ich mich auf den Weg mache«, sagte er, schwang die Beine aus dem Bett und fuhr sich mit den Fingern durchs Haar.

»Was ist das hier?«, fragte Missy.

Freddy hielt inne.

Sie hielt ein Bild hoch. Es war eine Collage aus Lippen, Augen, Nase, Bart und Haar, alles aus verschiedenen Magazinen ausgeschnitten und Stück für Stück zu einem Männergesicht zusammengeklebt.

»Sie vorsichtig damit, Missy.«

»Wer ist das?«

»Eigentlich niemand. Aber es bedeutet mir viel.«

»Sieht ein bisschen aus wie du.«

»Sei nicht albern.«

Missy betrachtete die Collage. »Eigentlich sieht es aus wie ein Steckbrief, wie in den Cowboyfilmen. Hängt ihn auf, Mister!«

Freddy hob die Arme, fühlte sich bei ihrem Gelächter jedoch unbehaglich. »Es ist nur ein dämliches Bild«, sagte er lächelnd. »Ein Kind hat es vor langer Zeit für mich gemacht. Es ist eine Art Glücksbringer und begleitet mich überallhin. Hat es schon immer. Leg es zurück, Missy, bitte.«

»Ich wusste gar nicht, dass du abergläubisch bist.«

»Ja, mein Gott …«

»Wer war das Kind?«, fragte Missy.

»Ist doch egal. Es ist längst verschwunden.«

»Tut mir leid«, sagte sie und reichte ihm das Bild.

Er faltete es zusammen und legte es vorsichtig zurück in den Koffer. Als er sich umdrehte, presste sie ihre Lippen auf seine.

»Tut mir leid, Freddy.«

Er gab sich dem Kuss hin, doch sie wich sofort zurück, als wäre der Impuls bereits vergessen.

Sie aßen bei Kerzenlicht. Das düstere Zimmer wurde vom flackernden Licht verwandelt, und auch sie verwandelten sich im Halbdunkel. Umringt von Schatten, saßen sie am Tisch und aßen Dosenfleisch mit Semmelbröseln, dazu gekochte Kartoffeln und Dosenerbsen, nichts Schickes.

Trotzdem sagte Freddy: »Was für ein Mahl«, und keine einzige Erbse blieb auf seinem Teller zurück. »Ich könnte das Gleiche noch mal essen«, sagte er und küsste ihre Hand, und Missy zog sie nicht weg, denn es war eine liebevolle Geste, fast jungenhaft.

Nach dem Essen räumte Freddy den Tisch ab und spülte das Geschirr in dem kleinen Waschbecken. Missy stellte das Radio leise an.

»Tanz mit mir«, sagte sie.

»Ich bin kein guter Tänzer«, gab er zurück.

»Wir wiegen uns einfach hin und her, das kann jeder, sogar du.«

Damit zog sie seine Hände aus dem Spülwasser, und er hinterließ Schaumspuren an ihrer Hüfte. Sie wiegten sich. Hin und her. Missy summte, und Billy Holiday sang:

»Hab dich nie vergessen, Freddy.«

»Hab dich nie vergessen, Missy.«

Sie wiegten sich hin und her, die Lider schlossen sich bei der vertrauten Berührung und dem Geruch des anderen.

Ein Klopfen an der Tür ließ sie erstarren. Missy legte einen Finger auf Freddys Lippen.

»Haben Sie wieder jemanden da drin, Miss Hall?«

»Niemanden, Miss Cudgeon, ich tanze nur zu ein paar Erinnerungen. Sie kennen das doch.«

Miss Cudgeon kannte es tatsächlich, denn in manchen Nächten waren auch ihre Erinnerungen sehr laut. Dann trank sie – deshalb trank sie –, um sie ein wenig zu beruhigen.

II

Die Explosion ereignete sich kurz vor Mitternacht. Freddy schreckte auf, rammte den Ellbogen in den Linoleumboden und fluchte leise, während sein Herz wild pochte. Einen Augenblick lang hätte er überall sein können – er war völlig desorientiert –, auf dem Boden eines x-beliebigen Raumes in einer x-beliebigen Stadt, denn er hatte schon auf etlichen Böden geschlafen. Er setzte sich auf und rieb sich die Augen. Draußen hallte das Zischen von Raketen wider. Er griff nach einem Päckchen Zigaretten, suchte in seinen Hosentaschen nach dem Feuerzeug und brachte eine Handvoll Kupfergeld zum Vorschein. Dann stand er auf und ging zum Ofen. Auf dem Fenstersims lagen Streichhölzer. Durch die Gardinen blickte er auf das Funkeln der sinkenden blauen und grünen Lichter vor dem Turm der Christ Church. Die Zigarette fühlte sich gut an. Seine Hand hatte wieder zu zittern begonnen. Er nahm eine Zeitung und schaute auf das Datum – der Erste, ein neuer Monat. Zehn Tage vor dem Volkstrauertag. Er zuckte zusammen, als eine weitere Rakete den Himmel zerriss.

»Keine Sorge, Buddy«, sagte er zu dem Vogel. »Ist in einer Minute vorbei«, dann warf er das Geschirrtuch über den Käfig.

Er stand neben dem Bett und beobachtete, wie sich Missys Brüste hoben und senkten, lauschte auf das leise Geräusch ihres Schlafs. Sie lag auf dem Rücken und hatte beide Arme unter den Kopf geschoben. Er betrachtete ihr Gesicht. Tiefe Falten zogen sich über die Stirn, und er konnte jeder einzelnen in jenes Land folgen, das sie hätte sein können. Er wusste, dass Missy es wusste. Ihre Verlegenheit war greifbar. Wie sie die Haare bewegte, wie ihre Hand an der Stirn ruhte, wenn sie sie in Falten legte. Sie hatte ein Gesicht, das wissend geboren war. Als hätte sie schon immer die Geschichte ihres Lebens gekannt, als gäbe es nur wenige Überraschungen. Es war nach wie vor sehr schön, und das würde es auch bleiben, aber so viel war geschehen, und die schimmernden Träume ihrer Jugend waren milchig geworden unter dem gewöhnlichen, niedrigen Himmel. Freddy fragte sich, ob sie wirklich das Ende ihrer Geschichte kannte. Dass es keinen Prinzen gab, nur einen verletzten Soldaten mit einem Loch in der Brust anstatt einem Herzen.

»Ich kümmere mich um dich, wenn du mich lässt«, flüsterte der Soldat.

Missy drehte sich um und streckte sich. »Alles klar?«, fragte sie.

»Ja, konnte bloß nicht schlafen, das ist alles. Ich glaub, ich schau mal raus«, sagte er, zog seine Hose an und knöpfte sie zu.

»Raus wohin?«, fragte sie.

»Da raus«, erwiderte er und drückte die Zigarette im Aschenbecher aus. »Jemand macht ein Feuerwerk. Kinder, wahrscheinlich. Brauche nur ein bisschen frische Luft.«

»Ich komme mit«, sagte sie.

Vor dem Heizofen kniete er sich hin und suchte nach seinen Schuhen. Ihr Pyjama lag als Häufchen auf dem Boden, und er nahm ihre Nacktheit im Schein der metallischen Umgebung wahr. Er sah zu, wie sie eine dunkelblaue Hose überzog und den grauen Pullover mit Zopfmuster, der am Bettgestell gehangen hatte.

Missy hustete. Freddy stand auf und knöpfte sich das Hemd zu.

»Du kannst jetzt aufhören zu schauen«, meinte sie lächelnd, als sie ihre Lippen rot anmalte. »Du wirst ja rot, Freddy Drake, ja, das tust du. Na komm, lass uns gehen. Pack die Flasche ein und sei still.«

Sie nahm ihren Mantel und die Taschenlampe und ging Richtung Tür. Freddy trank einen Schluck Brandy, bevor er ihr in die Dunkelheit folgte. Er fühlte sich erschöpft. Kopf und Herz, beides.

Nieselregen fiel aus dem Novemberhimmel. Sie saßen auf dem Dach, zusammengekauert und verschüchtert wie zwei ausgebüxte Kinder. Die Flasche Brandy wanderte von Mund zu Mund und führte seine Worte an ihre Lippen, seine Wärme zu ihrer Kälte. Dächer und Kamine ragten vor ihnen auf, unregelmäßig und vertraut im Osten, gelegentlich durchbrochen von einer Lücke, in der sich der Wind sammelte und die ruhelosen Geister einer zerrissenen Familie herumschwirrten. Eine Rakete schoss in die Luft und explodierte. Weiße Sterne fielen herab.

»Hier versuchen Leute zu schlafen, verdammt noch mal!« Eine einsame Stimme hallte durch die Steinmauern.

Freddy knöpfte den Mantel zu und versuchte das Pochen in seiner Brust zu verbergen. Missy lehnte sich an ihn, sie roch gut.

»Ich bin während des Krieges oft hier raufgegangen. Das sage ich jetzt nur dir, Freddy, aber es war sehr schön. Ist das nicht verrückt? Feuer überall, wie ein brennender Sonnenaufgang, drüben bei den Docks, man konnte sie sogar riechen. Wenn der Wind richtig stand, hab ich brennenden Zucker, einmal sogar Käse gerochen. Die Flugzeuge über mir schossen Kreuzfeuer ab, Gewehre hämmerten, ich kann dir sagen, Freddy, es war wie Kino und Weihnachten zusammen. Einmal hab ich mit meiner Freundin Jeanie hier gesessen. Es war eine Mutprobe, zumindest hat sie das behauptet, wir beide waren sturzbetrunken von geklautem Alkohol, richtig neben uns, aber lebendig. So verdammt lebendig. Ich hatte das Gefühl, dass ich großes Glück habe. Als wäre alles, wovon ich je geträumt habe, zum Greifen nahe. Dass ich aus gutem Grund gerettet wurde. Dann ertönte das Entwarnungssignal, und ich habe noch nie so einen Kitzel erlebt. Nichts konnte mir etwas anhaben, jedenfalls nicht wirklich. Jeanie hat immer gesagt, ich sei eine Katze mit neun Leben.«

»Ist noch eins übrig?«, fragte Freddy.

»Weiß nicht«, sagte Missy. »Wär schön, wenn noch ein paar übrig wären.«

Sie grinste. Er sah sie an und war wieder der zwölfjährige Junge – völlig verwirrt und mit einer Standleitung von seinem Schwanz zu seinem Herzen.

»Ich war da, weißt du, in jener Nacht«, sagte Missy leise.

»In welcher Nacht? Wovon sprichst du?«

»Im Café de Paris. In der Nacht, als es geschehen ist.«

»Lieber Himmel, Missy.«

»Ich hab getanzt. Ein ganzes Stück von der Band entfernt, was für mich ungewöhnlich war. Sie spielten ›*Oh Johnny! Oh, Johnny! How you can love! Oh, Johnny! Oh, Johnny! Heavens above!*‹ Dann wurde es still. Alles wurde ganz langsam, weißt du, was ich meine? Nur lächelnde Gesichter und verschwommene Bewegung und die süßeste Stille, die man sich vorstellen kann. Dann ein blauer Blitz. Daran erinnere ich mich noch ganz genau. Ein wunderschönes Blau. Irgendwann wachte ich auf dem Boden auf, ein Körper lag auf mir, und ich sah Notenseiten wie Schnee und Glassplitter wie Sterne herabrieseln. Und dann begann das Schreien. Überall Körperteile und Gliedmaßen. Eine Frau tappte völlig verwirrt herum und sang immer noch ›*Oh Johnny! Oh, Johnny!*‹. Ich hatte nur eine Schnittwunde am Kopf abbekommen und versuchte zu helfen, wo ich konnte. Mein Kleid war zerrissen, also riss ich es in Streifen und machte daraus Druckverbände. Ich säuberte die Wunden der Verletzten mit Champagner. Oft habe ich mich hinterher gefragt, was sie wohl gedacht haben, wie sie da im Sterben lagen und die Champagnerkorken knallen hörten. Es war nicht richtig, oder? Das nicht. Geweint habe ich nie, Freddy. Bis heute nicht. Jeanie hat mich für einen harten Knochen gehalten, aber ich bin der Meinung, dass man nicht um jeden weinen kann, und ich habe meine Tränen schon vor dem Krieg vergossen. Mir ist an dem Abend das Trommelfell geplatzt, das war alles. Seitdem bin ich leicht taub. Wird dann keine so große Umstellung mehr, wenn ich alt bin, stimmt's?«

»Komm her«, sagte Freddy und legte die Arme um sie.

»Nein, das brauche ich nicht, mir geht's gut.« Sie rückte von ihm ab. »Daran musst du dich gewöhnen. Das ist es, was dich hier in der Heimat erwartet. Jeder hat eine Geschichte, und das war nur eine einzige von meinen.«

Eine Rakete schoss kreischend in die kalte Luft.

»Oh, schau! Hoffentlich ist die blau! Die blauen mag ich immer noch am liebsten.«

Die Rakete explodierte und flackerte. Rote und grüne Kaskaden regneten herab.

»Eine blaue wär mir lieber gewesen.«

»Vielleicht die nächste«, sagte er.

Aber es gab keine nächste mehr. Ein paar Nachteulen kehrten unten auf der Straße nach Hause zurück, Ruhe senkte sich über den Londoner Himmel.

»Es hat uns alle fertiggemacht, nicht wahr?«, sagte Missy. »Wir sind seitdem alle irgendwie anders, oder?«

Er wollte ihr sagen, wie anders er jetzt war, und er wollte, dass sie den Unterschied bemerkte und ihm sagte, dass es nicht so schlimm war, dass der Krieg nun mal so etwas mit den Menschen macht. Stattdessen zündete er sich eine Zigarette an und gab sie ihr. Sie nahm einen Zug, und die erste Träne fiel auf seine Hände.

»Sieh mich nicht an«, sagte sie und wandte sich ab. »Bitte nicht.«

Freddy tat, worum sie ihn bat, und blickte in Richtung von Trumans Schornsteinen, zu den Dächern, den verhängten Schlafzimmerfenstern, den Körpern, der Wärme, zu den Sternen und auf die allzu offensichtlichen Lücken, die sich immer aufdringlicher ins Stadtbild drängten. Das war mal seine Stadt gewesen. Er konnte sich nicht mehr daran erinnern, was dort gestanden hatte oder was dort noch hätte sein sollen. Ein bisschen wie mein Leben, dachte er.

Sie schlichen hinab in die seltsame Stille ihres Zimmers, und das Zischen der Raketen hallte immer noch in ihren Ohren wider. Missy bückte sich und schaltete den Heizstrahler an. Im orangefarbenen Licht der Heizstäbe saßen sie einander gegenüber. Die Wärme überzog ihre kalten Gesichter mit Farbe. Sie waren allein. Ihre Körper waren allein.

Freddy führte sie zum Bett und begann sie zu küssen. Missy beugte sich vor und tastete nach dem Lichtschalter. In der Dunkelheit zog er seine Hose aus. Sie berührte ihn, als wäre sie blind.

12

Die Sonntagsglocken schallten durch die klare Morgendämmerung. Missy wachte unvermittelt auf. Ihr Kopf pochte, ihr Atem roch, und ein Männerkörper war viel zu eng an sie gepresst. Sie schob seinen Arm von ihrer Hüfte und sein Bein von ihrem Bein. Am Morgen danach wollte sie einfach nur Platz in ihrem eigenen Bett, war das denn zu viel verlangt? Sie blickte an die Decke und blies sanft zu den zarten grauen Spinnweben in der Ecke hinauf.

Sie stand auf, schleppte sich zum Waschbecken, drehte den Hahn auf und formte mit der Hand eine Schale, um sich Wasser übers Gesicht rinnen zu lassen. Als sie sich zum Spiegel beugte, fand sie, dass sie fürchterlich aussah – das Morgenlicht war grausam. Nachlässig steckte sie die Haare hoch und wickelte sich ein Tuch um den Kopf. Sie griff nach einer Packung Players und steckte sich eine Zigarette zwischen die Lippen. Sie entzündete ein Streichholz und nahm zwei Züge: den ersten für die Trauer, den zweiten für die Freude. Besser … Die Anspannung in ihrem Kopf ließ nach. Sie zog die Vorhänge zurück und blinzelte in das klare, metallische Licht.

Sie ließ Wasser ins Becken laufen, stellte ein Bein auf den schmalen Porzellanrand und seifte erst den Schritt und dann die Schenkel ein. Sie wusch sich mit einem Waschlappen und trocknete sich mit ihrem Hauskleid ab.

»Guten Morgen, mein Süßer«, flüsterte sie, als sie das Geschirrtuch von Buddys Käfig nahm, und schob ein altes Stück Honigbrot zwischen die Stäbe. Der Vogel starrte sie an. »Was ist los?«, fragte sie. »Hab ich was verpasst?«

Sie drückte die Zigarette auf einem Dutzend Stummel aus und blickte über den Himmel im Osten hinweg. Sie füllte das ganze Fenster aus mit ihrer Nacktheit, ein unbewusster Akt, der leise sagte: »Das ist diejenige, die ich bin«, nicht: »Das ist es, was euch entgeht.« Sie beobachtete die Gezeiten des Lebens unter ihr. Menschen, die ihr Bestes gaben und sich nach Kräften bemühten, alles besser zu machen. Wie so viele andere auch, fragte sie sich, was das alles für einen Sinn gehabt hatte. Der Triumph vor zwei Jahren hatte ihnen keineswegs den Weg zu Geldbeuteln, Börsen oder Wohnungen geebnet. Die Menschen waren arm, die Stadt zerfiel. Sie machte das Fenster auf, und ein Windstoß frische Luft drang herein. Der Vogelkäfig schwankte. Sie schauderte, trat an den Fenstersims und beugte sich so weit hinaus wie möglich, die Arme weit ausgebreitet. Ein paar Kerle lachten, riefen etwas und zeigten auf sie, aber sie hörte es nicht. Sie spürte, wie ihr der Wind in die Haare fuhr, spürte ihn in den Armbeugen. Sie schloss die Augen und hatte das Gefühl, über alldem zu schweben, weg von alldem.

Missy schob sich wieder hinein und rubbelte energisch über Arme und Beine, bis Wärme durch ihre blauen und grünen Adern kroch. Sie hakte die Käfigtür auf und machte sie weit auf.

»Na los, Buddy«, flüsterte sie. »Flieg. Zieh aus und sei glücklich.«

Der Vogel war unsicher, rührte sich nicht.

»Na los.« Missy blies leicht auf die Federn des Hänflings. »Flieg.«

Fast hätte sie es verpasst. Ein Blitz aus zerrupften Federn flatterte in den wolkenlosen blauen Himmel und war verschwunden. Sie schloss den Käfig und legte das Leintuch wieder darüber. Dann zog es sie zur Wärme des Bettes, und sie hob vorsichtig die Decke.

Als sie Freddys Erektion bemerkte, rückte sie von ihm ab, aber er folgte ihr. Sie spürte ihn hart am Oberschenkel, hielt jedoch die Beine geschlossen. Er flüsterte ihren Namen, sie stellte sich schlafend. Nicht dass die letzte Nacht ein Fehler gewesen wäre, aber sie würde es nicht noch einmal zulassen. Wenn sie ehrlich war, hatte es sich seltsam angefühlt, und jetzt wollte sie einfach nur alleine sein. Freddy kam schnell, mit einem unterdrückten Stöhnen, doch sie rührte sich nicht. Sie starrte geradeaus auf die Kaffeemaschine und konnte kaum glauben, dass sie sie nicht eingeschaltet hatte, denn einen Kaffee konnte sie jetzt gut gebrauchen, mehr als alles andere. Nur eine Kleinigkeit, um sie auf den Weg zu bringen. Daran dachte sie, während er nichts als die Liebe im Kopf hatte.

Freddy setzte sich im Bett auf und rauchte. Er sah zu, wie Missy ihr Haar löste und es kämmte. Ihre Finger waren geschickt und sicher, und sie brauchte nicht mal einen Spiegel, um die Strähnen zu Locken zu drehen. Er hatte nur zwei linke Hände, würde es aber trotzdem gerne mal versuchen. Tu etwas für sie, das noch kein anderer Mann für sie getan hat, sagte er sich stumm. Er hob den Aschenbecher und schnippte die Asche der Zigarette daran ab. Kaum zu glauben, dass sie schon angezogen war. Als hätte sie den Morgen ohne ihn verbracht. Er war eifersüchtig auf die Zeit und den Raum.

Navy-Hose und Zopfpullover. Es stand ihr und brachte das Rot ihrer Lippen zur Geltung, wirkte allerdings eher gemütlich. Vielleicht trug sie das ja immer sonntags. Gott, es gab so viel zu lernen. Missy sah in den Spiegel und fing seinen Blick auf. Er lächelte und sie nach einem Augenblick auch. Warum hatte sie nicht gleich gelächelt? Warum war sie nicht neben ihm gewesen, als er aufgewacht war? Er wollte doch nur wissen, ob er letzte Nacht gut gewesen war. Also, so gut wie die anderen.

»Was willst du heute unternehmen?«, fragte Missy.

»Ist mir gleich, was du willst«, sagte er.

Missy wurde still und dachte darüber nach, was sie wollte, denn eigentlich wollte sie nur alleine sein. Sie wollte nach unten zu Miss Cudgeon gehen und sich baden, wieder heraufkommen, auf dem Bett liegen und ein Magazin lesen. Aber sie wusste nicht, ob und wie sie ihn darum bitten konnte, also sagte sie: »Lass uns spazieren gehen.«

»Machst du das normalerweise?«

»Es gibt kein normalerweise, Freddy. Spazieren ist jetzt genauso gut wie alles andere.«

Was hatte er verpasst? Schon lange war er nicht mehr in einer solchen Situation gewesen. »Wir könnten hierbleiben«, sagte er und klopfte neben sich auf das Bett.

»Nein«, sagte sie. »Wir gehen raus. Los, komm«, sagte sie. »Wir verpassen den Tag.« Ihre Worte waren in einen Nebel aus Haarspray gehüllt.

Die Stimmung der Nacht war bei Sonnenaufgang eindeutig verdampft. Beschämt und schweigend glitt er vom Bett und drehte sich um, um seine Unterhose anzuziehen. Als er angezogen war, wollte er das Bett machen, aber Missy hielt ihn zurück und sagte, sie wolle das Laken wechseln. Da wusste er, dass er in der kommenden Nacht nicht bei ihr schlafen würde. Also packte er seinen Koffer und schloss den Deckel. Er sah zu, wie sie die leere Brandyflasche in den Mülleimer legte. Sah, wie sie den Kopf schüttelte, als hätte der Alkohol ihre Ansprüche sinken lassen. Er band seine Krawatte schief und zog den Regenmantel an.

Schließlich nahm er seinen Koffer und sagte: »Den nehme ich mit. Ich gehe später rüber nach Paddington, damit ich morgen früh loskomme.« Er hoffte, sie würde sagen: »Lass doch, Freddy. Tut mir leid, ich weiß nicht, was mit mir los ist, natürlich kannst du noch bleiben.«

Aber das tat sie nicht. Sie sagte gar nichts, sondern wartete nur an der Tür auf ihn, makellos und einparfümiert.

»Lass uns hierbleiben«, flüsterte er.

Sie küsste ihn auf die Wange und setzte ihm den Hut auf. »Raus«, sagte sie.

Er kam sich vor wie ein Schuljunge.

Freddy wollte gemütlich herumschlendern, aber sie marschierte voran durch die wetteifernden Rufe der Menge, die sich versammelt hatte, um Vögel und Tiere entlang der Club Row zu kaufen. Käfige waren vor den Läden fensterhoch aufeinandergestapelt. Hänflinge und Kanarienvögel, Papageien und Finken, Hunde, Kätzchen, alles Leben stand zum Verkauf, so schien es.

»Sieh dir das an!«, wollte Freddy rufen. Aber Missy war zu weit weg, und er musste ihr hinterhereilen, um ihr zu erzählen, was er gesehen hatte.

Als die Leute näher an sie herandrängten, blieb sie an Freddys Arm. Ihr war schwindlig, und sie fühlte sich gefangen. Sie versuchte ihn von der Menge wegzuführen, hielt nach ruhigerem Fahrwasser Ausschau und nach der Möglichkeit, frei zu atmen. An ihren Fersen hatten sich Blasen gebildet, und als sie endlich aufplatzten und bluteten, wurde sie ruhiger.

Von der Shoreditch High Street nahmen sie den Bus Nummer 6, stiegen die Treppen hinauf und setzten sich aufs Oberdeck. Freddy dachte, sie würden zum Trafalgar Square fahren, aber dann verkündete die Schaffnerin: »St. Paul's! Nächster Halt St. Paul's Cathedral!«

Missy sagte: »Na komm!«, und zum donnernden Geläut der Kirchenglocken sprangen sie aus dem Bus.

Die Luft war rauchig, und eine ferne Kühle nagte an den Rändern der Stadt. Freddy legte die Stirn in Falten, als sich das grelle Sonnenlicht in einem Auto spiegelte und ihn blendete.

»Hier lang«, sagte Missy und ging in die Richtung von Salz und Schlamm. Über Straßen und Bombenkrater liefen sie zu den vertrauten Werften und Lagerhallen, zum Fluss. Still waren sie und schüchtern, ihre wachsenden und schwindenden Schatten erstreckten sich hinter ihnen wie verlängerte Fingerspitzen, die verzweifelt versuchen, einander zu berühren.

Dieser alte Hund von einem Fluss sah sie kommen, schloss die wässrigen Augen und versuchte die Zeit zurückzudrehen, aber die Gezeiten sagten nein. Die alte Themse musste auch etwas gewusst haben, doch sie sagte nichts. Sie floss einfach weiter, einfach weiter.

Freddy stieg die Treppen hinunter zum schlammigen Ufer. Ihm war unbehaglich. Von Süden her bedrängten Wolken die Nachmittagssonne. Missy hob den Saum ihres Mantels an und stieg vorsichtig die rutschigen Stufen zum feuchten Flussbett hinab. Ihre kleinen Absätze versanken sofort im Schlamm. Die Glocken verstummten, und in der Luft knisterte die Stille. Der Ort war gespenstisch verlassen. Nur das sporadische Rumpeln eines Zuges auf der Blackfriar-Linie war zu hören.

Sie hielten sich im kühlen Schatten der Lagerhauswand. Die Kähne ragten am Ufer wie faulige Zähne empor, und in der Nähe steckte ein Kahn im Schlamm fest. Sie sahen, wie Schornsteine und Kamine dunklen Schmutz in den Himmel spien. Eine Kette schwang über ihnen. Freddy stellte den Koffer ab und zündete zwei Zigaretten an. Er nahm einen tiefen Zug von der ersten und bot Missy die zweite an. Sie nahm sie, ohne ihn anzusehen. Er fragte sie, ob sie das Salz des Flusses riechen könne. Sie bejahte und fügte hinzu: »Lass uns die Augen schließen und so tun, als wären wir am Meer.«

Die Sonne kam hinter einer Wolke hervor, sie schlossen die Augen und spürten, wie sich Wärme auf ihr Gesicht legte. Als wären sie am Meer.

Freddy lockerte die Krawatte. »Geh mit mir fort, Missy. Komm morgen mit mir mit.«

»Ich muss arbeiten.«

»Wo?«

Sie antwortete nicht.

Freddy fing an zu lachen. »Für Picasso? Das kann man wohl kaum ar…«

»Verdammt, Freddy!«

Sie trat von der Wand ans Wasser, wo sich eine schimmernde Linie aus Schlamm und Müll angesammelt hatte. Die Wellen waren schwach und schwappten gegen einen kleinen Kahn, der in der Nähe festgemacht war.

»Vor vielen Jahren«, sagte Missy, »hat mir meine alte Nanny die Geschichte von einer Meerjungfrau erzählt. Sie behauptete, dass ihre Mutter da drin eine Meerjungfrau gesehen hat. Also zumindest haben sie sie damals so genannt. Vielleicht war es gar keine, jedenfalls keine echte, aber wer weiß das schon? Meine Nanny hat behauptet, dass sie echt war.«

»Missy …«

»Nein, hör mir zu, Freddy, ich rede.«

»Es gibt keine Meerjungfrauen.«

»Sagst du mir jetzt auch, dass es das Christkind gar nicht gibt?«

»Das Christkind gibt es nicht«, sagte Freddy und wollte sie anfassen, aber sie ließ es nicht zu.

»Meine Nanny hat erzählt, dass ihre Mutter sie als Kind gesehen hat, als sie mit ihrem Vater auf dem Fluss unterwegs war. Alle Kahnführer wussten von ihr. Sie war eine Schönheit. Eine echte Schönheit in diesem Fluss aus Scheiße. Der Geruch hat ihr wohl nichts ausgemacht, denn sie stand über alldem, und das machte den Menschen Hoffnung, echte Hoffnung. Manchmal gingen die Leute zum Fluss runter, nur um sie zu sehen und sich was zu wünschen. Denn wenn man sie gesehen hatte, veränderte sich das Leben. Haben die Leute jedenfalls behauptet. Stell dir das mal vor, hm? Also warfen sie in den Fluss, was sie gerade hatten, und das war meist kein Geld, denn sie waren arm. Aber sie war hier nicht ganz richtig, hat meine Nanny gesagt.« Missy tippte sich mit dem Finger an die Schläfe. »Meine Nanny hat gesagt, sie war traurig, ihre Mutter konnte es in ihren Augen sehen, und sie hat immer traurige alte Lieder gesungen. Warum, glaubst du, war sie traurig, hm, Freddy?«

Er zog sie an sich, spürte ihren Arm an seinem, ihren Körper ganz nah bei sich.

»Sie hatte zu viel gesehen«, fuhr Missy fort. »Zu viel, um glücklich zu sein. Das hat meine Nanny gesagt.«

Es kümmerte ihn nicht, was ihre Nanny gesagt hatte, ihn kümmerte nur, was er sagte, und er sagte: »Wir könnten weggehen. Wohin du willst«, flüsterte er.

»Du hörst mir nicht zu.«

»Es ist eine dumme Geschichte, Missy. Und ich versuche dir gerade etwas über uns zu sagen.«

»Ich auch.«

»Verstehst du es denn nicht?«

»Was denn?«, fragte Missy.

»Uns. Wir passen zusammen. Du hast es auch gespürt. Ich weiß das.«

»Du verstehst es wirklich nicht, oder?«, fragte Missy, hob einen Stein auf und warf ihn in die Strömung. »Ich frage mich oft, was wohl aus ihr geworden ist«, sagte sie. »Wahrscheinlich ist sie gestorben. Verdammt dreckig da drin«, sagte sie.

»Was, wenn sie mit einem gutaussehenden Seemann durchgebrannt ist? Oder einem Soldaten? Mit jemandem wie mir?«

»Niemand kommt von hier weg. Jedenfalls nicht wirklich.«

»Sie vielleicht schon.«

»Nicht von dem hier.«

»Lass mich dich mitnehmen«, sagte er und drückte seinen Mund auf ihren. »Ich liebe dich«, fügte er hinzu.

»Tu das nicht. Das sind wir nicht.«

»Letzte Nacht hast du was anderes gesagt.«

»Letzte Nacht war letzte Nacht.«

»War es denn nicht schön?«

»Werd erwachsen, Freddy.«

»Fick dich«, flüstere er leise, ging wieder zur Wand hinauf und setzte sich neben den verankerten Kahn. »Ich könnte dich glücklich machen«, sagte er.

Missy musste sich zurückhalten, um nicht zu lachen. Diese Worte hatte sie immer wieder gehört. Noch nie hatten sie einen Sinn ergeben, damals nicht, heute nicht. Gefangen, das war sie. Gefangen in ihrer Vergangenheit, und Freddy war ihre Vergangenheit. Alles war erstickend. Sie sah hinter die Blackfriar-Brücken und stellte sich vor, wie sie den ganzen Fluss entlangrannte bis nach Hammersmith. Stellte sich vor, etwas anderes zu tun – etwas ganz anderes –, wie die Themse hinabzurennen bis zu ihrer Quelle in den Cotswolds, wo das Wasser frisch und sauber und alles Salz ausgewaschen war. Bis zur Quelle. Lauf, drängte sie sich. Lauf und schau nicht zurück.

»Missy!«, schrie er.

Peng! Wie eine Nadel in ihrem Ballon.

Sie wandte sich zu ihm und hielt die Hand vor die Augen.

»Das sollte ein guter Tag sein«, sagte er.

»Dann lass uns einen guten Tag daraus machen«, erwiderte sie. »Dreh dich um.«

»Was wird das?«

»Ein Spiel.«

Freddy grinste. »Was für eins?«

»So was wie Verstecken.«

»Küss mich erst.«

»Dreh dich um.«

»Küss mich.«

Sie küsste ihn. Dann nahm sie seinen Arm und führte ihn zurück zu der moosigen Werftwand. »Nicht umdrehen«, sagte sie.

»Was soll ich tun? Zählen?«

»Nein, sing.«

»Das tu ich nicht«, sagte er und nestelte an einem hölzernen Schutzblech.

»Doch, das Kirchenlied, das du immer bei deinen Tanten gesungen hast. Komm schon, ich weiß, dass du es kannst.

»Ich singe nicht, seit dem Krieg nicht mehr.«

»Der Krieg ist vorbei, hat dir das niemand gesagt? Komm schon, ich mochte es immer, wenn du das Lied gesungen hast. Es hat mich glücklich gemacht.«

Das Knirschen ihrer Schuhe auf dem Kies war laut.

»Außerdem ist Sonntag«, sagte sie. »Es gibt keinen besseren Tag für ein Kirchenlied.«

»Himmel, Missy. Warum können wir nicht einfach normal sein. Nur ein einziger verdammter normaler Tag.«

»Weil wir nicht normal sind, Freddy. Komm schon«, sagte sie lachend und stimmte das Lied an. *»Forgive our foolish ways.«*

Er hörte, wie sie sich wegbewegte.

»Wo gehst du hin?«

»Nirgendwo. Ich bin noch da. Dreh dich nicht um. Komm schon, sing, Freddy.«

Er zögerte. Dann sang er. *»Reclothe us in our rightful mind, In purer lives Thy service find.«*

»Sing weiter!«

»In deeper reverence praise.«

»Es bringt mich zurück, Freddy. Zurück zu dem Tag, als ich dich zum ersten Mal gesehen habe. Du warst immer so nett zu mir, damals schon. Du hast dafür gesorgt, dass sie gut zu mir waren. Das waren sie nicht immer, aber du hast dich darum gekümmert.«

»Was tust du?«, rief er.

»Eine Überraschung. Sing einfach weiter.«

Schweißperlen glitzerten auf seiner Stirn. Er wischte sich die Hände an der Hose ab, ihm wurde schwindlig und übel. Seine Hand hatte wieder zu zittern angefangen. Er hasste dieses verdammte Kirchenlied, aber für Missy würde er alles tun.

»Sing weiter«, rief sie.

Also sang Freddy weiter.

»Take from our souls the strain and stress …«

Beim Singen fiel ihm auf, dass dort, wo das Rattern eines Zuges hätte sein sollen oder das Rauschen von Wellen, die ans Ufer schlagen oder das Knirschen von Schritten auf Kies, nur Stille war. Eine schwere, undurchdringliche Stille.

»The beauty of Thy peace.«

Nein, es war nicht Stille, die auf sein Trommelfell drückte, sondern etwas anderes, etwas ganz anderes. Etwas, das ihm den Magen umdrehte. Was war es? Hm? Was war es? Es spürte, wie sein Herz kurz aussetze. Lieber Gott, nein. Er stolperte, als er sich umwandte. Es war nicht das Geräusch von Stille, sondern das von Abwesenheit.

Verdammt, Missy, nein!

Missys Kopf verschwand gerade, als er das Ufer erreichte. Dann war da nichts mehr. Die Geräusche kehrten zurück, es wurde laut, denn sie kamen von ihm, er schrie, aber sonst war niemand da.

Über ihm flog ein Hänfling und sang aus vollem Leib.

13

Marvellous schreckte aus dem Schlaf hoch. Sie konnte nicht richtig atmen. Draußen erklang das Windspiel, der Wind frischte auf. Sie fummelte mit den Streichhölzern herum, bis sie es schaffte, die Kerze anzuzünden. Sie glitt vom Bett und spähte nach draußen. Die Sonne kämpfte, die Wolken rasten, das schwache, dunkle Licht eines wütenden, gepeitschten Himmels. Sie zog die Regenjacke über und verließ den Wohnwagen. Der starke Geruch von verfaulendem Unkraut drang ihr in die Nase, außerdem roch es von der anderen Seite des Tals nach Silo. Sie hörte das Schlagen von Holz, sah, wie die Tür des Bootshauses im Wind auf- und zuklappte. Sie stand am Flussufer, das Krebsfischerboot wankte auf der Gischt.

Etwas nahm seinen Anfang. Eine Krähe schrie vom gegenüberliegenden Ufer. Das Ende nahm seinen Anfang.

III

14

Drake schlug die Augen auf. Morgen- oder Abenddämmerung, er war sich nicht sicher, jedenfalls waren die Vögel unruhig. Blätter klebten an seinem Gesicht, und er spürte Feuchtigkeit und dass Insekten auf ihm herumkrabbelten. Er nahm einen ekligen, fernen Hauch von Fäkalien wahr. Bewegen konnte er sich nicht, sein Atem ging flach. Er wusste nicht, warum er weinte, konnte nur wahrnehmen, dass er es tat, weil er immer noch am Leben war.

In seinen Armen war keine Kraft. Waren etwa die Knochen gebrochen? Auch die in den Beinen? Seine Kehle war rau, sein Hintern klebrig, aber er schämte sich nicht. Die Temperatur fiel. Bald würde ihm warm werden – das passiert in der größten Kälte –, ihm würde warm werden, und dann wäre da nichts mehr. Er würde sich in Mulch verwandeln, und vielleicht würde aus seinen Überresten ein Baum wachsen. Eine Weide. Etwas Gutes. Der Wind fuhr durch die Äste, und es klang wie das Meer. Zum Anschwellen und Sinken der Wellen dämmerte er dahin.

Seine Ankunft war sehr still vonstattengegangen. Es gab keine Seesterne, kein Gerücht, keinen Vogelschrei und keine Schritte, sein Schmerz hatte ihn unsichtbar gemacht. Aber

Marvellous hatte gehört, wie er durch die kahlen Äste der Bäume getreten war, und ihn gefunden, als er sich gerade mit dem Tod unterhielt. Sie hatte ihn gehalten, ihn gewiegt und ihm ihren Atem gegeben. Dann hatte sie ihn zu einem Holunderbusch gezogen, um ihn vor dem aufkommenden Wind zu schützen, und jetzt war sie so erschöpft, dass sie kaum mehr tun konnte, als in ihrem Wohnwagen zu sitzen, auf die Tür zu starren und über das zerbrochene Leben nachzudenken, das da draußen lag. Nachdem sie die Regenjacke zugeknöpft und den Hut tief ins Gesicht gezogen hatte, nahm sie einen Schluck Schlehenschnaps und hielt eine Flamme an den Docht einer Sturmlampe. Ihr Wohnwagen erstrahlte im Licht.

Es war dunkel. Demnach war es die Abenddämmerung gewesen. Drake hörte den Schrei einer Eule, unablässig. Er rief zurück, aber die Anstrengung brachte ihn zum Husten, und er hielt sich die Hand an den Hals. Als Erstes sah er das Licht. Dann, wie das Wesen mit einer Laterne in der Hand auf ihn zukam, mit Augen, groß wie die einer Eule mit gelben Federn. Das sah er: eine Eule mit Hut. Er dachte, er würde lachen, hatte jedoch das Gefühl zu sterben.

»Hallo, Frau Eule«, sagte er schwach.

Die alte Frau stellte die Laterne ab und half ihm, sich aufzusetzen.

»Ich habe auf dich gewartet«, sagte sie ruhig. »Ich warte schon sehr lange.«

»Verzeihung, Frau Eule.«

Die Eule ging mit der Lampe weiter, reichte ihm ihren Stock, der sein Gewicht trug, und führte ihn durch den Wald, bis der Weg in einen Fluss überging. Das seichte Wasser schimmerte wie eine Million Sterne, und Drake musste die Augen abschirmen vor dieser Erhabenheit, die ihm gleißend hell erschien. Die Eule stellte die Laterne auf den Ankerstein.

»Halt still«, sagte sie und begann ihm das Hemd aufzuknöpfen. »Arme«, flüsterte sie und ließ das Hemd auf den Boden fallen.

Sie öffnete den Gürtel, zog den Reißverschluss auf und half ihm erst aus der Hose und danach aus der Unterhose. Der Geruch von Exkrementen drang ihm in die Nase. Frau Eule zuckte nicht einmal. Er hielt den Kopf gesenkt, damit sie seine Tränen nicht bemerkte. Sein Penis sah klein und verängstigt aus, wie ein Wurm an seinem Oberschenkel. Er legte die Hände darüber, wollte nicht, dass die Eule ihn so sah.

Frau Eule zog ihren gelben Mantel aus. Darunter trug sie lange Watthosen, die ihr bis zu den Brüsten reichten. Kluge Eule, dachte er.

»Komm«, sagte sie, nahm seine Hand und führte ihn ins sandige, seichte Wasser.

Er zitterte. Als das Wasser an seine Knöchel schwappte, blieb er stehen. »Nicht weiter«, sagte er.

»Nur noch ein bisschen«, erwiderte sie.

Aber weiter als bis zu den Knien ging er nicht hinein. Zitternd und ängstlich stand er da, eine Hand unter die Achsel geklemmt, während er mit der anderen seine verschrumpelten Hoden bedeckte.

Die Angst wuchs, Galle und Erbrochenes brannten in seiner Kehle, und er würgte alles, was ging, heraus und spuckte es in den Fluss. Am Kinn und auf der Brust klebte Erbrochenes. Frau Eule reichte ihm ein Stück Seife, das er nahm, ohne sie anzusehen, und es anfeuchtete. Er kauerte im Wasser, rieb die Seife zwischen den Händen, bis sie schäumte, und der Geruch durchdrang ihn. Trotzdem konnte er sich nicht erinnern, wie der Duft der violetten Seife hieß, aber dass er zu gut für ihn war, das wusste er. Er wusch sich erneut von oben bis unten, dann noch ein zweites Mal, rieb sich Schaum in die Haare, in den Mund und spuckte aus. Nachdem er die Seife gesäubert hatte, reichte er sie Frau Eule.

Dann kniete er sich ins Wasser, das ihm bis zur Brust reichte, und sah zu, wie der Seifenschaum flussabwärts trieb.

»Komm her«, sagte Frau Eule.

Vorsichtig watete er zu ihr hinüber und hielt sich dabei am Ufergras fest.

»Beug dich vor«, befahl sie, und er gehorchte.

Sie formte mit den Händen eine Schale und goss ihm Wasser über den Kopf, um ihm die Haare zu waschen. Er ließ das Gras los, um die Augen zu bedecken.

Die Decke, die sie ihm umlegte, fühlte sich rau an, aber sie war warm auf der Haut. Frau Eule ging voraus und hielt die Laterne vor sich. Er hörte sie atmen. Alte Eule, dachte er. Sie stolperten am Flussufer entlang und folgten dem Geruch von Holzfeuer, bis ihnen ein Bootshaus den Weg versperrte. Sie stiegen hinauf und um das Haus herum, bis es zu einer offenen Tür hinabging, die von einer zweiten Öllampe erleuchtet war.

»Rein mit dir«, sagte die Eule.

An der Kochstelle brannte ein Feuer vor sich hin, ein Kochtopf hing über den Flammen. Der Schein des Feuers breitete sich auf seiner Haut aus. Auf einem gemachten Bett lag ein Stapel Kleider: schwere Wollhosen – wie Seemannshosen –, Socken, Leinenhemden, Pullover, die nach Salz und Linoleum rochen. Ein paar Lederschuhe, frisch geputzt. Schlafanzüge, Unterhosen.

»Sie haben einem Freund gehört. Er hatte 'ne ähnliche Größe«, sagte die Eule und knöpfte das zerschlissene Band auf, das ihren Hut auf dem Kopf gehalten hatte, und legte ihn auf einen Stuhl.

Er bemerkte, dass der Hut am Rand mit Zeitung ausgestopft war und etwas von dem Gedruckten jetzt auf ihrer Stirn klebte, Wörter wie »Krieg«, »Verschwendung«, »Frieden« und »Gesundheit«. Dann legte er sich aufs Bett und dämmerte sofort weg.

Kochgeräusche holten ihn in den Raum zurück, und er sah ihr zu, wie sie an der Kochstelle Suppe schöpfte. Sie brachte eine Schale davon zu ihm ans Bett.

»Fleischbrühe«, sagte sie. »Iss das.« Sie half ihm dabei, sich aufzusetzen, schob ihm ein Kissen in den Rücken und sagte: »So ist's besser.«

Dann setzte sie sich aufs Bett und löffelte ihm die Flüssigkeit in den Mund. Er aß hastig. Gegen Ende hob er selbst die Schüssel und trank den butterigen, gepfefferten Rest. Er senkte die Schale und reichte sie ihr. Die Brühe floss ihm in Rinnsalen vom Kinn in den Nacken. Sie nahm ein Tuch und wischte vorsichtig in kleinen Kreisen um die Wunde. Er sah sie nicht an. Schließlich nahm sie die Schüssel und schlurfte wieder zum Feuer hinüber.

Als sie zurückkam, reichte sie ihm eine Tontasse. »Warmes Bier.« Ihr fiel auf, dass seine Hand zitterte. Sie holte sich selbst auch Bier, und beide tranken schweigend.

Er schmeckte Rum, der sich unter dem Bier versteckte. Sein Magen beruhigte sich, und ein süßer Film überzog seine Haut. Die alte Frau wusste, dass das die Angst war, die er ausschwitzte.

»Es ist jetzt meine Aufgabe, mich um dich zu kümmern«, sagte sie. »Mach das nie wieder.«

»Was?«, fragte Drake.

Die alte Eule starrte ihn an. Er vermochte ihre Augen nicht zu sehen, sie glühten im Widerschein des Feuers.

Sie hielt inne, um nachzudenken, denn sie wollte ihre Worte sorgfältig wählen. Es dauerte ein wenig, denn ihr Geist hatte ab und zu Aussetzer. »Es ist kostbar«, sagte sie. »Und es ist alles, was du hast.«

Er konnte sie nicht ansehen, denn er schämte sich, also legte er sich wieder hin und drehte sich weg, während das Feuer und die alte Frau über ihn wachten. Sie wandte den Blick nicht von ihm ab, sie konnte es nicht. Vielmehr behütete sie ihn wie ein kostbares rohes Ei.

15

Tagelang dämmerte Drake vor sich hin, schlief und wachte, und das sich verändernde Licht war der einzige Anhaltspunkt, dass die Zeit verging.

Manchmal erwachte er und spürte die Hand der alten Frau an der Stirn, manchmal fühlte er einen Löffel an den Lippen und stellte sich vor, er sei ein Mund, der nur isst und nie spricht, lediglich ein riesiger, breiter Mund.

Manchmal erwachte er nachts von Gemurmel. Es war nicht der Flug der Vögel, auch nicht die Sprache der Insekten, sondern es waren Worte, wie Gebete, die in Wellen über die Landschaft rasten, im Bestreben zu brechen. Die alte Frau erklärte ihm, es sei das Geplapper der Heiligen, die sich von der Erde erhoben.

»Worüber sprechen sie?«, fragte er.

»Ach, über dies und das«, antwortete die alte Frau. »Hauptsächlich übers Wetter.«

Manchmal, in den Phasen der Einsamkeit zwischen dem Kommen und Gehen der alten Frau, gab er den Anfällen nach, die sich seiner Beine bemächtigten, der eisigen Angst, die seine Eingeweide umklammert hatte, als Missys Kopf unter Wasser geriet. Er hatte versucht sie zu retten, weiß Gott, er hatte es wirklich versucht. Er hatte nach ihr gegriffen, selbst bis zur Hüfte im Wasser, und irgendwie gehofft, sie würde wieder auftauchen, wie ein Delfin bei einer Show, ihn anlachen und rufen: »Drangekriegt! Hast doch nicht gedacht, dass ich das wirklich mache, oder?«

Er hätte sie angeschrien, sie beschimpft, sie vielleicht sogar geschlagen, und das wär's dann gewesen, aber dann wäre sie zumindest noch am Leben. Doch sie tauchte nicht wieder auf. Die Wellen, die sich um ihren Kopf ausbreiteten, waren wie ihre letzten Gedanken. Sie pulsierten leicht, bis nichts mehr von ihr übrig war, außer dem Paar Schuhe, das ordentlich am Ufer stand.

Oh Missy, warum hast du das getan?

Keine Antwort, nur Schlaf.

16

Mit der Dämmerung kommt die Ruhe. Versuche, das wirre Puzzle der verlorenen Zeit zwischen London und dem Bootshaus zusammenzusetzen.

Er war so betrunken gewesen, dass er sich kaum erinnern konnte, die weite Mündung in dem ruckelnden Zug überquert zu haben, der das zerstörte Plymouth in Richtung der grünen Schneisen auf der anderen Uferseite verließ. Wie er in den Zug gekommen war, wusste Gott allein. Zumindest hatte er noch nie Ärger gemacht, wenn er betrunken war, das sprach für ihn.

Im Zug war er zur Toilette gegangen, um Wasser zu trinken. Schön. Kam erst wieder heraus, nachdem er die Bilder von Missy in die Vergessenheit gezwungen hatte. Dann stand er im Korridor und rauchte eine Zigarette nach der anderen, um den Gestank zu vertreiben, der sich in seiner Nase festgesetzt hatte. Ein Kartenspiel kam ihm in den Sinn, aber er bezweifelte, dass er eine Partie gespielt hätte, denn er hatte kein Glück mehr. Nicht seit der Krieg das Kartenspielen zu etwas Schmutzigem gemacht hatte. Er stieg einen Halt zu früh aus und konnte seinen Hut nicht finden, den schönen französischen Hut, mit dem er so gut ausgesehen hatte, sogar ein wenig besser, als er sich selbst sah. Doch als der Zug anfuhr, tauchte er wieder auf, flog unter einer Lawine von Gejohle aus einem der Fenster.

Zu Fuß ging er weiter, zu beiden Seiten Felder, vor sich nichts als den weiten Horizont. Er flehte um ein Schild und bekam auch eines. »STOP HERE«, stand darauf. Genau das tat er. Es herrschte Stille. Eine alles übertönende Stille, die in seine Ohren kroch und seine Lungen füllte. Das Geräusch eines Herzschlags – seines eigenen –, fern und verklingend, bis alles dunkel wurde und er im Wald aufwachte. Eine alte Frau, die sich um ihn kümmerte und die er für eine Eule hielt.

Marvellous glitt in die ungewöhnlich trockene Nacht hinaus und ließ den jungen Mann schlafen. Sie hatte ihm aufgetragen, das Glas Magenbitter auf dem Tisch neben seinem Bett zu trinken. Beim Ankerstein zog sie sich aus und ließ sich zur Insel hinübertreiben. Schob sich das schlammige Ufer hinauf und lehnte sich an den Grabstein. Die Wolken zogen schnell Richtung Osten, getrieben vom salzigen Atem des Atlantiks, und unter dem Funkeln der Sterne glühte ihr Körper, als wäre sie ein Geist, der zu einem letzten Blick aufgestiegen war. Nur ein letzter Blick, um zu sehen, wofür alles gut war. Sie stand auf und wischte sich ein paar Blätter vom Hintern. Vorsichtig tappte sie in die Kirche, wo die Streichhölzer bereits am Altar warteten. Sie schloss die Hände um die Flamme, als ein Windstoß durch die zerbrochene Fensterscheibe fuhr. Die Glasumrandung senkte sie erst ab, als sie sicher war, dass die Flamme richtig brannte.

Sie blickte zum Bootshaus hinüber, sah den flackernden Schatten an den Wänden, die das Feuer orangefarben erhellte. Endlich oben. Sie war nervös. Sie ging hinaus in die schwere Nacht, tauchte in den Fluss, unsicher, wer sie jetzt war.

Drake setzte sich im kühlen Mief auf und zog einen Pullover über. Die orangefarbene Glut pulsierte schwach an der Feuerstelle. Langsam schob er die Beine vom Bett, der Schmerz in seiner Seite war nicht mehr ganz so schneidend, aber immer noch da. Auf dem Tisch stand ein kleines Glas mit Magenbitter; die alte Frau hatte ihm aufgetragen, ihn zu trinken. Das tat er und verzog das Gesicht.

Er hielt sich an der Wand fest und zog sich hoch. Sofort wurde ihm schwindlig, und er krallte die Finger in den Putz. Klebrige Handabdrücke markierten seine Reise zu der Doppeltür, die auf den Balkon hinausführte. Er zog die Fensterläden auf. Die Angeln waren mit Papier umwickelt, damit sie nicht klapperten, er entfernte die restlichen Fetzen und öffnete die Tür hin zu dem sternenübersäten mitternächtlichen Himmel. Irgendwo rief eine Eule.

Es roch stark nach Salz, und das Wasser stand hoch, leckte an den Pylonen unter ihm. Er bemerkte flackerndes Kerzenlicht in der Kirche gegenüber und dachte, er sehe einen Schatten am Fenster vorbeigehen, doch das waren sicher nur die schwankenden Bäume. Niemand konnte jetzt da hinübergelangen. Über ihm sang ein Rotkehlchen. Nicht dass er es hätte zuordnen können, für ihn war es einfach nur ein Vogel, genau wie er die alte Frau nicht erkannte, denn sie pflügte durch das Wasser wie ein Tier.

Erst als das Mondlicht ihr weißes Haar erhellte, ging ihm auf, dass sie es war. Er kniete sich hin, drückte das Gesicht gegen das Geländer und beobachtete, wie sie vor der Insel vorbeiging, beobachtete den bleichen Schatten unter der Oberfläche. Sie hätte ein Seehund sein können, es machte platsch, wie bei einem Schwanzschlag, bevor sie verschwand. Panisch stand er auf, um sie besser sehen zu können. Er zählte die Sekunden und dachte an Missy. Nein, da war sie. Sie tauchte neben einem Bootswrack auf, flussabwärts bei einer Sandbank, und legte den Kopf an das Holz.

Dann schwamm sie zurück, kam im seichten Wasser heraus, und in diesem Augenblick merkte er, dass sie nackt war. Sie zog sich ans Ufer, hoch ins Laternenlicht, das über den Ankerstein fiel. Er sah nicht weg. Er betrachtete sie, denn er hatte noch nie einen so alten Körper gesehen, mit all seinen Falten, all seinen Wunden, all dem Fleisch. Es war ihm peinlich, und er war misstrauisch, trotzdem wandte er den Blick nicht ab. Er sah zu, wie sie die Arme hob, sich die Brüste und zwischen den Beinen abtrocknete. Sie hielt inne, stand reglos in der kühlen Nachtluft, als könnte sie seinen Blick riechen.

Er fragte sich, wie viele Erinnerungen und Jahre sich in dieses Fleisch geschmiegt hatten. Fragte sich, wen und was es geliebt hatte. Wer hatte es geliebt? Fragte sich, warum sie nie aufgegeben hatte, so wie er. Warum er so bereitwillig aufgegeben hatte. So verdammt leichtfertig. Er glühte vor Scham.

17

Der Regen hatte tage- und nächtelang nicht aufgehört, das Bootshaus stank nach Salz und Feuchtigkeit, und Drake wurde einfach nicht warm. Er erwachte von den verschiedensten Geräuschen: vom prasselnden Feuer, vom Tiegel an der Kette, vom nächtlichen Schlurfen einer alten Frau. Er sah zu, wie sie kochte, bewegte sich aber nicht. Der Topf wirkte schwer, und einmal meinte er schon, sie würde ihn auf das Eisengestell fallen lassen, trotzdem bewegte er sich nicht. Er sah zu, wie sie den Eintopf herausschöpfte. Wieder dieser elende Eintopf. Sie kam zu ihm, eine Schale in den knotigen Händen, von der duftender Dampf aufstieg.

»Hier«, sagte sie und zog einen Löffel aus der Jackentasche. Sie setzte sich auf einen Hocker neben seinem Bett. »Du siehst schon besser aus«, meinte sie.

Er nickte und aß weiter. »Und du?«, fragte er zwischen zwei Löffeln.

»Ich?«, sagte sie.

»Ja, du.«

»Mir geht es gut.«

»Wo bin ich?«, wollte Drake wissen.

»Im Bootshaus.«

»Welchem Bootshaus?«

»Meinem Bootshaus.«

»Und wer bist du?«, fragte er.

»Niemand«, erwiderte sie ruhig, mehr ein Hauch als eine Stimme.

»Wie heißt du?«, fragte er, und sie sagte es ihm. »Marvellous wie?«, hakte er nach.

»Ways.«

Drake schob sich einen großen Klumpen Fleisch in den Mund. »Das ist ziemlich ungewöhnlich«, meinte er.

»Scheint so.«

»Ich hab mal jemanden gekannt, der hieß Banjo.«

»Konnte er denn spielen?«

»Nicht wirklich«, antwortete Drake.

»Das ist noch ungewöhnlicher«, sagte Marvellous.

»Das hab ich mir damals auch gedacht.«

Er aß weiter, und sie teilten sich wieder die Stille.

»Mein Name ist Francis Drake. Aber alle nennen mich Drake.«

»Gefällt mir«, sagte Marvellous.

»Ich habe schon alle Witze gehört.«

»Was für Witze?«, fragte Marvellous.

»Darüber dass ich nicht sehr weit gereist und wasserscheu bin.«

»Ich finde das nicht besonders lustig, sondern eher schade«, sagte Marvellous. »Weißt du, die Kunst, den Kindern gute Namen zu geben, stirbt aus. Mein Vater hat meinen Namen selbst ausgesucht. Er ist weit gereist, an Orte, wo Namen eine Bedeutung haben. Er hat meinen Namen aus Übersee mitgebracht und ihn zusammen mit meiner Berufung in diese Muscheldose hier gelegt.«

Sie nahm die Kette mit der kleinen Muscheldose ab, damit er sie besser sehen konnte. »Hier«, sagte sie. »Sie hat meiner Mutter gehört. Meine Mutter war eine Meerjungfrau.«

Drake hörte auf zu essen. Lieber Himmel, dachte er, jetzt geht's los. Plötzlich fingen seine Ohren den Wind und den peitschenden Regen auf den glatten Schindeln draußen ein. Er stellte sich die leere Schale auf den Schoß. Ganz bedächtig, um dem alten Mädchen nicht ins Gesicht sehen zu müssen. Er griff nach den Zigaretten und dem Feuerzeug, blies einen Rauchkegel Richtung Decke und war sich bewusst, dass die Augen der alten Frau die ganze Zeit auf ihm ruhten.

»Eine Meerjungfrau, hm?«, sagte er irgendwann.

»Ja«, antwortete Marvellous. »Offenbar war sie so schön, dass sich sogar die Wellen zurückzogen, um sie anzusehen.« Sie stand auf, nahm die Schale und trug sie zur Feuerstelle.

»Ich glaube, ich bin noch nie einer Meerjungfrau begegnet«, sagte Drake.

»Woher willst du das wissen? Sie haben ja kein Schild umhängen«, entgegnete Marvellous.

»Was machen sie sonst so?«, fragte er.

»Wer?«

»Na, die Meerjungfrauen.«

»Wie meinst du das? Sie schwimmen umher.«

»Singen sie denn nicht auch und kämmen sich die Haare?«

»Du wirst schon sehen, dass sie mehr können als das.«

»Aber so steht es doch in den Büchern, oder?«

»Alles Gerüchte.«

»Auch dass sie Seemänner in den Tod locken?«

»Nichts als Gerüchte«, erklärte Marvellous etwas nachdrücklicher und füllte zwei Becher mit warmem Rum und Bier, dann kam sie wieder zum Bett. »Hier«, sagte sie.

Drake nahm den Becher entgegen und trank dankbar. »Wo wohnst du?«, fragte er.

»Im Wohnwagen. Da drüben.«

Er sah zum Fenster. Die Nacht war finster. Sehr finster.

»Du kannst ihn nicht sehen«, sagte Marvellous. »Es ist zu dunkel für deine Augen. Du hast noch Stadtaugen.«

Drake ließ sich wieder in die Kissen sinken. Er zog an der Zigarette und schnippte die Asche in die Jakobsmuschel, die ihm die alte Frau hingestellt hatte. »War deine Mutter aus der Gegend?«, erkundigte er sich.

»Nein, nein. Sie hat vor der Küste von Ladys Island in South Carolina gelebt. In Amerika«, sagte sie mit Nachdruck. »Mein Vater war eines Nachts auf dem Weg zu einem Ball, und sie stand in einer Straße in der Nähe, umringt von mehreren Männern. Er behauptet, es war, als hätte sie seine Haut durchbohrt, sei in seine Venen eingedrungen und mitten in sein Herz geschwommen. Ich glaube, er hatte damals noch nicht viel gesehen.«

Marvellous hob ihren Becher, aus dem Dampf aufstieg, und ihre Brille beschlug.

»Sind sie dort geblieben?«, fragte Drake.

»Nein. Mein Vater hat sie mit nach London genommen, weil er dachte, dass man dort die Unterschiede besser verbergen könne. Sie mieteten ein Haus am Fluss und lebten in einer Welt, die für beide geeignet war, halb trocken, halb nass. Doch mit der Zeit wurde meine Mutter unglücklich, denn die Themse war schmutzig, und die Leute behaupteten, sie selbst sei ebenfalls dreckig. Sie war traurig und einsam und schwamm nur noch um Mitternacht zwischen den Booten herum. Ihre Augen entzündeten sich. Wahrscheinlich hat sie zu viel geweint.« Marvellous trank ihr Bier aus. »Geht es dir gut?«, fragte sie.

Drake nickte. Er rauchte die letzte Zigarette und drückte sie aus.

»Du bist ziemlich blass«, sagte Marvellous. Auf einmal wirkte sie müde.

»Vielleicht«, entgegnete Drake und legte sich wieder ins Bett.

Marvellous beugte sich vor und schüttelte das Kissen auf. Sie zog ihm die Decke bis an den Hals und steckte sie an seinen Füßen unter die Matratze. Vage konnte sie sich daran erinnern, dass das auch jemand für sie getan hatte, als sie noch klein war. Dann knöpfte sie ihre Jacke zu.

»Wo gehst du hin?«, fragte er.

»In den Wohnwagen.«

»Geh nicht. Bleib«, sagte er.

Drei Wörter, wunderschön. Die alte Frau setzte sich wieder. »So?«, fragte sie in die Stille.

Drake legte sich die Hand auf die Stirn. »Red einfach weiter, ja?«

»Worüber denn?«

»Ach, irgendwas«, bat Drake.

»Welche Art von irgendwas?«

»Deine Eltern. Mach schon.«

»Was ist mit ihnen?«, fragte sie.

»Sind sie in London geblieben?«

»Oh nein. Mein Vater hat meiner Mutter eine handgezeichnete Karte der Halbinsel von Cornwall gegeben und zu ihr gesagt: ›Dort treffen wir uns.‹ Meine Mutter war natürlich vor ihm da, weil sie halb Fisch war, und als sie die geschützte Bucht erreichte und bemerkte, dass hier Bärlauch und Blauglöckchen im Schlamm wuchsen, wusste sie sofort, dass dieser Ort ihr Zuhause werden würde.

Als einige Tage später mein Vater am Zusammenfluss eintraf, sprang meine Mutter, die Hände über dem rundlichen Bauch, aus dem Wasser und sagte: ›Sie kommt bald!‹

Sie meinte logischerweise mich. An der Art, wie ich in ihr schwamm, wusste sie, dass ich ein Mädchen war. Jungen schwimmen nämlich im Kreis.«

Drake nickte erschöpft.

»Mein Vater hatte Geld und kaufte alles, was er sehen konnte: das Land, den Fluss, die Kapelle. Er hat auch dieses Bootshaus hier gebaut. Sie sammelten am Ufer Nahrung, und bei jeder Flut, dieser heiligen Zeitspanne, wenn der Fluss stillsteht, schwammen sie, denn genau das tun Meerjungfrauen. Irgendwann«, Marvellous überlegte einen Augenblick lang sehr genau, »achtzehnhundertachtundfünfzig, glaube ich, bin ich wie ein Aal aus ihr herausgeschlüpft. Ich kam unter einem Lichtgekräusel an die Oberfläche, wo mein erster Atemzug von wildem Geißblatt versüßt wurde. Ich hatte Füße, keine Flosse, die Stirn meines Vaters und die Augen meiner Mutter. Aber, noch wichtiger, ich hatte auch das Herz meiner Mutter. Kennengelernt habe ich sie leider nie. Kurz nach meiner Geburt wurde sie erschossen. Ich glaube, jemand hat sie für eine Robbe gehalten.«

»Gütiger Gott«, sagte Drake.

Marvellous schauderte. »Du solltest jetzt besser schlafen«, sagte sie.

»Nein, warte noch einen Augenblick«, widersprach er. »Sag mir, was hat dein Vater getan, als deine Mutter starb?«

»Was er getan hat? Er hat aufgehört zu atmen«, erwiderte Marvellous.

»Er ist gestorben?«

»Nein, er hat aufgehört zu atmen.«

»Also war er tot?«

»Machst du das absichtlich?«

»Was?«

»Ich habe gesagt, dass er aufgehört hat zu atmen. Das ist ein Unterschied, weißt du. Als hätte eine Klinge sein Herz enthülst wie eine Auster und die Schönheit darin gestohlen. Er sagte, sein Herz habe nie mehr zu schlagen angefangen, es habe bloß die Arbeit wieder aufgenommen. Ich habe den Unterschied lange nicht verstanden, erst als ich viel älter war, lernte ich, dass es nicht dasselbe ist, von den Toten zurückzukehren, wie wieder lebendig zu werden. Weißt du, was ich meine?«

Sie stopfte ihre Denker-Pfeife, hielt ein Feuerzeug über die Schale und sagte nichts mehr. Sie wartete darauf, dass die Nacht ihn holte, was sie schnell tat und tief. Sein Kopf fiel nach hinten, und aus Schnarchen wurde leises Grollen. Sie legte ihm die Hand auf die Stirn und flüsterte: »Gute Nacht.« Aber sie ging nicht sofort, sondern sah zu, wie er sich im Schlaf hob und senkte.

18

Drake schlief den folgenden Tag durch und wachte erst auf, als die Sonne dem Mond Platz machte, die alte Frau eintrat und einen Topf mit gedämpften Muscheln auf das Gestell über der Feuerstelle absetzte. Es roch köstlich, und er hatte Hunger. Er merkte, dass er stärker wurde, die alte Frau dagegen sah schwächer aus.

Sie aßen den Eintopf mit hartem Brot, das sie in der salzigen Brühe aufweichten. Als alle Muscheln ausgesaugt und die Schüsseln leer waren, holte die alte Marvellous eine kleine Flasche Schlehenschnaps hervor, füllte ihr Glas und trank es in einem Zug aus. Ihre Wangen begannen zu glühen. Sie nahm die Brille ab und rieb sich die Augen, die extrem trocken waren.

»Geht es dir gut?«, fragte Drake.

Marvellous nickte und füllte ihr Glas erneut. »Heute bin ich alt«, sagte sie. »Den Großteil meines Lebens habe ich mich wie der Frühling gefühlt, aber jetzt bin ich der Winter.«

»Darf ich?«, fragte er und griff nach ihrem Glas. Er roch daran und sagte: »Schlehenschnaps.«

»Den mache ich selbst.« Sie hob ihr Glas an ihre Lippen. »Normalerweise hilft er.«

»Um sich wieder jung zu fühlen?«

Sie lächelte. »Nein, um sich zu erinnern«, sagte sie.

Drake trank sein Bier. »Ich habe mich gefragt …«, begann er. »Deine Mutter, ist sie hier begraben?« Er zeigte auf die Kirche und die Grabsteine.

»Oh nein«, sagte Marvellous. »Meerjungfrauen kann man nicht begraben. Sie kehren ins Meer zurück. Mein Vater hat sie zum Fluss getragen, als das Wasser am höchsten stand und die Gezeiten wechselten. Eine große, goldgekrönte Welle rollte auf sie zu und umschlang sie. Das Wasser löste meine Mutter aus seinen Armen und nahm sie mit zurück in die wärmeren Gewässer ihres Volkes und ihrer Geburt.«

»Was ist dann aus dir geworden?«

»Aus mir?«

»Ja«, sagte er.

»Oh. Sie haben mich nach London geschickt, zur Schwester meines Vaters und ihrem Mann. Damals war schnell klar, dass mein Vater kaum für sich selbst sorgen konnte, geschweige denn für ein Baby.«

»Wohin genau bist du gekommen?«

»Ich weiß es nicht mehr. Aber wir haben in einem großen Haus gelebt, in dem es wenig Licht, dafür aber umso mehr Gott und so viele Dinge gab. Sie gaben mir alles, was sich ein Kind nur wünschen konnte, auch einen neuen Namen, den ich gar nicht wollte: Ethel.«

»Du bist keine Ethel, glaube ich.«

»Bin ich nicht, oder? Jedenfalls habe ich meinen Vater erst wieder gesehen, als ich zehn Jahre alt war. Es war, als würde ich einen Fremden treffen, auch wenn er dasselbe Lächeln hatte wie früher.«

»Wie hat er gelebt?«, fragte Drake.

»Ich fürchte, da muss ich mich in Spekulationen ergehen.«

»Ich werde dich nicht festnageln.«

»Das wäre gut«, sagte die alte Frau und nickte zum Dank. »Soweit ich weiß, und damit wären wir auch schon bei den Spekulationen, hat sich mein Vater nach dem Tod meiner Mutter stark verändert. Bis dahin hatte man ihn niemals unhöflich erlebt. Aber über Nacht wurde aus ihm ein Mensch voller Hass, und am meisten hasste er Gott. Ich glaube, eigentlich hat er seinen Vater gehasst, einen strengen, tief religiösen Mann, der später Arzt wurde. Zweifellos meinte er, sich mit einem Fuß in jedem Lager die Erlösung sichern zu können.«

Marvellous nippte an dem Schlehenschnaps und rauchte dabei Pfeife. »Wo war ich noch?«, fragte sie.

»Bei Gott? Der Medizin? Deinem Vat…«

»Ah ja, welchen der beiden Pfade mein Vater einschlagen sollte.«

»Welchen hat er am Ende genommen?«

»Keinen davon. Er hatte nicht wirklich eine Wahl. Einerseits fürchtete er sich vor Gott, andererseits konnte er kein Blut sehen. Er nahm sein Erbe und floh aufs Meer. Machte ein Vermögen. Mit Indigo. Eines Morgens wachte er auf und erblickte als Erstes ein Gotteshaus. Man sich vorstellen, dass ihn das fast zerstörte. Güte machte ihn wütend. Der Anblick der ersten Blauglöckchen brachte ihn zum Rasen. Jeden Tag, wenn der Abend kam und die Welt ruhig wurde, erfüllte ihn die schiere Leere des Lebens mit Furcht. Also betete er um ein Zeichen von meiner Mutter, er betete Tag und Nacht um die Erlaubnis, seinem Leben ein Ende zu setzen.«

»Hat er sie bekommen?«, fragte Drake.

»Nein«, sagte Marvellous. »Vielmehr hat er die Erlaubnis bekommen zu leben. Eines Morgens wurde er von einem bedrohlichen Geräusch von der Küste geweckt. Er rannte zum

Ufer, weil er dachte, ein großer Dampfer wäre auf Grund gelaufen, aber als er am Meer ankam, entdeckte er einen großen Schwertwal. Das Tier war zwischen den Felsen eingeklemmt und hatte sich bei dem Versuch, sich zu befreien, die Haut aufgerissen. Das war das Zeichen, auf das mein Vater gewartet hatte. Am nächsten Morgen schloss er das Bootshaus und das wenige, was von seinem Herzen noch übrig war, ab und machte sich auf den Weg. Drei Stunden später prasselte der Regen nur so herab. Nach einer weiteren Meile erschien ein doppelter Regenbogen über dem Meer. Er spürte weder Hass noch Bitterkeit, nur Ehrfurcht. Und die ersten Vorboten dessen, was er irgendwann als Freiheit beschreiben sollte. Unzählige Meilen hinterließen ihre Spuren auf seinen Sohlen, Staub, Gras, Moor und Sand, die ganze Geschichte der Halbinsel legte sich in mehreren Schichten übereinander, wie Fossilien, wie Gebete. Er ging hinüber zum Michael's Mount, lief einmal drumherum und wanderte von der nahenden Flut ungestört zurück. Über die zerklüfteten Klippen ging er zu Land's End. Oft schlief er im Stehen, an eine Wand gelehnt und mit zuckenden Beinen, die in ihre eigenen Träume vom Laufen versunken waren. Im Morgengrauen lief er dann weiter. Er verweilte nie, um sich zu unterhalten, vielleicht hob er mal den Hut, um jemanden zu grüßen, aber seine Beine waren immer in Bewegung. Er lief zweitausend Meilen und umwanderte dieses Land ganze sechs Mal. Neun Jahre brauchte er dazu. Er hatte mehr als eine Sonnenfinsternis gesehen und sogar Grindwale. Er hatte gesehen, wie aus Schiffen Wracks wurden, wie die tosenden Wellen Männer verschlangen. Er lernte von alten, weisen Frauen, die uralte Geheimnisse und Bräuche kannten, kostete Kräuter und erfuhr von ihnen, was ihm half und was ihn krank machte. Er lernte, wie man frisches

Wasser findet, auch wenn die Natur behauptete, es gebe keines, und er lernte die Sterbenden zu übergeben. Erst nach all den Jahren, in denen er so viel gesehen und erlebt hatte, hielten seine Beine schließlich inne. An einem uralten Stein an der Landesgrenze schöpfte er Atem und sah zu, wie die Sonne auf die Erde herabsank. Da wusste er, dass etwas zu Ende ging, und vermutlich hätte er gesagt, dass das Ende der Trauer gekommen war. Als sich der Himmel golden färbte, spürte er, wie ihn tiefe Zufriedenheit erfüllte. Irgendwo zwischen Gott und der Medizin gibt es einen Ort für mich, dachte er. Diesen Gedanken legte er in die kleine Muscheldose, die er um den Hals trug.«

Sie hob die Muscheldose an ihrem Hals an und zeigte sie ihm.

»Dann schlief er, als auch seine Beine schliefen. Er hatte seine Berufung gefunden. Er hatte einen Sinn im Leben gefunden, und das bedeutete, er konnte endlich leben. Damals holte er mich aus London zurück. Er hatte einen Zigeunerwagen gekauft, meinen heutigen Wohnwagen, und ein altes Brauereipferd. Wir bereisten die ganze Halbinsel zusammen, landauf, landab. In den Dörfern und Weilern riefen ihn die Leute zu jeder Tages- und Nachtzeit, um bei den Sterbenden zu sitzen. Ich habe ihn oft begleitet und viel von ihm gelernt. Ich sah zu, wie er ihnen Worte ins Ohr flüsterte. Ganz normale Worte, die ihm in diesem Augenblick einfielen, manchmal auch Sätze aus der Bibel, wenn die Familie das wünschte. Ich beobachtete, wie er den Sterbenden Kräuter verabreichte und ihnen die Schmerzen nahm, und sie dankten ihm, indem sie unbelastet hinübertraten. In jenen Zeiten wechselte nur selten Geld den Besitzer, stattdessen bezahlten die Leute in Naturalien. Wenn es keine Arbeit für ihn gab, aßen wir, womit uns die Natur versorgte, und sie sorgte gut für uns. Die Klatschbasen haben ihn verehrt.«

»Wer waren sie?«, fragte Drake.

»Dorffrauen«, erklärte Marvellous. »Sie haben die Säuglinge auf die Welt geholt und um die Toten getrauert, jedenfalls riefen sie ihn zu sich, um die Aufbahrungen vorzubereiten, während ich sie begleitete und alles über das Wochenbett und Geburten lernte.«

»Du hast Kinder auf die Welt geholt?«, fragte Drake.

»Nein, nicht am Anfang. Jahre später schon, aber damals habe ich nur dabei geholfen, Wasser heiß zu machen, die Laken vorzubereiten und manchmal die Nabelschnur abzubinden. Aber ich habe oft zugesehen und zugehört und viel gelernt. Viele Menschen starben, das habe ich mitbekommen. Es war damals nicht sehr sauber, weißt du? Die Ärmel waren nicht sauber und wurden nicht hochgerollt. Die Nasen waren nicht sauber und liefen im Winter. Die Leute wussten nicht, wie wichtig es war, alles sauber zu halten. Manchmal flehten die Sterbenden um mehr Zeit, und das war das Schlimmste. Mein Vater schickte mich dann im Schutz der Nacht hinaus, um Hummer freizulassen oder Lämmer, Schweine und Hasen vor dem Schlachten zu bewahren. Leben mit Leben erkaufen, nannte er es, mit dem unsichtbaren Schicksal handeln, das seine Karten dicht vor der Brust hielt. In vielerlei Hinsicht war es sehr idyllisch. Erkauft, aber idyllisch.«

»Weshalb erkauft?«, fragte Drake.

»Es war nur eine Frage der Zeit, ehe sich der Schmerz, den er im Ganzen geschluckt hatte, in ihm niederlassen und sich an einem warmen Ort einnisten würde, bis er wuchs wie Gerste. Er hielt kaum etwas vor mir geheim, außer der Schwellung in seinen Beinen. Auch ich hielt kaum etwas vor ihm geheim, außer meiner Angst vor unserer Trennung. ›Wir müssen umkehren, Liebes‹, sagte er an dem Tag zu mir, als er wusste, dass unser Abenteuer vorbei war. Im Alter von vierzehn Jahren wendete ich das Pferd und machte mich auf den Weg zurück in die Vergangenheit meines Vaters. Er schlief, als wir wieder in St. Ophere ankamen. Es war mitten am Tag, aber er schlief. Ich machte den Wagen fest und ließ das Pferd zwischen den Bäumen grasen. Noch nie war ich im Bootshaus gewesen, doch das Schloss war leicht zu öffnen, denn das Holz war morsch. Die vergangenen zehn Jahre hatten die Scharniere rosten lassen und die Tür aufgeschwemmt, daher konnte ich mir mit einem festen Tritt Zugang in die private Welt meiner Eltern verschaffen. Das Haus war sauber und so gut wie leer. Das Bett war gemacht, als hätte nie jemand darin geschlafen. Neben dem Bett und bei der Feuerstelle standen Kerzenständer. Die roten Teppiche waren mit einer grünen Schicht überzogen, dort wo sich der Schimmel in der Wollstruktur festgesetzt hatte. Am deutlichsten erinnere ich mich daran, dass es eine Welt für zwei war: zwei Stühle, zwei Gläser, zwei Schalen. Ich fühlte mich wie ein Eindringling und nicht wie das Ergebnis der Liebe meiner Eltern.«

Drake zeigte auf den dreckverschmierten Umriss über der Feuerstelle. »Was hat dort gehangen?«, fragte er.

»Ich weiß es nicht«, sagte Marvellous. »Etwas, mit dem mein Vater nicht leben konnte?«

»Ein Gemälde?«

»Ja, wahrscheinlich. Ich habe nie nachgefragt, er hat es mir nie gesagt, und am Ende ging alles sehr schnell.«

Die alte Frau griff nach ihrem Glas. »Drei Tage, länger hat es nicht gedauert, Drake. Am dritten Tag und in der letzten Nacht ging vom Körper meines Vaters ein helles Licht aus. In dem erhabenen Frieden auf seinem Gesicht sah ich meine Mutter auf ihn warten. Ihr echtes Gesicht habe ich nie gesehen. Danach habe ich mich mehr gesehnt, als möglich ist. Das tue ich eigentlich immer noch, das Alter konnte dieses Verlangen nicht mildern. In jener Nacht war ihr Gesicht jedenfalls verdeckt, verborgen unter ihren dichten, dunklen Locken. Aber ich weiß, dass sie es war, denn sie benutzte Wörter wie *meine* und *Tochter,* und ihr Atem roch nach Meer. ›Hallo, meine Geliebte. Du bist zu mir zurückgekehrt‹, sagte mein Vater zu ihr. Darauf meine Mutter: ›Ich habe dich nie verlassen.‹ In jenen fünf Worten lag ein ganzes Leben. Er sagte: ›Sollen wir gehen?‹ Da wandten sie sich mir zu und fragten: ›Meinst du, du kannst uns gehen lassen?‹ Ich konnte nichts erwidern. Ich hob nur die Hand, ein schwacher Versuch zu winken, denke ich. Sprechen konnte ich nicht. Denn ich war vierzehn Jahre alt, und alles, was ich sagen wollte, war: ›Bitte geht nicht.‹«

19

Am nächsten Abend wartete er auf sie. Er wartete auf die alte Frau, aber sie kam nicht. Die Vögel verstummten, der Fluss leerte sich, und sie kam nicht.

Er schob einen ganzen Stapel klammer Holzscheite in die Feuerstelle, die dem Raum jeglichen Sauerstoff zu entziehen schienen, und er fühlte sich, als würde er ersticken. Nicht mal die salzige Brühe konnte er essen, die vom Vorabend übrig war. Mit der Wasserkanne füllte er das Becken, bespritzte Hals und Gesicht, und trotzdem wollte sein Kopf nicht klar werden. Er betrat den Balkon, die Kerze flackerte in der Kirche gegenüber. Sollte er hinausgehen und sich auf die Suche nach der Frau machen, vielleicht war ihr ja etwas zugestoßen? Er ging zur Vordertür und machte sie auf. Die kalte Luft sprang ihn an, nagte an ihm, als wäre er ihre Beute. Die Bäume schwankten, die Wolken zogen hastig vorüber Richtung Norden. Das Bedürfnis nach Licht war seltsam schmerzhaft. Da draußen war nichts als Einsamkeit. Schnell schloss er die Tür wieder. Da draußen war nichts als die traurige Anziehungskraft von Missy Hall.

Nachdem es passiert war, nachdem sie weg war, war er weggerannt. Hatte noch nicht mal auf die Polizei gewartet, konnte sich ihren Fragen nicht stellen, auch nicht ihrer

Verachtung. »Was meinen Sie damit, Sie konnten sie nicht erreichen? Wie sehr haben Sie es denn versucht, hm? Wie sehr haben Sie es wirklich versucht, Mann?«

Er ging nicht zurück zu ihrer Herberge, seine Füße bestiegen vielmehr die Schwingen von Schuld und Angst. Direkt am Damm entlang rannte er bis nach Westminster, machte sich vor, dass er immer noch nach ihr suchte, ließ den Blick über das Kiesufer und die rollenden Wellen schweifen, um nach ihr Ausschau zu halten. Dabei wollte er einfach bloß weg, so weit weg von diesem schrecklichen Ereignis wie nur möglich.

Nach Einbruch der Dunkelheit schlenderte er ziellos durch die Nacht, mit durchnässten Hosen und dem jämmerlichen Koffer mit all seinen Habseligkeiten darin. Jedes Detail des Tages spielte er in Gedanken noch einmal durch und suchte nach einem Hinweis, nach einer offenen Tür, durch die sie hätte gehen können, anstatt durch jene, die ins Grab führte.

Bei den brennenden Feuern der Verlorenen, der Armen und Gebrochenen blieb er stehen. Er gehörte zu ihnen, also suchte er sich einen Platz bei den Flammen, und als er die sechste Zigarette verschenkt hatte, merkte er, dass er nichts als Kälte spürte, und ging weiter. Er suchte sich einen Weg durch die ruhigeren Straßen hinter The Strand. Angebote wurden ihm aus Türen und Gassen entgegengerufen, zusammen mit dem Geruch von Rauch und schwerem Parfüm, durchsetzt von trägem Lächeln, und er geriet in Versuchung, denn er fühlte sich schrecklich einsam. Aber er ging an ihnen vorbei, blieb nicht stehen.

Er schlenderte weiter nach Osten, und schon bald ragten die vertrauten schäbigen Wohnstraßen seiner Kindheit zwischen den Bombenkratern auf. Seine Schritte hallten laut auf dem Kopfsteinpflaster wider, mit demselben unpassenden Rhythmus wie immer. Er war im Kreis gelaufen und wieder bei St. Paul's und dem elenden Fluss angekommen, der breit war und dunkel und voller Blasen. Mehrere Dutzend Kähne waren nah und fern verankert, die Kräne sahen zu, das Kraftwerk rauchte, die Lichter waren schön, und das sollten sie nicht sein, verdammt noch mal, das durften sie nicht. Er lehnte sich an die Kaimauer und trank aus einer Flasche Gin. Eine einzelne Feuerwerksrakete explodierte über ihm. Verlorene Glut zerfiel über dem stillen Londoner Himmel zu Staub.

Drake aß im flackernden Feuerschein. Er starrte in die Flammen auf der Suche nach der Wahrheit, aber die Wahrheit kannte er schon, denn sie kam in der Stille, sie kam, während das Bootshaus in seinem eigenen traurigen Meer knarrte. Die Wahrheit war, dass er Missy Hall nie wirklich gekannt hatte. Er hatte sich in einem Gefühl verloren, und dieses Gefühl war sein eigenes gewesen. Sonst hatte es nicht viel gegeben.

Sein Blick fiel wieder auf den gespenstischen Umriss über dem Kamin, etwas, womit der alte Mann nicht hatte leben können. Er stand auf, ging zu seinem Koffer, ließ das Schloss aufschnappen und nahm den gefalteten Papierbogen heraus, den jemand unter seiner Tür hindurchgeschoben hatte, als er noch ein kleiner Junge war. Vorsichtig öffnete er ihn, berührte Missys blasse Schrift. »Nicht zu sehr, Freddy. Vergiss mich nie.« Ihr Gekritzel war rätselhaft, selbst damals. Er legte das Blatt Papier vorsichtig in die Flammen. Es wellte sich, tanzte, stieg mit der Zugluft auf wie eine Gebetslaterne und verschwand im Himmel. Das Geflüster einer Kindheitsliebe zog einen Schweif wie ein Komet.

Im Bett lauschte er auf die züngelnden Wellen und fand nicht in den Schlaf. Gereizt erwachte er im Morgengrauen, und als er über den kalten, unebenen Boden tappte, fiel sein Blick auf die leere Feuerstelle und den staubigen Backstein. Auf dem Rost lagen einsam die spärlichen Überreste eines kleinen, verkohlten Blatt Papiers. Zwei Wörter waren noch zu lesen, klar und deutlich: *»Vergiss mich …«*

Er keuchte auf und taumelte zurück zum Bett. Mit angehaltenem Atem lag er da, dann tauchte er ab in einen unergründlich tiefen Schlaf.

20

Am nächsten Abend kam die alte Frau wieder. Sie kam wieder, und Drake wurde ruhiger. Er sah, wie sie den schweren Tiegel über die Schwelle trug, nahm ihn ihr ab und stellte ihn auf den schmiedeeisernen Grill. Er deckte den Tisch mit Löffeln, Servietten, Gläsern und Bier, legte Holzscheite aufs Feuer. Bald brannte es wild, der Inhalt des Tiegels blubberte, und das Bootshaus wurde warm und erwachte voller Erwartungen zum Leben. Er fragte sogar, ob sie etwas an ihrem Haar verändert habe. Daraufhin sah sie ihn seltsam an und murmelte etwas von »Unsinn«. Er sah zu, wie sie den Gemüseeintopf in Schalen schöpfte und sie auf zwei gegenüberliegende Plätze am Tisch stellte.

»Eintopf!«, sagte er, »mein Lieblingsessen!« Er zog einen Stuhl für sie heran, als sie sich zum Essen hinsetzen wollte. »Danke«, sagte er. »Danke.«

Sie aßen schweigend, der Eintopf war sämig und gut. Die alte Frau wandte den Blick nicht von ihrem Löffel ab und Drake den seinen nicht von ihr.

Irgendwann wischte er sich den Mund ab und sagte ruhig: »Du hast deine Geschichte noch nicht zu Ende erzählt.«

Marvellous blickte auf. »Welche Geschichte?«, fragte sie.

»Die Geschichte, die du mir erzählt hast. Ich habe letzte Nacht auf dich gewartet, aber du bist nicht gekommen.«

»Wirklich nicht?«

»Nein.«

»Hast du dann nichts gegessen?«

»Doch, ich habe etwas gegessen. Aber du bist nicht gekommen.«

Marvellous brach ein Stück Brot ab und tunkte es in ihren Eintopf.

»Du hast mir eine Geschichte erzählt, und die ist noch nicht fertig. Du kannst nicht einfach mittendrin aufhören.«

»Woher willst du wissen, dass ich genau in der Mitte war?«

»Weil es nicht der Anfang war und auch nicht das Ende.«

»Woher willst du wissen, dass es nicht das Ende war?«

»Weil du vierzehn Jahre alt warst. Das hast du selbst gesagt. Und jetzt bist du neunundachtzig. Da muss noch mehr kommen.«

»Ich bin neunundachtzig? Bist du dir sicher?«

»Ich glaube schon.«

Marvellous schüttelte den Kopf und aß weiter.

»Du hast eine Geschichte zu beenden.«

»Sagt wer?«

»Sage ich. Sagt jeder.«

Drake schob die leere Schale von sich, zündete sich eine Zigarette an und starrte auf ihre Lippen. Sie holte eine Flasche Schlehenschnaps aus ihrer Tasche und füllte die Gläser. Ihres trank sie in einem Zug leer.

»Geschichten neigen genau wie die Natur dazu, nicht zu enden«, sagte Marvellous.

Drake schnippte die Asche in die Schale und erwiderte: »Du warst an der Stelle, als dein Vater gestorben ist. Du hattest ihn zurück ins Bootshaus gebracht und es zum ersten

Mal betreten. Du hast gesehen, was sie für ein Leben geführt hatten. Als er starb, hast du gespürt, dass deine Mutter hier war und auf ihn wartete, dass sie nie weg gewesen war. Sie haben dich gefragt, ob …«

»Meinst du, du kannst uns gehen lassen?«

»Ja«, sagte er, »so war es.«

»Und ich war nicht in der Lage zu antworten.«

»Ja, genau.«

Die alte Frau rückte ihre Brille zurecht und rieb sich die Stirn. Sie trommelte mit den Fingern auf den Tisch und wartete darauf, dass ihre Erinnerungen wiederkehrten. »Und ich war nicht in der Lage zu antworten«, sagte sie noch einmal.

Da fiel ihr ein, dass sie die Nacht abwarten musste. Der Neumond spendete kein Licht, und sie trug einen Hut, an den sie vorne mit Flussschlamm einen Kerzenstummel angebracht hatte. Sie hob ihren toten Vater vom Bett, und er war federleicht, denn alles, was ihn ausgemacht hatte, war vergangen. Sie trug ihn zum Fluss hinab, fand Halt im Boot und legte ihn sanft auf die Dielen.

Sie richtete sich nach den Gezeiten und war mit dem Schothorn flott unterwegs. Es war wirklich schön. Beleuchtete Bootsmasten tauchten auf und versanken wieder, wie verwundete Sterne in der Dunkelheit. Sie umfuhren Buchten und Untiefen, bis sie in tieferes Gewässer kamen, geheime Tiefen, fern von Leuchtturmlichtern. Dort holte sie die Segel ein und ließ das Boot treiben.

Sie flüsterte die Worte, die ihr Vater ihr beigebracht hatte, bis eine dichte phosphoreszierende Wolke das Boot umgab. Irgendwann wusste sie, dass es so weit war. Sie hob ihren Vater an und ließ ihn sanft in die Tiefen gleiten, die sich sofort in die schimmernden Arme ihrer Mutter verwandelten.

Sie hielt sich am Bootsrand fest und streckte den Kopf unter Wasser, um sie entschwinden zu sehen. Aber sie war zu jung, und es war nicht die Welt, in der sie etwas sehen konnte. Ein klarer Blick ist das Privileg des Alters und von vergangener Zeit, und mit vierzehn Jahren verfügt man über keines von beidem.

Himmel und Meer waren eins. Beide stiegen und sanken sie durch die Gnade des anderen, und Marvellous war plötzlich erfüllt von einer finsteren Abwesenheit in ihrem Innern, die die Angst im Herzen des Lebens verankerte, das noch vor ihr lag. Sie holte die Segel ein, legte sich auf die Sitzlatten und weinte. Sie war nur eine Tagesreise von einem heftigen Südwestwind entfernt, der das Boot umherwerfen würde wie Treibholz, und sie betete darum, dass der Sturm sie holen möge. Dann könnte sie bei ihren Eltern sein.

Sie erwachte, nicht um sich dem Tod zu stellen, sondern als Kies an der Bootswand knirschte, ansonsten herrschte die stete Ruhe von Festland. Der Sturm war nicht gekommen. Stattdessen war das Boot an ein Ufer gespült worden, das ihr im frühen Morgenlicht sofort vertraut war. Sie war noch am Leben. Die Welt war ruhig, und auch das Meer war so ruhig wie ein Mühlteich.

Sie löste den Palstek und zog das Boot am seichten Ufer entlang bis zur Mündung des Großen Flusses. Von dort segelte sie weiter, vorbei am Leuchtturm, an den Schlössern und den riesigen Segelschiffen der Flotte, an verrottenden Schiffswracks, deren Besatzung anderswo verrottet war, bis sie zur Mündung kam und in Richtung Sandbank steuerte, die in seichteres Wasser überging. Sie schleppte das Boot die betagte Bucht hinauf, schreckte Shrimps und Krabben auf und zog das Boot gegen den Strom, als wäre es ein störrisches Schwein auf dem Weg zum Schlachter. Als sie um die Ecke bog, sah sie im fahlen Licht das Weiß des Bootshauses und die Kirche schimmern. Sie machte das Boot fest und setzte sich auf den alten Ankerstein. Die Bucht gehörte jetzt ihr ganz allein, trotzdem spürte sie nichts. Es war der längste Weg ihres Lebens gewesen, denn niemand wartete am Ziel auf sie. Sie schlief den ganzen Winter hindurch. Verpasste Weihnachten und erwachte erst an Neujahr. Sie fühlte sich unendlich verloren. Bis die ersten Blauglöckchen und der Bärlauch den grünbraunen Boden ihrer Welt überzogen.

Kirchenlieder erfüllten die Luft, als sie im Flussschlamm grub und ein Festmahl fing. An der Quelle füllte sie ihre Eimer, und als die Menschen aus der Kirche strömten, hatte sie bereits ein Feuer entfacht. In einer Pfanne blubberte es, die Muscheln öffneten ihre Münder, aber niemand sah sie an.

Sie baute Gemüse an und angelte vom Ufer aus. Sie konnte gut davon leben und verkaufte den Rest. Aber noch immer sah niemand sie an. Dann ließ sie ihr Haar wachsen und begann zu schwimmen, wie ihre Mutter es getan hatte, und da begannen die Leute sie anzusehen. Das Wasser hat ein Gedächtnis. Die Erinnerungen der anderen wurden wachgerüttelt und ihre eigenen wieder geweckt, denn alles, was sie wissen musste, war in diesem Wasser. Sie machte den Leuten Angst, genau wie ihre Mutter. Ihre Nacktheit machte ihnen Angst, genau wie ihnen die Nacktheit ihrer Mutter Angst gemacht hatte. Sie war erblüht, und alles um sie herum surrte, die Männer hoben die Nasen, konnten sie in der Luft riechen und grinsten, bevor sie ihre Scham schnell herunterschluckten.

»Der Apfel fällt nicht weit vom Stamm«, sagte Mrs. Hard.

»Stimmt«, sagte Marvellous. »Je näher er fällt, umso süßer schmeckt er.«

Aber sie ließ niemanden nahe genug heran, um zu kosten.

Drei Sommer mussten vergehen, ehe sich das Leben von Marvellous veränderte. Eines Morgens schreckte sie von einem lauten, aufgeregten Klopfen an der Tür ihres Wohnwagens aus dem Schlaf.

»Betsys Kind kommt«, sagte eine Frau aus dem Dorf.

»Weiß Keziah schon Bescheid?«, fragte Marvellous.

»Keziah begleitet einen Toten. Sie sagt, du sollst es machen. Sie sagt, du bist bereit.«

»Fünf Minuten«, erwiderte Marvellous und schloss die Tür, um sich zu sammeln.

Keziah sagt, dass ich bereit bin, dachte sie. Ihr Magen zog sich zusammen, und eine kalte, klamme Angst kroch ihr den Rücken hinab. Nie hatte sie eine weisere Weise Frau als die alte Keziah getroffen. »Sie hat mir alles beigebracht, was sie weiß«, sagte Marvellous zu sich selbst. Sie hat gesagt, ich bin bereit. Sie hat gesagt, ich bin bereit. Sie hat gesagt, ich bin bereit. Marvellous wiederholte diesen Satz immer wieder, während sie alles zusammensammelte, was sie brauchen würde, um zum ersten Mal ein Kind auf die Welt zu holen.

Die Sonne stand hoch am Himmel, als sie durch den dichten Wald hinaufeilte. An der Wiese traf sie auf die Frau aus dem Dorf, und zusammen gingen sie schweigend durch die vielen Kornblumen, Ringelblumen und Gänseblümchen, bis sie die High Road erreichten. Betsy lehnte an der Rückwand ihres Cottages. Ihre Wangen waren gerötet, und Marvellous bemerkte den ruhigen, tiefen Rhythmus ihres Atems.

Die Schwangere sah Marvellous an und sagte: »Der Schleimpfropf hat sich gelöst, die Fruchtblase ist geplatzt. Der Knirps wird mich bald zum Schreien bringen.«

Marvellous fuhr mit der Hand an der Innenseite von Betsys Oberschenkel entlang und roch an der klaren Flüssigkeit. Sie blickte auf und lächelte.

»Dann komm«, sagte sie, legte ihren Arm um die Schwangere und führte sie vorbei an der mit verschränkten Armen dastehenden Mrs. Hard in ihr Cottage.

Unten kochte das Wasser auf dem Herd. Die Luft war heiß und stickig, der Geruch von kräftiger Hefe hatte sich vom Backhaus herübergeschlichen. Die Klatschbasen warteten oben im Schlafzimmer, das Geburtslaken war bereits an seinem Platz. Betsy stöhnte, als sie sich hinlegte.

Marvellous legte ihre Tasche auf einen Stuhl am Fenster. Sie zog ihren Rock aus und nahm aus ihrer Tasche einen sauberen Kittel, ein Leintuch und ein Halstuch. Sie zog den Kittel an und krempelte die Ärmel hoch, dann nahm sie ein Stück Karbolseife von dem Bord über dem Waschbecken. Das Wasser war kochend heiß, und ihre Haut rötete sich sofort, trotzdem schrubbte sie Hände und Nägel und trocknete sie danach an dem Leintuch ab. Dann band sie sich das Halstuch vor Nase und Mund und ging zum Bett hinüber.

Mit den Händen strich sie über den Bauch der Schwangeren. Der Kopf des Kindes lag schön tief, und sie konnte die langsame, instinktive Bewegung der Gebärmutter spüren. Betsys Körper wusste, was zu tun war. Ihre Sinne nahmen selbst die kleinste Veränderung wahr. Sie presste ein Ohr an den Bauch und versuchte den Herzschlag des Babys zu hören. Nichts. Ihr Mund wurde trocken, ihr wurde schwindlig. Sie spürte die Blicke der Frauen im Zimmer auf sich, spürte das schwere Gewicht des Blicks der werdenden Mutter auf sich. Sie ließ die Hände erneut über den Bauch wandern, hustete, machte den Kopf frei und beugte sich noch einmal hinab, um auf das junge Leben zu lauschen. Da! Da war es, das galoppierende Ratatatat des Herzschlags des Babys. Sie lachte, und die Frauen im Raum saugten ihre Freude auf, verschluckten sie komplett.

»Nur eines, oder?«, fragte Betsy.

»Nur eines«, bestätigte Marvellous.

»Gott sei Dank«, sagte die werdende Mutter, und die Frauen lachten.

Alles war genau so, wie sie es bei Keziah gelernt hatte. Beobachte das Gesicht, es lügt nicht. Das Gesicht log tatsächlich nicht, denn zwei Stunden später veränderten sich die Wehen. Die werdende Mutter durchlief einen Wandel, der Rhythmus der Kontraktionen änderte sich, der Gebärmutterhals öffnete sich, und unter ohrenbetäubenden Schreien und Flüchen streckte kurz darauf ein gesundes kleines Mädchen den Kopf in die Welt hinaus.

Marvellous band die Nabelschnur mit schwarzer Seide ab, schnitt sie durch und überreichte Betsy das Geschenk, ihre Tochter. Das war der Augenblick, als die junge Mutter fragte, ob Marvellous ihrem Säugling einen Namen geben wolle, und Marvellous sagte: *»Yes, gladly* – ja, mit Freuden.«

Da lachten die Frauen und meinten: »Gut, dann also Gladly.«

Die Stunden vergingen. Die Schatten wurden lang, und die Sonne sank erschöpft, aber Marvellous verließ den Raum nicht eher, als dass sich die Plazenta ganz gelöst hatte, das Neugeborene ordentlich trank und sie sicher sein konnte, dass die Mutter nicht mehr blutete.

Irgendwann weckten die Klatschbasen sie und sagten: »Fertig. Du kannst jetzt gehen. Alles ist gut, Schätzchen.«

Marvellous verließ das von Freude erfüllte Cottage unter dem Schnarchen des neugeborenen Mädchens und dem Stolz des heimkehrenden Vaters. An jenem Tag wurde ihr so oft gedankt – wirklich sehr oft –, als wäre sie ein zweites Mal auf die Welt gekommen mit einer bis dahin unbekannten Fähigkeit.

Sie trat hinaus in die warme, dunkle Sommernacht. Im oberen Zimmer des Backhauses brannte noch immer Licht. Sie erkannte die Silhouette von Mrs. Hard am Fenster. Marvellous hob die Hand und winkte. Es war kein Tag für Vorwürfe oder harte Urteile.

Mit den Händen formte sie eine Schale, trank vom Steigrohr und spritzte sich Wasser über Augen und Gesicht. Über die Wiese und zwischen den Bäumen hindurch lief sie zurück und trug dabei das älteste Geheimnis in sich, das die Menschheit kennt. Sie setzte sich auf den Ankerstein und ergab sich den Daunen der Nacht.

Lange hatte sie nicht geschlafen, als sie mit einem Ruck erwachte. Sie meinte, den süßen Ruf einer Lerche im Sinkflug gehört zu haben, ohne zu wissen, dass es in Wirklichkeit das Geräusch ihrer erwachenden Seele war.

Vor dem Bootshaus regte sich der Wind. Muscheln, Metall und Knochen schlugen im Tanz an den hängenden Ranken aneinander, die Musik der Nacht. Marvellous nahm ihre Brille ab und legte sie neben die Öllampe. Sie rieb sich den Nasenrücken an der Stelle, wo der Plastiksteg eine kleine Delle hinterlassen hatte. Sie leerte das Glas mit Schlehenschnaps und tupfte sich über die Lippen.

»Na, hast du jetzt dein Ende?«

Drake drückte seine Zigarette aus. »Ich weiß nicht«, sagte er. »Ich glaube, es könnte genauso gut auch der Anfang sein.«

Da lächelte sie und sagte: »Gut. Langsam kapierst du's, Drake.« Sie stand auf, nahm die Brille und ging Richtung Tür. Als die Nachtluft hereinströmte, blieb sie stehen und fragte: »Kannst du sie hören?«

»Wen?«

»Die Heiligen. Sie haben heute Nacht Unheil im Sinn.«

»Warum?«

»Weil sie das Gefühl haben, dass sie ersetzt wurden. Seit du angekommen bist. Sie werden mich heute wach halten, so viel ist sicher.«

Irgendwo rief eine Eule.

»Mitternacht«, sagte Marvellous, rückte ihre goldene Taschenuhr zurecht und zog sie auf.

Drake sah auf seine Uhr. Es war tatsächlich Mitternacht. »Danke, Marvellous«, sagte er.

Sie blieb stehen und wandte sich um. Es war das erste Mal, dass er sie so nannte. Dann hob sie den Arm und verschwand in der Dunkelheit.

Der Wind frischte auf. Drake sah hinaus, wo sich die Bäume bogen. Er hörte zu, wie die alte Frau mit sich selbst redete, und dachte, dass man das wohl so macht, wenn einem niemand Gesellschaft leistet außer den toten Heiligen.

21

Es war der 1. Dezember, als Drake das Bootshaus verließ. Die Beeren leuchteten hell und rot und waren hart. Der Winter war da.

Marvellous hatte ihn früh geweckt, ihm den Eimer mit dem Schmutzwasser und einen weiteren mit Asche in die Hand gedrückt und auf den Trampelpfad zwischen den Bäumen hindurch Richtung Plumpsklo und Dunggrube gezeigt.

Er blinzelte, bis sich seine Augen an das grelle Morgenlicht gewöhnt hatten. Rufe von Brachvögeln und Austernfischern hallten durch die Bucht, die Luft roch fruchtbar, und die Bucht glich keineswegs der bedrohlichen aus seinen nächtlichen Phantasien, sondern war voll verlassener Schönheit, uralt und heiter zugleich.

Über den Bäumen sah er sanften Rauch aufsteigen, und in dem Moment entdeckte er den Zigeunerwagen zum ersten Mal. Er war mit einem Tarnnetz aus dem Krieg bedeckt, und die falschen Blätter hoben unnatürlich von den Ästen ab, die ihn umgaben. Aus der Nähe sah der Stoff verblasst und löchrig aus. Irgendwann hatte seitlich jemand etwas darauf geschrieben, aber nun ergab es keinen Sinn mehr. Ein Fleischhimmel war seitlich an einer Stange angebracht, und dahinter hatte jemand ein kleines Stück Land freigeräumt, wo jetzt Gemüse wuchs. Eine Wäscheleine verband Baum mit Baum, aus alten Obstkisten hatte jemand eine Scheune gebaut, mittlerweile ohne Tür, aber vollgestellt mit Tonflaschen – manche mit Stöpseln, andere ohne –, Angelruten und Krabbenkörben, verschiedenstem Werkzeug, einer Blechwanne und Benzinkanistern. Seitlich am Schuppen hing ein großer Drache aus Leinwand mit Metallgestell, der stark nach Salzwasser roch.

Drake stellte die Eimer neben einer ramponierten Lampe ab und stieg die Stufen zum Wohnwagen hinauf. Feuchter Seetang hing an einem Teleskop, das fest mit den Latten verschnürt war. Sanft drückte er gegen die Tür und stieß auf die seltsamste Welt, die er je gesehen hatte.

Der Raum war ruhig und warm, nur das gedämpfte Knistern des Feuers im Ofen war zu hören und das gelegentliche Knarren der Holzräder, die in jahrzehntealtem Schlamm und Matsch eingegraben waren. Die Luft war frisch, sie roch nach Kiefer und etwas, wofür er kein Wort fand, etwas Weibliches, Berauschendes. Er ging zum Bett und setzte sich. Die gegenüberliegende Wand war mit Muscheln bedeckt, ein Mosaik aus Strand- und Napfschnecken, unzählige Muscheln, akribisch zu Meerwirbeln und Wellen angeordnet.

Auf dem Fenstersims stand in Staub und Dunkelheit ein kleines Regal mit einem einzigen Buch darin. Ein dickes, abschließbares Album, auf dessen Rücken mit der Hand geschrieben war: *Marvellous' Buch der Wahrheiten.* Drake zog den Band heraus und ließ den Finger über die einzelnen Wörter gleiten. Er sah sich nach einem Schlüssel um, konnte jedoch nichts finden. Er drückte fest auf das Schloss, aber es schnappte nicht auf, und er stellte das Buch zurück in den staubigen Spalt. Vor dem Marconi-Radio, das neben dem Bett auf dem Boden stand, kniete er sich hin. Der Lautstärkeregler war blankgescheuert. Entlang der Wände standen Säckchen mit getrockneten Blättern und Kräutern und auch eine Waage mit Messinggewichten in der Größe von Pennys und oben auf dem Regal Stößel und Mörser. Außerdem mehrere Packungen Craven-A-Zigaretten und Lucky Strike, die üblichen Tauschobjekte im Krieg.

Er legte sich aufs Bett und überflog die handschriftlichen Notizen, die an den wattierten Betthimmel über ihm gepinnt waren, manche alt, manche neu, aber allesamt persönliche Anweisungen von Marvellous an sich selbst. Er las.

Ei Freitag	Mann draußen ist Drake
Drake = traurig	Drake beobachten
Geboren 1858	
Geld im Schrank	Kerze ausblasen

Er kannte diese Welt, war einer solchen Welt von gebrochenen Gedanken schon mal begegnet, als kleiner Junge. Ein alter Mann, ein Stammgast aus dem Pub, kam eines Wintertages herein, den Gabardinemantel voll mit Zetteln, die seine Frau ins Innenfutter geklebt hatte. Aus der Ferne dachte Drake, das weiße Papier sehe aus wie Schnee. Auf den Zetteln standen der Name des Mannes und seine Adresse, was er gerne trank und wo sein Geld war. Das alles für den Fall, dass er einen »schlechten Tag« hatte, denn so nannte man das damals, »schlechte Tage«. Stanley Morris wurde nie ausgeraubt, und irgendwer brachte ihn immer nach Hause, für gewöhnlich mit einem Lied auf den Lippen. Das war eine gute Welt, dachte Drake. Eine vergangene Welt.

Er löste den Zettel, auf dem »Drake = traurig« stand, und starrte einen Augenblick darauf, ehe er ihn in die Hosentasche steckte. Dann strich er die Bettdecke glatt und verließ den Wohnwagen so ruhig und unberührt, wie er ihn betreten hatte.

Er holte die Eimer und stapfte zur Dunggrube, auf der sich eine Eisschicht gebildet hatte. Die Kälte fror den Geruch mit ein, daher war es nur Müll, nur Dreck, und selbst die aufgeschreckte Ratte störte seine Ruhe nicht. Er knöpfte die Hose auf und betrat das Plumpsklo. Zog sie herunter und schiss wie ein Bulle. Er war kein neuer Mensch. Er fühlte sich nur ein wenig menschlicher.

22

Zu Beginn des Zweiten Weltkrieges hatte Marvellous eine ihrer wenigen Reisen unternommen und war zum großen Hafen gefahren.

Während sie auf einer Bank saß und eine Taube fütterte, hatte sie gehört, wie eine Frau über einen Film sprach, den sie am Vorabend gesehen hatte. Der Film sei in Farbe, berichtete die Frau, und Marvellous hörte aufmerksam zu, weil sie neugierig war und noch nie zuvor einen Farbfilm gesehen hatte. Eigentlich konnte sie sich gar nicht mehr erinnern, wann sie überhaupt zuletzt einen Film gesehen hatte. Wegen des Titels dachte sie, der Streifen handele wahrscheinlich vom Segeln. Etwas, das ihr sicher gut gefallen würde.

Anstatt nach Hause zu gehen, reihte sich Marvellous daher in die Warteschlange für den Film ein und saß kurz darauf inmitten flirtender Pärchen. Das Licht ging aus, und sie sah sich um, als sich allerlei Köpfe zum Küssen zueinander neigten.

Noch nie hatte sie so viel Farbe gesehen, nie in ihrem Leben waren solche Farben in ihrer Landschaft explodiert, nicht einmal im Schlaf. Rote und orangefarbene Flammen ergossen sich über den Bildschirm, zusammen mit den schwarzen Umrissen der marschierenden Armeen. Vielleicht ist das Großbritannien, wie es in Zukunft sein wird, dachte sie. Marvellous fand, dass Vivien Leigh in dem Vorhangkleid wie Robin Hood aussah. Auch im Film war Krieg, die Leute konnten sich lediglich behelfen und kamen gerade so über die Runden.

Aber es waren die Bilder, vor allem die orangefarbenen und roten Lippen, die in Marvellous über die Jahre lebendig geblieben waren. Immer wieder hatte sie sich gefragt, wie sie mit solchen Lippen ausgesehen hätte.

Sie war die Letzte im Kino gewesen. Dreimal hatte die Frau sie gebeten zu gehen, aber sie saß noch immer reglos da und starrte die leere Leinwand an. Sie rührte sich erst, als die Sirenen einen Luftangriff ankündigten und sie die Panik auf dem jungen Gesicht der Platzanweiserin sah.

In die verdunkelte Welt hinauszugehen war wie ein Schlag. Die Sirenen heulten, die Menschen rannten in die Bunker, aber Marvellous lief nicht mit, sondern ging weiter Richtung Hafen, zu ihrem Boot, und beachtete weder die Rufe der Wärter noch den Lärm über ihr. Als sie die fallenden Bomben auf dem Weg in ihre dunkle, stille Bucht hinter sich ließ, fielen ihr wieder die orangefarbenen und roten Lippen ein, und sie dachte, wenn sie solche Lippen hätte, würde sie vielleicht öfter geküsst.

Sie stand an der Schwelle zum Bootshaus und faltete das Poster auf.

»*Vom Winde verweht?*«, fragte Drake, als er den Kopf von der Waschschüssel hob.

»Ich wusste, dass ich es irgendwo noch habe. Ein Amerikaner hat es mir damals geschenkt. Ich dachte, du könntest es hier bei dem Tisch an die Wand hängen.«

»Danke«, sagte Drake, trocknete sich die Hände ab und nahm ihr das Poster aus der Hand.

»Vielleicht hellt es den Raum ein bisschen auf«, schlug Marvellous vor. »Ich finde, es ist das Bild eines jungen Menschen.«

»Ich glaube, du hast recht«, sagte Drake und leerte den Inhalt der Waschschüssel auf die Zaunrose draußen.

»Ich habe mich gefragt, wie ich wohl aussehe, wenn ich mir die Lippen auch so anmale«, sagte sie und zeigte auf das Poster. »Wie sie.«

»Wie Vivien Leigh?«, fragte er.

»Heißt die Schauspielerin so?«

»Ich glaube schon.«

»Ja, dann wie sie.«

»An welche Farbe hast du denn gedacht?«

»Rot. Oder Orange.«

»Besser Rot. Ich glaube, das würde hübsch aussehen«, sagte Drake und verpasste ihr Lächeln, als er zur Feuerstelle hinüberging, wo ein paar frisch gewaschene Socken zum Trocknen hingen.

»Du hast Post bekommen«, sagte Marvellous und folgte ihm.

Drake nahm den Brief vom Kaminsims und reichte ihn ihr. »Er ist nicht für mich, Marvellous. Siehst du? Man hat mich nur gebeten, ihn zu überbringen. An diesen Mann hier«, erklärte er.

»Warum?«

»Weil ich es jemandem versprochen habe«, sagte er und zog seine Socken an.

Sie betrachtete den Umschlag, hielt ihn näher vor die Augen. Sie las den Namen laut vor, »Dr. Arnold«, spürte eine Erinnerung wie einen Peitschenschlag, kurz und heftig, und musste sich am Tisch festhalten. Dann war das Gefühl auch schon wieder verschwunden, als hätte jemand Seiten aus einem Buch herausgerissen, und nur die gezackten Überreste in der Mitte verwiesen darauf, dass etwas zurückgeblieben war.

»Alles in Ordnung?«, fragte Drake.

»Ja«, sagte sie leise, »alles in Ordnung.«

»Hier«, sagte er und führte sie zum Bett hinüber. »Du siehst müde aus.«

»Das liegt am langen Warten«, entgegnete sie.

»Sicher.«

Sie zeigte auf den Brief. »Wann brichst du auf, um ihn zu überbringen?«

»Oh. Heute nicht, Marvellous«, sagte er. »Heute gehe ich nirgendwohin. Morgen auch nicht. Und übermorgen auch nicht gleich.«

Sie nickte. »Gut«, sagte sie und wie ein Echo noch einmal: »Gut.« Eine leichte Röte überzog ihre Wangen. Sie wollte nicht, dass er irgendwohin ging, gerade gewöhnte sie sich an ihn.

23

Der Nachmittag breite sich in voller Leere vor ihm aus. Marvellous hatte das Krebsfischerboot genommen und war damit zum Dorf des »anderen Heiligen« gefahren, wie sie es immer nannte, um Winterkräuter und Hagebuttensirup an all jene auszuliefern, die sich standhaft weigerten zum Arzt zu gehen.

Die große Wolke war weitergezogen, hatte einem glasklaren blauen Himmel Platz gemacht, und das schrille Kreischen der Möwen und Gänse hallte in der leeren Bucht wider. Es war Ebbe, was sich bald ändern würde, und der feuchte Sand war überraschend fest unter seinen Füßen. Zwischen dem dunklen Wasserschlauchgewächs war das Flussbett mit verschlungenen Köderwürmern und leeren Muschelschalen von Herzmuscheln, Miesmuscheln und Strandschnecken überzogen – die Überreste ihrer Abendessen. Ein Schwarm Rabenkrähen landete bei der Kirche und pickte nach gestrandeten Sandaalen in dem dichten Haufen mit stinkendem Tang.

In seiner Einsamkeit wanderten Drakes Gedanken zu der Nacht zurück, als er hier angekommen war. Seine Erinnerungen waren immer noch verschwommen, und so würden sie auch noch viele Jahre lang bleiben, der einzige fixe Punkt war das seltsame Schild in der Hecke, das ihm befahl »STOP HERE«.

Was die alte Marvellous an jenem Tag zu ihm gesagt hatte, war ihm allerdings im Gedächtnis geblieben. Dass sie auf ihn gewartet habe. Wie hatte sie wissen können, dass er kommen würde? Immerhin hatte er es selbst nicht gewusst.

Die sinkende Sonne wanderte über den Himmel, als er die Wiese hinaufging. Schnell hatte er die dahinterliegende Straße erreicht, die einst den großen Namen High Road getragen hatte, damals, in den Tagen von Gott und Brot, von Reichtum und Menschen. Er war ein gründlicher Kundschafter, aber die Suche entlang der Straße um das verfallene Backhaus herum ergab gar nichts. Kein Schild. Nichts. In der gesamten Stunde war auch kein einziges Auto, kein Fuhrwerk oder Lastwagen an den vernagelten Häusern vorbeigefahren. Überhaupt kein Verkehr. Das Dörfchen war gespenstisch verlassen. Es war so still, dass er sogar das Quecksilber im Barometer fallen hören konnte in der ruhigen Luft vergangener Zeiten.

Er setzte sich auf den Grenzstein und zündete sich eine Zigarette an, spielte mit dem Feuerzeug, blickte auf seine Hand. Das Zittern nahm ab, da war er sich sicher. Er beobachtete den Tanz der schnappenden Stare in der Luft, der üblicherweise die Dämmerung ankündigte. Sah zu, wie sie sich wanden und in das kräftige, ewige Blau abtauchten, und in diesem kurzen Augenblick, als er sich in ihrer Freude verlor, kümmerte ihn weder das Schild, noch was die alte Marvellous Ways wusste oder nicht wusste. Er war von etwas ganz anderem gebannt. Das goldene Licht wanderte über sein Gesicht Richtung Westen und blendete ihn für einen Moment. Er ließ das Feuerzeug fallen, und als er sich bückte, um es aufzuheben, sah er es. Zwar durch seine Beine und verkehrt herum, aber er sah es. Er fing an zu lachen. Als er über die Felder zurück zum Fluss ging, ließ er einen Grenzstein aus Granit zurück, der in der Spätnachmittagssonne funkelte. Ein Grenzstein aus Granit, auf dem stand:

ST opHere

24

In dieser Nacht war der Mond deutlich zu sehen, es fehlte nur noch ein schmaler Streifen, bis er voll war. Dicke Pinselstriche von Pink und Mauve hatten sich in das dunkelnde Blau eingeschlichen. Der Flusspegel stieg, Schatten entsprangen auf der hellen Oberfläche, Musik tanzte Hand in Hand mit den Gezeiten. Ein bekanntes Trompetenintro schlang sich um die Bäume. Armstrong, Louis, flüsterten sie.

Es war lange her, dass Drake Musik gehört hatte. Er hatte vergessen, wie sehr sie einen bewegen konnte, wie man sich sofort rührte. Monatelang hatte er versucht, sich an den Namen des Jazzclubs in Paris zu erinnern, in den er nach dem Krieg gegangen war. Auf der Fähre zurück nach England hatte er in seinem Hirn nach dem Namen geforscht, während er die Reling umklammerte und sich auf die Schuhe spie.

Er wusste noch, dass er einer Gruppe amerikanischer Soldaten, schwarzen Soldaten, eine schmuddelige Treppe hinab in eine feuchtkalte, unterirdische Höhle voll Schweiß, Tanz, Rauch und Alkohol gefolgt war. Die Musik war eigensinnig, und Männer und Frauen tanzten frei, sahen aus, als hätten sie Sex, voll bekleidet. Eine Frau kam und setzte sich neben ihn, eine Französin. Sie beugte sich vor und flüsterte:

»Merci.« Dann sagte sie: *»Liberté«*, und er erinnerte sich nur deshalb daran, weil er damals dachte, es würde sich reimen. Sie stand auf, grüßte und ging. Selbst in Zivilklamotten sah er aus wie ein Soldat.

Drake bemerkte sein Spiegelbild in der Fensterscheibe. Der Soldat war durch etwas anderes ersetzt worden. Einen Fischer vielleicht? Er ging zum Balkon und sah, dass Marvellous das Feuer begutachtete, das er eine Stunde zuvor entzündet hatte.

Als Drake ihren Namen rief, blickte sie zu ihm auf und winkte.

Caveau. Das war der Name des Clubs gewesen. *Caveau* irgendwas.

Sie gingen in einer Bucht angeln, noch fleckig vom Ende des Tages, und sahen schweigend zu, wie die schillernde Strömung aus Pink und Gold der feierlichen Farbe der Nacht Platz machte. Marvellous kurbelte ein und warf die Schnur dann wieder in den tiefschwarzen Kanal aus.

»Jetzt beißen sie«, flüsterte sie.

»Woher weißt du das?«

»Schhh«, sagte sie.

»Verdammt!«, sagte Drake.

»Hat einer angebissen?«

Das Zack-zack-zack war wie Elektrizität in seinen Muskeln, sein Herz schlug schnell und immer schneller, als er sah, dass der silberne Fisch direkt unter der Wasseroberfläche dahinschoss. Er hatte noch nie geangelt und fühlte sich wie ein kleiner Junge. Er lachte und dachte, dass er vielleicht sogar gekreischt hatte wie ein kleines Mädchen.

Marvellous sagte: »Vorsicht jetzt, den wollen wir haben«, und er war vorsichtig und tat, was sie sagte.

Er spulte auf und hob die Rute, spulte auf und hob die Rute, bis panisch geöffnete Kiemen an der Oberfläche erschienen und der Fisch sich nach einem letzten Schlag mit der Schwanzflosse im entwürdigenden Schlamm ergab. Jenem Idioten, der ihn gefangen hatte. Wild starrte er den kreischenden Idioten an, der noch nie einen Fisch gefangen hatte. Meine Güte, was für ein peinlicher Abschied aus dem Leben, dachte der Fisch.

»Eine Meeräsche«, sagte Marvellous. »Schön groß.« Sie schlug dem Tier mit einem dicken Ast auf den Kopf. Dann beugte sie sich über Drake und zeigte ihm, wie man den Fisch ausnimmt: Messer unter die Kiemen und Kopf ab. »Das war's«, sagte sie. »Ganz aufschneiden, an der gesamten Unterseite entlang. Kratz die Eingeweide raus. Ganz einfach. Hier ist dein Fisch, Francis Drake.«

Drake nahm die Äsche in beide Hände und war sehr stolz. Er wollte den Fisch hochhalten wie eine Trophäe und hätte es auch getan, wenn Marvellous ihn nicht auf die hellen, hungrigen Augen aufmerksam gemacht hätte, die ihn zwischen den umstehenden kahlen Bäumen hervor ansahen.

Sie tranken warmes, bitteres Bier, während der Fisch auf einem Backblech in einem Meer von Flammen, Butter und Salz schmorte und seine Haut braun und knusprig wurde.

»Das Wrack auf der Sandbank«, fragte Drake. »War das dein Boot?«

»Nein«, antwortete Marvellous, »das ist die *Deliverance.* Sie hat dem alten Cundy gehört, einem Fischer, den ich vor langer Zeit gekannt habe. Er und sein Boot sind ein paar Monate nach Dünkirchen gestorben, ohne dass einer von beiden damals besonders seetüchtig gewesen wäre.«

Sie nahm das Blech vom Feuer und stellte es aufs Gras. Es brutzelte und spie.

»Teller«, sagte sie.

Er reichte ihr einen Teller, und sie legte den Fisch darauf. Es blieb kaum Platz für die gekochten Karotten.

»Merk dir den Geschmack«, sagte Marvellous. »Er schmeckt nach frisch gefangenem Fisch, nach Triumph und dem Wissen, dass du nie wirst hungern müssen. Es ist für mich die allerköstlichste Kombination.«

Beim ersten Bissen wusste Drake, dass sie recht hatte.

»Wusstest du«, sagte Marvellous, während sie sich Fischöl und Butter von den Fingern leckte, »dass damals, als Fischerboote gesucht wurden, die sich der Flotte anschlossen und nach Frankreich fuhren, der Motor der *Deliverance* von alleine startete?«

»Wirklich?«, fragte Drake grinsend.

»Ich kann mir schon vorstellen, dass du das kaum glauben kannst, aber genau so war es. Der alte Cundy musste gar keine Entscheidung treffen, sie war nämlich längst gefallen. Das Boot war dabei, mit oder ohne ihn.«

»Tapferes Boot.«

»Die *Deliverance* war wirklich ein sehr tapferes Boot, sie war sogar mehr als das. Willst du jetzt ein paar Karotten?«

»Danke«, sagte Drake, als eine große, buttrige Portion auf seinem Teller landete.

»Was war sie denn noch?«, fragte er und zog eine Gräte zwischen den Zähnen hervor.

»Der Enkel vom alten Cundy war da drüben. Das Boot hat diesen Jungen geliebt, denn es spürte immer noch die Hand des jungen Mannes an seiner Pinne. Eine Pinne vergisst nie die Hand, die sie steuert. Merk dir das, Drake.«

»Mach ich«, sagte er.

»Ich selbst habe der *Deliverance* zum Abschied gewinkt. Es war ein bewegender Anblick. Stell dir das vor! Mit der

Nase voran durchs Wasser. Deutsche Bomben fielen vor und hinter ihr, aber sie fuhr einfach weiter, bis die französische Küste in Sicht war. Was für ein Anblick! Strände voller Männer, brennende Jeeps, Öltonnen und ganze Reihen von Soldaten, die in den Hafendamm wateten, weil sie unbedingt nach Hause wollten.

Die *Deliverance* konnte wegen ihres flachen Rumpfs ungewöhnlich weit vordringen, während Flugzeuge im Tiefflug über sie hinwegdonnerten und Bomben abwarfen, Boote getroffen wurden und sanken und Fischer fern der Heimat ertranken. Soldaten krochen zu den Booten, manche fielen nur wenige Meter, bevor sie in Sicherheit waren. Jedes Mal wenn ein junges Leben endete, erzitterte das Boot, aber es kehrte nicht um und legte auch nicht den Rückwärtsgang ein, nicht bis zehn Soldaten an Bord waren und seine Aufgabe erfüllt war. Plötzlich kam vom Strand der letzte Überlebende herbeigerannt. Er tauchte in die Gischt und schwamm Richtung *Deliverance.* ›Komm! Los, komm!‹, riefen sie im Kugelhagel. Seine Kameraden beugten sich über die Reling, sodass sich das Boot gefährlich neigte, Hände griffen nach dem Soldaten, und er reckte ihnen die seinen entgegen. ›Komm! Los, komm!‹, schrien sie. Als sie ihn an Bord hievten, fiel er mit dem Gesicht nach unten aufs Deck und weigerte sich, sich zu bewegen. Minutenlang blieb er so liegen, vielleicht sogar länger. Erst als sie in sichererem Gewässer waren, mit Kanonenbooten an beiden Seiten, verließ der alte Junge die Pinne. Er kniete sich neben den jungen Mann und legte ihm seine Hand auf die Schulter, die er für vertraut hielt. Der junge Mann regte sich und hob langsam den Kopf.«

»Er war es, stimmt's? Der Enkel?«, fragte Drake eifrig.

Marvellous stellte ihren Teller ab und hob das Bier an die Lippen. »Nein, er war es nicht«, sagte sie.

»Verdammt.«

»Du fluchst zu viel.«

»Tut mir leid.«

»Aber er hätte es sein sollen, nicht wahr? Er hätte es sein sollen.«

»Ist er je zurückgekehrt?«, fragte Drake.

»Nein. Der alte Cundy ist bald darauf gestorben. Vielleicht war es die Anstrengung, vielleicht auch sein gebrochenes Herz. Sie versuchten, das Boot zu verkaufen, aber es war wie ein trauernder Hund und rührte sich nicht mehr. Es wusste Bescheid, verstehst du? Über Nacht drohte es auseinanderzufallen. Ich habe es im Schlamm sterben sehen. Alles hat seine Zeit, Drake. Das habe ich damals gelernt. Alles hat seine Zeit.«

Das Feuer brannte herunter, und es wurde kühler. Die alte Marvellous ging früh schlafen. Drake blieb allein sitzen und trank den letzten Schluck seines Biers. Er blickte zur Kirche hinüber und dachte, dass vielleicht auch Gott ein Opfer des Krieges geworden war. Er sah den Insekten dabei zu, wie sie kraftlos um die verkümmernden Flammen schwirrten, angelockt von den verkohlten Überresten von Fischfleisch, Gräten und Haut. Er goss einen Becher Flusswasser aufs Feuer. Es zischte und rauchte, und sein Gesicht leuchtete. Der unerwartete Klang einer Klarinette und eines Saxophons, die ersten Takte eines Lieds wühlten sein Herz auf.

Er nahm die Öllampe und stolperte am Flussufer entlang bis zu dem verfaulenden Wrack auf der anderen Seite. Im Licht der Lampe stand Drake stramm, während Billie Holiday über *foolish things* sang, und salutierte der guten *Deliverance.* Er fühlte sich gar nicht komisch oder dämlich dabei, denn er war ein wenig betrunken. Wäre man in dieser klaren Nacht hier vorbeigekommen, hätte man einen jungen Mann gesehen, der vor einem alten Schiffswrack auf einer Sandbank salutierte, während sich ein altes Lied durch die Küste, Täler und Buchten wand, in die Ohren der Schlafenden drang und sie an die Liebe erinnerte, denn manchmal ist das alles, was es gibt.

Als das Lied sich dem Ende zuneigte, griff Marvellous Ways in ihrem Wohnwagen auf die andere Seite und schaltete das Radio aus. Sie legte sich aufs Bett, und ihr war ein wenig schwindelig in der Stille. Gerade wollte sie die Kerze ausblasen, als sie eine Notiz an der Decke erblickte, die in einer fremden Handschrift geschrieben war.

Drake = ein bisschen glücklicher

Sie blies die Kerze aus, und wie ein Vorhang fiel die Dunkelheit herab.

25

Eine Woche später bemerkte Marvellous, dass die Vögel in der Bucht unruhig und ihre Melodien schneller geworden waren. Eine Flunder war während der morgendlichen Ebbe gestrandet, hatte noch vor Sonnenaufgang aufgegeben und war im grausamen Dämmerlicht verendet. Auch einige Krabben waren aus dem matschigen Schlamm gekommen, hatten sich ängstlich umgesehen und sich eines Besseren besonnen.

Seit Tagen spürte sie es schon, hatte jedoch nichts gesagt. Im Rücken hatte sie gespürt, wie sich langsam ein seltsames Verhalten und andere Gerüche entwickelten, Gerüche der »dunklen Seele«, wie sie es nannte.

Sie stand am Ankerstein und beobachtete die herannahende Dunkelheit. Das Barometer war gefallen, aber noch trübte keine Wolke den Himmel. Es war der Druck der Erwartung, er musste es sein, denn das geschah in der Nacht der Tränen. Ihre Ohren siebten die Stille. Wenn die Katzenhaie bellten, stieg der Fluss. Dann entkamen dem Schlamm zerbrochene Träume und trieben an der Oberfläche wie dümpelnde Wracks.

Einmal war Mrs. Hards Kinderwagen verkehrt herum vorbeigetrieben und hatte sich im Seegras verfangen. Der

Wagen hatte nie das Gewicht eines Kindes getragen, immer nur Brot. Vor langer Zeit war das Gerücht umgegangen, Mrs. Hard trage ein Kind unter dem Herzen, aber ob es je auf die Welt gekommen war, wusste niemand. Bis auf Marvellous, die auch wusste, dass es nicht geatmet hatte. Nie war ein zweites Kind gefolgt, doch der Wagen blieb, sozusagen als Traum, den sie nie ganz loslassen konnte. Das war die Zeit, als ihr Name von Mrs. Heart zu Mrs. Hard wechselte, und Marvellous verstand, dass nichts Gutes einem Herzen entspringen konnte, das hart wurde. Mrs. Hard hatte Marvellous einmal gesagt, dass Tränen irgendwann ausbleiben können wie die fruchtbaren Eizellen der Frau. Wenn man nicht mehr blutet, weint man auch nicht mehr. So hatte Mrs. Hard es vor langer Zeit gesagt.

Drake erwachte vom Prasseln des Regens und dem Gefühl, dass etwas Feuchtes an ihm klebte. Er schlug die Augen auf und setzte sich. Der Raum bewegte sich, war eins mit dem Fluss geworden, eine weite Ebene aus schimmerndem Schwarz. Ein Strahl Mondlicht schlängelte sich über den Boden, so hell wie der Schein eines Leuchtturms. Drake rollte sich von seiner Pritsche, und seine Zehen verschwanden im kalten Salzwasser. Sofort ergriff ihn Panik. Er krempelte die Hose hoch und watete zur Balkontür, um hinauszusehen. Da war kein Flussufer mehr und auch kein Ankerstein. Die Welt bestand nur noch aus Wasser. Die Flut hatte gewonnen.

Es war so kalt, dass er zu zittern begann. Er griff nach seinem Regenmantel und stürzte hinaus. Einen Schritt rechts von ihm war die steigende Flut, einen Schritt links von ihm der Wald. Er trat nach links und sah das Licht. Zuerst nur ein verschwommenes Flackern im Nieselregen, aber es wurde größer und kam auf ihn zu wie ein riesiger Leuchtkäfer. Als der Leuchtkäfer nah genug war, verwandelte er sich in eine Kerze auf der Krempe eines Bergarbeiterhuts auf dem Kopf einer alten Frau, die mit ihrem Kanu mit langsamen, majestätischen Ruderschlägen die Bucht durchschnitt.

»Spring rein!«, rief Marvellous, als sie bei seinen Füßen ankam. »Spring rein und paddle mit.«

Nervös stieg er ein und paddelte drauflos.

Er stieß sich vom Ufer ab, und sie ließen das Boot in die Strömung um die Insel und den dunklen Umriss der Kirche gleiten. Er blickte an die Stelle zurück, wo das Weiß des Bootshauses am Rand des Balkons mit der Wasserlinie verschmolz. Dieser seltsame Orientierungsverlust. Bäume reckten sich dem gegenüberliegenden Ufer entgegen, Äste ragten aus der Tiefe empor wie Finger, alles schien nach ihm zu greifen. Dieses Bild ließ ihn würgen, und eine Welle der Übelkeit stieg seine Speiseröhre hinauf.

Irgendwo rief eine Eule, und die Wolken rissen auf. Plötzlich war der ganze Mond zu sehen, groß, orange und tief, direkt über der dachlosen Kirche. Lichtstrahlen ergossen sich aus den zerbrochenen Fenster wie helle, suchende Tentakel und beleuchteten die Spitzen der überschwemmten Grabsteine: »Heilig« … »in liebevoller Erinnerung« … »ruhe in Frieden«.

Drake hörte auf zu paddeln und klammerte sich an das scharfe Wedel einer Palme.

»Alles in Ordnung?«

»Ja«, sagte er und wischte sich mit dem Ärmel über den Mund. »Es geht gleich vorbei«, sagte er zitternd.

»Hier lang«, sagte Marvellous und zeigte geradeaus.

Als der Weg schmaler wurde, benutzte Drake die Hände,

um das Boot auf die offene Kirchentür zuzulenken. Sie war gerade breit genug.

Es war Jahre her, dass er in einer Kirche gewesen war. Viele Jahre, seit Augen aus buntem Kirchenglas auf ihn herabgeblickt und geweint hatten. Das Herz wurde ihm schwer, als er sich unter dem Türrahmen duckte und in eine stille Welt eintauchte, die die Zeit längst vergessen hatte.

Eine brennende Kerze stand auf dem überschwemmten Altar und warf ihr Licht auf die zerfallenden Wände. Was für Wände! Sie nahmen ihm fast den Atem, denn dort hingen Modellboote in jeder Form und Größe wie Krebse – Jollen, Kutter, Gigs und Logger –, allesamt perfekt aus Streichhölzern, Korken und geschnitzten Zweigen angefertigt.

»Wer hat die gemacht?«, fragte Drake.

»Ich«, sagte Marvellous.

»Wann?«

»Keine Ahnung. Ich lebe schon so lange.«

Er steuerte das Boot auf die Wand zu und las die Namen auf einigen der Boote vor: *»Gladly, Douglas, Audrey, Simeon, Peace.«*

»Peace«, sagte das Echo.

»Alles Kinder, die ich auf die Welt geholt habe«, sagte die alte Frau. »Die Schiffe der Seelen.«

Das Kanu trieb zurück ins Licht.

»Es heißt, Jesus sei als Junge in dieses Land gekommen, Drake.« Die Stimme der alten Frau klang gedämpft, hallte aber in dieser versunken Ruine wider. »Er kam mit Josef von Arimathäa. Sie waren auf dem Weg nach Glastonbury. Stell dir das nur mal vor, Drake! Jesus, hier. Deshalb hat man dieses Land als gesegnetes Land bezeichnet, gesegnet durch den Tritt heiliger Füße. Seit Jahren haben Menschen versucht, in seine Fußstapfen zu treten, und waren dabei so sehr darauf konzentriert, nach unten zu sehen, dass sie völlig vergaßen aufzublicken. Deshalb sahen sie nicht, worum es ging.«

Marvellous nahm die Pfeife aus dem Mund, hob das Glas um die Altarkerze und zündete sie an.

»Hier an dem Ort, an dem du dich gerade befindest, hat der junge bretonische Heilige, der dieses Dörfchen im sechsten Jahrhundert gründete, gesessen, gefastet und gebetet. Schweigend schleppte er einen Granitstein den ganzen Weg von Penwith mit einem dicken Seil zwischen den Zähnen hierher. Aus dem Stein, den er hier ablegte, erhob sich eine Kirche. Aus ihm erwuchs der Glaube von Tausenden.«

Drake blickte zu dem zerstörten Dach hinauf. Der Himmel direkt über ihm war voller Sterne, der Mond schien ihm mitten ins Gesicht.

»Es gab eine Zeit, in der das bedeutet hätte, dass man der Auserwählte ist. Vielleicht bist du es ja? Was ist deine Geschichte, Francis Drake? Welchen Stein ziehst du hinter dir her?«

»Ich habe keinen Stein. Und auch keine Geschichte«, sagte er.

»Jeder hat eine Geschichte.«

»Ich nicht.«

»Hm«, sagte sie und sah ihn ungläubig an.

Aus dem Nieseln wurde wieder Regen, der das Mondlicht mit sich nahm.

Sie sagte: »Der junge bretonische Heilige hieß Christopher. Christophe, würden die Franzosen wohl sagen. Damals war er allerdings noch kein Heiliger, sondern nur ein sehr ehrgeiziger Einsiedlermönch. Er konnte ohnehin nicht der Heilige Christophorus werden, denn den gab es bei den Katholiken schon. Damit war sein Name verdorben, wie auch er es irgendwann wurde. Eines Tages tauschte er eine Dorne aus der Krone von Jesus Christus gegen Wasser aus dem Jordan ein, denn Heiligenreliquien waren damals wie Zigarettenbildchen. Er fastete und betete, und seine Gebete brachten ihn dazu, den Jordan in unseren Fluss zu gießen, und so wurde er zu einem Heilmittel für alle, die darin schwammen. Dann ging er in die Wälder und weinte, und aus seinen Tränen entsprang eine Quelle, gleich dahinten, bei meinem Wohnwagen, mit klarem, frischem Wasser. Mein ganzes Leben lang trinke ich schon von dieser Quelle, Drake, und nie hatte ich Würmer.«

Drake nahm eine Zigarette heraus und schob sie sich zwischen die Lippen. Marvellous neigte den Kopf, und er beugte sich zur Kerze, um die Zigarette anzuzünden. Das kurze Gefühl der Wärme beruhigte ihn.

»Weißt du«, fuhr sie fort, »selbst als das Dach längst weg war und es so hereingeregnet hat wie jetzt, haben sie hier noch Gottesdienste abgehalten. Man nannte sie Sondergottesdienste.«

»Was ist mit dem Dach passiert?«, fragte Drake.

»Wurde wahrscheinlich von einem Sturm weggerissen. Ja, ein heftiger Sturm hat es Ende des letzten Jahrhunderts zerstört. Der ›große Billard‹, so hat man ihn genannt. Hat nichts als Schnee, Wind und Tod auf die Halbinsel gebracht. Ich sah draußen in der Bucht Seemänner an Großsegeln hängen. Die Arme ausgebreitet wie ein Adler zeigten sie in den Himmel, die Münder im Gebet erstarrt. Auf dem Meer gibt es keine Atheisten, Drake. Wenn die Wellen so hoch sind wie Berge, knien selbst die Gottlosen nieder.«

»Meinst du, das sollte ich tun? Niederknien?«, fragte Drake.«

»Nein. Dazu musst du daran glauben, dass du erhört wirst. Ich denke nicht, dass du das je geglaubt hast.«

Kleine Rauchringe stiegen von ihrer Pfeife zum Mondlicht auf. Der Regen hatte nachgelassen, Marvellous tauchte die Hand ins Wasser und sah einer Schar kleiner Meeräschen zu, die den Gang hinabschwamm.

»Wo war ich stehengeblieben?«, fragte sie.

»Bei den Gottesdiensten im Regen«, sagte er.

»Oh ja, die Gottesdienste im Regen. Ja. Sie mochten den Regen, deswegen haben sie sich nie um ein neues Dach gekümmert, sondern hielten es für ein Zeichen von Gottes Gnade, die auf sie herabfiel. Gott war sehr wichtig damals, denn er segnete die Dreieinigkeit Cornwalls – Kupfer, Zinn und den Heiligen Fisch – mit seinem florierenden und weitreichenden Atem.«

»Wer ist Jack?«, fragte Drake.

»Was?«

»Neulich nachts habe ich gehört, wie du über ihn gesprochen hast. War er dein Liebster?«

Die alte Frau nahm einen tiefen Zug aus ihrer Pfeife. »Ja. Er war meine Liebe. Meine große Liebe.«

»Auch deine erste?«

»Nein, meine dritte und letzte. Meine erste Liebe war ein Leuchtturmwärter, ganz unerwartet. Dann kam Jimmy, den hatte ich erwartet.«

»Warum erwartet?«

»Ich habe ihn kommen sehen.«

»In einem Traum?«

»Nein, in einem Glas.«

»In einem Glas?«

»Wiederholst du ständig, was ich sage, um mich zu ärgern?«

»Nein. Tut mir leid.«

»Dann kam Jack.«

»Hast du ihn auch erwartet oder nicht?«

»Gute Frage. Weder noch. Er war mein ›für immer‹. Ich habe dreimal geliebt, Drake. Damals war ich der Meinung, das wäre genug, aber im Rückblick denke ich, es wäre noch ein bisschen Platz gewesen. Ich habe gesehen, wie sich das Leben wie der Bauch einer werdenden Mutter ausdehnte, um Platz für die Liebe zu machen.«

»Liebe«, sagte das Echo.

»Eine war mein Anfang, eine war die Mitte, und eine wurde mein Ende.«

Drake blickte hinab auf das ruhige Wasser. »Es hat also alles mit einem Leuchtturmwärter begonnen?«, fragte er.

»Ja, ich schätze, so war es«, sagte die alte Frau. »Jede Liebe beginnt mit dem Flackern einer Flamme.«

26

»Es war in einem Pub in Fowey am Wasser«, begann sie zu erzählen und tauchte ein in die Vergangenheit.

»Mein Blick war auf die Seiten meines Buchs konzentriert. Meine Augen waren zwar beschäftigt, aber meine Ohren nicht, und ich hörte einen Fischer über einen alten Meereskapitän sprechen, unter dem er einst gedient hatte. Offenbar ein Mann, den er innig liebte und der sich inzwischen um das Licht am Eddystone Rock kümmerte. Der Fischer sagte, der Leuchtturmwärter sei dem Tod nah und brauche Hilfe, und obwohl ich noch jung war, traf mich diese Vorstellung tief.

Ich folgte dem Fischer hinaus auf den Quai und stellte mich vor. Der Fischer erklärte, dass er jemanden suche, der den Leuchtturmwärter in seinen letzten Tagen und Wochen begleitete. Der alte Kapitän wolle friedlich in seinem Turm sterben und wünsche sich eine Seebestattung, daher müsse man keinen Arzt rufen. Seine beiden Kinder, die sich mit ihm um den Leuchtturm kümmerten, fürchteten sich jedoch davor, seine Leiche zu beseitigen, nicht damit ihnen später vorgeworfen wurde, sie hätten ihn umgebracht. Ich sagte, ich könnte Zeugin sein und ihm helfen überzutreten, und ein paar Tage später waren wir in seinem Boot und warteten darauf, dass das Wetter umschlug.

Am ersten Morgen steuerten wir in einen starken Südostwind, aus dem ein Starkwind wurde, der uns mit dem Herz in der Hose zum Umkehren zwang. Dann kam der April, und der erste Morgen des Monats bescherte uns eine stabile Nordwestbrise, dem besten Wind zum Landen, also schlugen wir mit vollen Segeln und sich bauschender Hoffnung Kurs auf den berühmten Turm im Meer ein.

Ich saß am Bug, das Teleskop auf den Horizont gerichtet, jene strahlende Linie, die an mir zerrte, wie der Mond an der Erde zerrt. Ich war siebzehn Jahre alt, als ich meine erste Liebe entdeckte, am Sockel des Eddystone-Leuchtturms, mit einer Angelrute in der Hand, die Kappe tief ins Gesicht gezogen. Wir waren dagegen kaum mehr als ein Fleck in seiner peripheren Wahrnehmung.

Als wir noch eine Stunde vor uns hatten, war das Meer auf einmal so glatt wie Glas, und die Männer ruderten die übrigen Meilen, begleitet von den Seelöwen und Möwen über unseren Köpfen. Was zuerst nur ein Einschnitt am Horizont war, wurde bald zum Leuchtturm. Kein einziges Mal wandte ich das Teleskop von dem jungen Mann ab, der auf den Felsen saß und angelte. Näher kam er, immer näher, bis die Linse ein Gesicht einfing. Das Gesicht hob sich, und der Mann wurde zu einem Mädchen.

›Hallo!‹, rief sie.

›Du hast einen Fisch gefangen‹, sagte ich.

›Ich hab sogar drei gefangen!‹

Wir machten das Boot vorn und hinten fest, und dann sprang ich. Sie fing mich auf.

Dem Leuchtturmwärter blieben nur noch wenige Tage. Er schwebte schon zwischen den Welten und schlief die meiste Zeit, aber dann schreckte er auf und starrte ins Leere, als blickte er von einem sehr fernen Ufer auf unsere Welt zurück. Der Sohn sagte keinen Ton. Er blieb die ganze Zeit neben seinem Vater wie ein treuer Hund, schlief sogar neben ihm. Drei kleine Pritschen in einem schlichten runden Raum, eine kleine, eine mittlere und eine große. Ich beschloss, mit den Mäusen auf dem Küchenboden zu schlafen.

Als es dämmerte, schlug das Wetter von jetzt auf gleich um, der Wind frischte auf, und uns blieb gerade genug Zeit, die Tür zu verriegeln, bevor uns die erste Welle von Südosten traf. Der Leuchtturm erzitterte und schwankte wie ein Baum, dann traf eine Wand aus Wasser das Fenster und löschte alles Tageslicht aus, das noch da war.

Die Tochter nahm mich an der Hand und führte mich die Treppe zum Lampenhaus hinauf. Es war ein kleiner Raum mit Eisenstäben am Fenster. Wir putzten die Fenster und zündeten die Öllampen an, während die Wellen unaufhörlich peitschten und der Leuchtturm weiter zitterte. Wir waren ganz weit oben, die Nacht erstreckte sich trostlos vor mir. Jede Minute fühlte sich an wie eine Stunde, als der Kanal den Turm verschluckte und der Wind vor Freude und Schrecken zugleich kreischte.

In dieser Nacht wich ich nicht vom Licht und die Tochter nicht von meiner Seite. Es war heiß da oben, und es stank nach Öl. Wir zogen uns aus, und Sägemehl und Ruß klebten an unseren Kleidern. Wir hörten zu, wie sich die Lampen drehten, die Wellen krachend brachen und der Wind kreischte. Sie durchbrach mein ängstliches Keuchen mit einem Kuss, und ich hielt sie nicht zurück. Es war mein erster Kuss. Er dauerte bis zum nächsten Morgen.

Der Sohn marschierte immer im Kreis, und der Leuchtturmwärter schied weiter dahin. Ich gab ihm Wasser, das auf seinen Lippen blieb, und legte ihm eine Hand aufs Herz. Unter meiner Handfläche spürte ich, wie das Pochen seines

Lebens nachließ, wie die letzten Takte eines Liedes mit dem halben Schlag einer einsamen Trommel ihr Ende fanden.

Mit seinem letzten Atemzug sagte der Leuchtturmwärter: ›Er ist das Licht der Welt. Wer mir nachfolgt, der wird nicht wandeln in der Finsternis, sondern wird das Licht des Lebens haben.‹

Wir bestatteten ihn auf See, wie es sein Wunsch gewesen war. Im Gegenzug schenkte uns das Meer zwei Wochen Windstille für das Opfer. Die Starkwinde flauten ab, die See wurde flach, die Vögel über uns krächzten geschäftig und tauchten in die fruchtbaren Tiefen, und die Sonne strahlte hell auf die Wellenkämme wie ein junges Versprechen der Liebe.

Das schmuddelige Lampenhaus wurde unser Bett, und wenn der Wind wieder kreischte, dann tat ich es ihm nach. Mitten in der Nacht stand ich draußen auf dem Balkon mit Sägemehl im Haar. Ich klammerte mich ans Geländer und sah zu, wie der Lichtstrahl die unendliche Dunkelheit durchschnitt und am Rande des Horizonts nach etwas Größerem suchte. Manchmal prallten Zugvögel, verwirrt und orientierungslos vom Lichtstrahl, gegen die Scheiben und stürzten tot auf den Boden des Balkons. Mein Mädchen brachte die Vögel hinab zu seinem Bruder, um ihm etwas zu geben, das er lieben konnte.

Wir waren das Zentrum dieses fließenden Universums, denn wir waren die Sonne der Nacht und sagten den Schiffen: ›Kommt uns ja nicht zu nahe, zu unseren Füßen sind Felsen.‹ Die anschlagenden Wellen ließen weiße Gischt aufspritzen, und ich bekam Angst. Ich war berauscht und auch ein klein wenig verliebt. Also klammerte ich mich ans Geländer und arbeitete mich langsam rund um den Balkon, auf der Suche nach dem kleinen, ruhigen Kanal auf der windabgewandten Seite. Sie kam heraus und machte es genauso, nur in die Gegenrichtung, und wir trafen uns hinten. Es war nicht genug Platz, um nebeneinander zu stehen, also standen wir uns Auge in Auge gegenüber, bis wir miteinander verschmolzen. Die einzige Brise, die sich regte, war warm und kam aus ihrem Mund, vermischt mit dem Geruch von süßem chinesischem Tee.

Sie lehrte mich, in der Luft zu riechen. So weit oben ist die Luft sehr sauber und ungestört, und wenn ein starker Südwestwind rauschte, kribbelten meine Sinne, denn er trug Geräusche und Gerüche aus Amerika mit sich, aus einer anderen Zeit, der Zeit meiner Mutter. Ein Klagelied lag in der Brise, als die Lieder der Flüsse und Felder aufstiegen.

Zwei Tage vor meiner geplanten Abfahrt war der Himmel wolkenlos und so blau, wie ich ihn noch nie gesehen hatte. Die Sonne war warm, meine Arme waren nackt, und ich krempelte die Hose weit hoch. Der Wind blies frisch und sandte bei Ebbe bauschende Wellen über die Felsen, deren schaumige Gischt von oben wie gefallene Wolken aussah. Der Junge hatte sich nicht von seiner Pritsche wegbewegt. Er schlief vor Trauer, umgeben von toten Vögeln. Seine Schwester brachte ihm Essen und Wasser ans Bett, dann nahm sie meine Hand und führte mich ins Laternenhaus hinauf.

Ich sah zu, wie sie die Luft roch. Sie war wie ein Fischer aus alten Zeiten, der das Meer nach tanzenden Fischen absucht und die Launen der Strömung ergründen will. Die See war ihre Geliebte, nicht ich, und sie würde sie nie verlassen. Deshalb bat ich sie auch nie darum. Alles hat seine Zeit. Unsere dauerte vierzehn Tage und Nächte mitsamt der Gezeiten.

Sie holte einen großen Drachen hervor. Er hatte ein Metallgestell und war mit einem schweren weißen Leintuch bespannt. Das Ende bildete eine dicke weiße Schnur, knapp zwanzig Meter lang, und daran hingen etwa ein Dutzend Haken mit Köder. Sie befestigte das Zugseil am Geländer des Balkons, und als der Wind richtig stand, schleuderte sie den Drachen in die Luft, lenkte ihn hinter das Riff und steuerte ihn wie ein Schiff, sodass das Ende und die Haken unter Wasser waren. Er tauchte unter und wieder auf, und die Köder erschienen den Fischmäulern lebendig.

Es dauerte nicht lange, ehe sie mich rief, und ich half ihr den Drachen hochzuziehen. Ich schwöre, ganze sieben Fische hingen daran und flogen durch die Luft zu uns herauf. Oh, was für ein Gewicht, Drake! Gemeinsam zogen wir ihn hoch und nahmen die Fische ab, und eine Stunde später war die Küche erfüllt von Kochgeruch. Ihr Bruder hob den Kopf aus der Trauer zu dem unverkennbaren Geruch von frisch gefangenem Zackenbarsch, der über dem geschürten Ofen briet.

An dem Morgen, als das Boot kam, um mich abzuholen, gab sie mir eine Münze. Ich trage sie immer bei mir. Sie ist hier, in meiner Tasche. Warte kurz. Da.« Sie reichte Drake das Geldstück.

»Ein alter Penny«, sagte er.

»Ja.«

»Warum ein Penny?«

Sie antwortete nicht direkt, sondern sagte: »Als ich ins Boot stieg, da habe ich nicht zurückgeblickt. Ich konnte es nicht. Ich war siebzehn und liebte sie. Zum ersten Mal hatte ich Sex, und es war wunderbar. Selbst heute erschaudere ich noch. Sie war einfach nur wunderb… Warum hast du dich gerade von mir abgewendet?«

»Hab ich gar nicht.«

»Doch, hast du. Oh ja, das hast du. Ist dir das peinlich?«

»Nein.«

»Wenn eine alte Frau über Sex redet?«

»Natürlich nicht«, log er.

»Irgendwann war auch ich mal jung. Kaum zu glauben, nicht wahr? Den Großteil meines Lebens habe ich mich jung gefühlt, obwohl ich es längst nicht mehr war. Für mich war es eine Selbstverständlichkeit, jung zu sein. Das kann man erst sagen, wenn man alt ist. Ich weiß, ich sehe vielleicht nicht so aus, aber dieser müde, alte Körper hat leidenschaftlich geliebt. Er hat Dinge getan, die dich offensichtlich erröten lassen.«

»Erröten«, sagte das Echo mit Nachdruck.

Drake errötete tatsächlich und blickte finster drein.

»Warum ein Penny?«, wiederholte er nach einer Weile.

»Dazu komme ich gleich noch«, sagte Marvellous. »Hetz mich nicht, vor allem nicht jetzt.« Dann fügte sie hinzu: »Die Wellen schlugen über das Heck, als wir mit vollen Segeln auf ihnen Richtung Fowey fuhren. Irgendwann hielt ich es nicht mehr aus. Mein Herz schmerzte und lenkte meinen Blick zurück zu dem Felsen und dem Turm, der am Horizont verblasste. Da war ein flackerndes Licht im Turm, ein Funkeln, wie Sonnenlicht in einem Spiegel. Ich erkannte, dass sie es für mich angezündet hatte, und wusste, sie würde mir immer Licht schenken und mich nach Hause führen.

Mir wurde kalt, aber die Münze brannte heiß in meiner Tasche. Ich holte sie heraus und wärmte die Hände daran, sah mir die Münze und das Bild von Britannia, die die Wellen beherrscht, genauer an und dachte, das ist in Wirklichkeit sie. Jedenfalls ein kleines bisschen. Da bemerkte ich es, unterhalb der Schulter der Britannia: der Leuchtturm, Smeatons Leuchtturm. Alles, was wir hatten, war in diesem

Leuchtturm. Die Münze war der Schlüssel zu dieser besonderen Tür der Zeit.

Ich kann mich nicht mehr an ihren Namen erinnern. Auch ihr Gesicht habe ich nicht mehr vor Augen. So weit ist es mit meinem Kopf schon gekommen. Oft stehe ich am Eingang und warte, während die Geister aus meinem Leben zum Ausgang gescheucht werden. Viele Male hatte ich keine Gelegenheit, mich zu verabschieden, andererseits hat mein Vater immer gesagt: ›Manchmal hat man das nie.‹ *C'est la vie,* sagen die Franzosen. Dafür erinnere ich mich noch ganz genau daran, wie sich ihr Gesicht angefühlt hat und dass es ein gutes Gefühl war. Daher weiß ich, dass es ein gutes Gesicht war. Wir haben uns nie wiedergesehen.«

»Nie mehr?«, fragte Drake.

»Nein«, sagte sie. »Nie. Ich weiß nicht, was aus ihr geworden ist, habe es mich aber natürlich oft gefragt, jedes Mal wenn ich in der Ferne ein Licht aufblitzen sah. Erst viele Jahre später, in der Nacht mit dem Sturm, über den noch immer viel gesprochen wird, als schon der neue Douglass-Leuchtturm auf dem Riff stand, wusste ich es wirklich.«

»Was denn?«, fragte Drake.

»Dass sie noch am Leben war«, sagte Marvellous, und ihre Miene hellte sich auf.

»Wie hast du es herausgefunden?«

»Durch etwas ziemlich Unglaubliches«, sagte sie.

»Erzähl weiter«, sagte Drake.

Marvellous zündete ihre Pfeife wieder an und begann wieder zu erzählen.

»In jener Nacht war ich genau bei The Point, als das Wetter umschlug. Der Himmel verfärbte sich, und immer größere Wellen trafen das Boot von der Seite. Zuerst hielt ich es bloß für eine dunkle Wolke, es sah tatsächlich aus wie eine

Wolke, bis die Welle über mich hereinbrach und das Boot an ihre von Gischt gekrönte Wand saugte. Höher und höher stieg es, bis die Welle kippte und es einen Augenblick lang in der Dunkelheit hing, ehe es hinabstürzte und auf das Wasser aufschlug, so hart wie nasser Sand.

Benommen erwachte ich und blickte durch ein Portal hinauf in den sternennassen Himmel. Jenseits der Sterne erstreckten sich milchige Lichter bis zum Schweigen der Unendlichkeit. Es war wunderschön. Das Boot trieb mitten in einer Scheibe der Stille. Der Sturm war von mir zurückgewichen, er umschloss mich, aber er verschlang mich nicht. Ich sah, wie die Wellen in dreißig Metern Entfernung gegen eine unsichtbare Wand prallten. Ich erkannte, dass ich auf ein Grab mit verschollenen Seeleuten gestürzt war, auf ein Grab, das nicht von einem Kreuz markiert war, sondern von diesem gebetsgetränkten Frieden.

In zehn Metern Entfernung sammelten sich die Wellen, während mein Boot mast- und ruderlos auf diese unmarkierte Grenze zwischen Leben und Tod zutrieb. Die ganze Zeit über wandte ich den Blick nicht vom Himmel ab, nahm die Augen nie von dem sich verengenden Portal, durch das ich auf die andere Seite spähen konnte.

Genau von dort kam er, Drake, der Drachen. Aus der Dunkelheit raste er auf mich zu wie ein fallender Stern, sein langer Schwanz schlängelte sich über das bergige Meer. Ich stellte mich hin, und als der Schwanz genau über dem Boot war, sprang ich auf und griff danach. Einen Augenblick lang war alles starr, ehe ich merkte, dass ich die Schnur fest um meine Hände geschlungen hatte und meine Füße vom Boden abhoben. Der Drachen spürte mein Gewicht und bäumte sich genau in dem Moment auf, als die Wellen zusammenstürzten und mein Boot verschlangen.

Immer weiter flog ich hinauf, und der Magen sank mir in die Kniekehlen. Immer wieder fiel der Drachen herab, und meine Füße verschwanden im Schaum der Wellen. Manchmal sah ich die Lichter anderer Schiffe auftauchen, die gleich darauf wieder im hohen Wellengang verschwanden, manchmal flogen Vögel neben mir her, Möwen und Kormorane hauptsächlich und ein kleiner Schwarm Rotschwänzchen, die noch die warme Sonne Afrikas in den Federn trugen. Manchmal erschien der Halbmond über mir, und ich war glücklich und ängstlich zugleich.

Kurz vor der Dämmerung ließ der Wind nach, die grauen Wolken lösten sich auf und wurden Teil des schwarzen, sternenlosen Himmels. Der ramponierte Drachen trieb in den Schatten eines ruhigen Ufers, und ich stieg von ihm herunter.

Endlich spürte ich wieder festen Boden unter den Füßen. Ich lauschte auf die Stille, die auf der anderen Seite der brechenden Wellen wohnte, wo etliche Ohrenquallen auf den feuchten Kies gespült wurden und wie im Rampenlicht pulsierten und schimmerten.

Die Stille brachte mich zum Schmelzen. Ich stolperte den Strand hinauf bis zu den Klippen, wo dichte Büschel von trockenem Gras aus dem Sand wuchsen. Meine Arme waren völlig ausgelaugt, trotzdem gelang es mir, mehrere davon herauszuziehen. Ich sammelte auch Treibholz, das in der nagenden Dämmerung aussah wie abgetrennte Gliedmaßen. Ich schlug das Messer gegen ein Stück Quarz, benutzte das Gras als Kleinholz und entzündete ein Feuer. Als es brannte, ging ich zu den Felsen hinüber, brach ein paar Napfschnecken ab und aß sie aus der Muschel.

Danach löste ich die Leitleine des Drachens und schleppte sie zurück zum Strand, wo sie wie ein Aal in der wässrigen Dunkelheit verschwand. Dort wartete ich. Mit Möwen an meiner Seite und einem Feuer im Rücken stand ich da und wartete.

Als die Sonne hoch am Himmel stand, erschien ein Boot, angelockt vom aufsteigenden Rauch. Der Fischer warf mir ein Seil zu und legte am Strand an, und im nächsten Augenblick war ich auch schon an Bord. Das Boot glitt gemächlich über die Wellen, ich lehnte mich zurück und sagte nichts. Hielt nur den Drachen eng umschlungen.

›Achtzehn Seeleute sind gestern Nacht ums Leben gekommen‹, sagte der Fischer. ›Wie du hierhergekommen bist, weiß allein der liebe Gott. Etwas muss dich behütet haben.‹«

Damit war Marvellous am Ende ihrer Geschichte angekommen.

»Etwas hat mich behütet. Weißt du, was es war?«, fragte sie nun.

»Willst du mir sagen, es war der liebe Gott?«, fragte Drake.

»Gott? Du liebes bisschen, nein, Drake. Es war die Liebe. Du darfst die beiden nicht verwechseln. Die Liebe. Sie ist das Einzige, an das man glauben muss.«

»Ist das so?«

»Oh ja«, sagte sie. »Oder an den Mond«, fügte sie hinzu.

»Den Mond?«

»Ja. Etwas, das jeden Tag auftaucht, wenn du es mal nicht kannst. Die Sonne. Der Mond. Irgendwas. An irgendetwas musst du glauben.«

»Warum?«, fragte Drake.

»Weil es dich für die Frauen interessanter macht«, sagte sie.

Er lachte.

»Frauen mögen es, wenn hinter den Augen noch etwas ist«, erklärte Marvellous.

»Ich habe jede Menge hinter den Augen.«

»Ja, aber du hast kein Licht. Der Glaube schenkt einem Licht. Jack hatte Licht«, sagte sie.

»An was hat Jack denn geglaubt?«

»An mich natürlich«, erwiderte Marvellous.

27

Mit der Ebbe trieben sie aus der Kirche heraus. Drake ruderte gegen die Strömung, und sie kamen an der Sandbank vor dem Wohnwagen zum Stehen. Er klammerte sich an die dicken, freiliegenden Baumwurzeln, während Marvellous aus dem leichten Boot ausstieg. Er sagte ihr, sie solle ruhig weitergehen, und das Gelb ihres Rückens entfernte sich über die Stufen und verschwand schließlich im Warmen und Trockenen. Drake stöhnte, kroch an Land und zog das Kanu hinter sich her. Immer noch auf allen vieren, spuckte er die letzte Ladung aus. Er blickte zum Schuppen hinüber, zu dem Segeltuchdrachen, der an der Seite angebracht war, und schüttelte den Kopf. Im Wohnwagen flammte eine Paraffinlampe auf, und er hörte, wie ein Stöpsel aus einer Flasche gezogen wurde. Er taumelte hinauf, säuberte die Füße an seinen Hosenbeinen und stieg die Stufen hinauf.

Der Zigeunerwagen wirkte eng nach dem weiten Atem der Nacht. Sie saßen schweigend da, drängten sich um die Lampe, tranken Schlehenschnaps und lauschten. Lauschten auf den Atem des anderen, auf das willkommene Knistern im Ofen, auf das langsame Steigen und Fallen des Salzes, als das Wasser zurück ins Meer wanderte. Sie lauschten auf den verwirrten Ruf einer Eule, das Platschen der Wühlmäuse, die in den Rinnen des Ufers spielten. Sie lauschten auf das Knarren des Wohnwagens, dessen müde, weit gereiste Scharniere leise vor sich hin flüsterten. Drake zeigte auf *Marvellous' Buch der Wahrheiten* auf dem Regal und fragte, worum es darin gehe.

»Es ist genau das, was es behauptet zu sein«, sagte Marvellous, »ein Buch der Wahrheiten.«

»Darf ich es lesen?«, fragte er.

»Nein«, sagte sie, »du bist nicht bereit für die Wahrheit.« Sie wandte sich ab und gönnte ihren Augen Ruhe.

Drake stand auf und zog den Regenmantel aus. Die leeren Flaschen auf dem Regal funkelten im Licht der Lampe und fingen seinen Blick auf. Das Glas war magisch und verlockend, wie es so unheimlich vor sich hin glühte. Er beugte sich vor und hielt eine Flasche ins Licht. Eine Papierrolle steckte darin.

»Was ist das?«, fragte er.

Marvellous schlug die Augen wieder auf und legte die Stirn in Falten. »Nachrichten. Ich sammle sie am Strand. Hab ich schon immer getan.«

»Was machst du damit?«

»Ich lese sie. Und beantworte sie, soweit ich kann«, erklärte die alte Frau.

»Rettest du Menschen von einsamen Inseln?«

»Sei nicht dämlich. Nicht in Nächten wie diesen.«

»Verzeihung«, sagte er.

Marvellous nahm eine Flasche Gin, deren Etikett sich schon lange abgelöst hatte. »Die hier ist übrigens von dir«, sagte sie. »Zweiter November siebenundvierzig. Themse.«

»Ich habe dir nie eine Nachricht geschickt«, sagte Drake.

»Sie war sehr leise.«

Er nahm die Flasche, und das Datum lastete schwer auf ihm. Eine Faust der Trauer ballte sich in seinem Magen und wanderte seine Kehle hinauf. Marvellous legte ihm eine Hand auf den Rücken, als die Geschichte von Missy Hall unter Tränen aus ihm hervorsprudelte. Sie hörte ihm zu, zündete die Pfeife wieder an und füllte sein Glas. Sie hörte auf seine Worte.

»Ich habe sie geliebt«, sagte er schließlich.

»Ich weiß«, sagte sie.

Unbedingt wollte er über den Krieg sprechen, aber die Sonne stieg hoch über die Bäume, und seine Erinnerungen an den Tag in Frankreich ertrugen kein Licht. Also zündete er sich eine letzte Zigarette an und erhob sich. An der Tür blieb er stehen. Er wollte Marvellous eine Frage stellen, aber sie kam ihm mit der Antwort zuvor.

»An dich«, sagte sie entschieden. »Ich glaube an dich.«

Zwischen den Bäumen hindurch ging er hinunter zum Bootshaus. Die ruhige Morgenluft roch nach salzigem Schlamm und hallte wider vom traurigen Ruf der Brachvögel.

Die Sonne schien hell, streifte die Baumwipfel und holte sie aus dem Schatten. Der wellige Sand glitzerte, und in den verbliebenen Pfützen hockten Seeschwalben oder Möwen.

Zum ersten Mal erkannte er, dass er sich nicht nur absetzen, sondern wieder leben konnte. Als die Sonne weiterwanderte, verwandelte sie den Fluss in einen silbrigen, geschmolzenen Strom, der wunderschön aussah. Zum ersten Mal seit Wochen wusste er, dass es ihm wieder gut gehen würde. Und weil er es wusste, war ihm klar, dass er bereit war aufzubrechen.

Er blickte zum Flussufer zurück, und da stand sie und beobachtete ihn. Als könnte sie seine Gedanken lesen. Er hob die Hand, sie die ihre. Dann wandte er sich ab, damit sie seine Augen nicht sehen konnte. Es war eine lange Nacht gewesen.

28

Er überlegte sich nicht, wie der Tag seines Aufbruchs aussehen sollte. Er stand einfach nur spät mit der Wintersonne auf, und ihm war ein wenig bange wegen dem, was vor ihm lag. Er blickte zu dem an Dr. Arnold adressierten Brief hinüber und wusste, dass der Tag gekommen war.

Er zog seine Zivilklamotten an. Der Kragen und die Manschetten fühlten sich irgendwie steif und seltsam an. Als er an sich hinabblickte, sah er, dass sein Hosenaufschlag sauber über die polierten Leder-Brogues fiel. Das war das Leben, das er verlassen hatte. War es auch das Leben, in das er zurückkehren wollte? Er hatte sich an die Routine gewöhnt, an die seltsamen Wege des Lebens, und fragte sich, was er tun würde, wenn der Brief überbracht war und sich eine Straße vor ihm auftat. Er legte die Kleider, die ihm die alte Frau in der Nacht seiner Ankunft gegeben hatte, sauber zusammen und trat zurück. Das Feuer war gelöscht, das Bett abgezogen, seine wenigen Habseligkeiten waren verschwunden. Als wäre er nie hier gewesen. Kein Fleckchen blieb von seiner Anwesenheit an der weiß gekalkten Wand über dem Kamin.

Er hatte sich noch nie zuvor von jemandem verabschiedet. Hatte nie die Chance gehabt, sich von seiner Mutter zu verabschieden, oder von Missy, hatte nie etwas zurückgelassen, das ihm wichtig war. Vielleicht war das der Grund, warum er jetzt in der Schwebe war. Im Nu hatte er sich an die alte Frau und ihr Leben gewöhnt. Es interessierte ihn, was aus ihr wurde. Er zog den Regenmantel an und nahm den Koffer, bevor ihn der Mut verließ.

Er fand sie am Flussufer, wo sie knöcheltief im Schlamm stand. Ihre Knie waren dick und dreckverschmiert unter den hochgekrempelten Hosenbeinen. Einen Augenblick lang betrachtete er sie, ohne dass sie ihn bemerkte. Er betrachtete das Leben, das sie vor ihm geführt hatte, das Leben, wie es nach ihm weitergehen würde, nur sie und ihre Einsamkeit, umgeben von einem Leben voller Geschichten und reizbarer Heiliger. Es sollte ihr gut ergehen, weil es ihr immer gut ergangen war. Daran musste er glauben, sonst würde er nie gehen. In diesem Augenblick sah sie auf und bemerkte ihn. Sie legte eine Hand auf die Brust.

Er ging flussabwärts und winkte mit dem Koffer einen großen Abschiedsgruß, nur damit sie es verstand und es keinen Zweifel gab, aber natürlich verstand sie es. Sie winkte nicht zurück. Sie hörte auf zu graben und kam ans Ufer. Er kniete sich zu ihr nieder.

»Ich gehe jetzt.«

Sie nickte. Dann hob sie ihren Eimer und sagte: »Wattwurm.«

Er war sich nicht sicher, ob es eine Beleidigung war.

»Kommst du zurück?«, fragte sie.

»Ich glaube nicht.«

Die alte Frau nickte.

»Ich danke dir für alles, Marvellous«, sagte Drake. »Wirklich, für alles.«

Sie nickte erneut. »Viel Glück, Francis Drake. Leb wohl. Liebe wieder.«

Sie bot ihm die Hand, und er ergriff sie. Nahm sie in beide Hände. Sie fühlte sich klein und kalt an.

Schau nicht zurück, schau bloß nicht zurück, sagte er zu sich selbst, aber er tat es trotzdem, und sie starrte ihn immer noch an. Seine Augen brannten. Tausend Abschiede waren in ihr Gesicht eingemeißelt, die Spuren des Alters.

Als er weiterging, öffneten sich die Wolken, und ein sanfter Regen fiel. Ihr Segen fällt auf mich, dachte er.

29

Metzger Dewar nahm ihn mit bis zu einer Farm außerhalb von Truro. Er sagte, er fahre auf dieser Strecke in drei Stunden zurück, falls Drake dann wieder eine Mitfahrgelegenheit brauche. Wahrscheinlich nicht, meinte Drake und winkte ihm zum Abschied.

Er freute sich über den Spaziergang in die Stadt. Der Regen hatte nachgelassen, es roch nach Schmutz, Hecken und süßem Gras, und das milderte seine Nervosität. Er war froh um den Frieden.

So viel war gegen Ende des Krieges geschehen, und der Brief samt dem damit verbundenen Auftrag gehörte zu dem Chaos dieser Zeit. Drake wünschte, er hätte ihn verbrennen, ihn vergessen können. Niemand hätte etwas gemerkt. Er kannte Dougie Arnold ja noch nicht mal wirklich. Ein Sterbender hatte ihm diesen Brief übergeben, und Drake konnte nicht einfach so weitergehen. Immerhin hatte er diese drei Wörter gesagt: »Ich verspreche es.« Jetzt band ihn sein Gewissen an diese Aufgabe, weil sein Gewissen so stark beschmutzt war, dass er etwas brauchte, um es zu reinigen.

Was, wenn der Mann mich nach seinem Sohn fragt? Lügen. Sei ein guter Soldat und lüge. Er war ein guter

Freund, treu, der tapfer ums Leben kam. Lügen. Kein Tag vergeht, blablabla. Lügen.

Drake griff in seine Tasche, um sicherzugehen, dass der Brief noch da war. Er fühlte sich heiß an.

Mehrere Wochen waren vergangen, seit er zuletzt in einer Stadt gewesen war. Hier gab es Menschen, Autos und Lieferwagen, Lebendigkeit und Frauen mit Make-up, die mit den Absätzen klapperten – und erst dieser Lärm! Der Turm der Kathedrale rückte in sein Blickfeld, schimmerte feucht im Sonnenschein. Er folgte ihm, lehnte sich an die Steinwand und hörte einem Fiedler zu, der ein fröhliches Lied spielte. Ein Austin 8 kam vor ihm zum Stehen. Sein Spiegelbild wirkte grotesk, aber unverkennbar in dem großen Seitenfenster.

Der Barbier legte ihm ein warmes Handtuch übers Gesicht und um den Hals, und Drake spürte, wie sich die Poren öffneten und bei der Wärme entspannten. Er fühlte sich so sauber wie seit Monaten nicht. Er sah in den Spiegel. Sein Bart war gepflegt, das Haar geschnitten, Old Spice war auf dem Hals verteilt. Die Transformation war vollzogen. Er trat hinaus in die frische Nachmittagsluft, in dem Wissen, dass er sich besser fühlen müsste.

»Chapel Street?«

»Bei der zweiten rechts und dann links.«

»Danke.«

Er eilte los. Am Anfang der Straße blieb er stehen und zündete sich eine Zigarette an, um seine Nerven zu beruhigen. Er rauchte sie bis zum Tor von Monk's Rise, wo er sie mit dem Schuh austrat.

Ein freistehendes Haus mit Garten davor und dahinter. Rankende Rosen vor einer weiß gekalkten Fassade. Ein sauber eingefasster Weg bis zur Tür. Das Haus eines Arztes, zweifellos. Drake klingelte und wartete. Nichts geschah. Er spähte durch das Fenster ins Vorzimmer, ehe er noch einmal läutete. Gerade wollte er den Brief durch den Schlitz schieben, als sich die Tür öffnete und ein freundlich aussehender Gentleman ihn begrüßte.

»Tut mir leid«, sagte der Mann und wischte sich die Hände ab, »ich war hinten im Garten und habe Blätter verbrannt.«

Der Geruch von Lagerfeuer umgab ihn.

»Doktor Arnold?«, fragte Drake.

»Ja, das bin ich.«

»Mein Name ist Francis Drake. Ich habe einen Brief für Sie.«

Drake beobachtete den Mann durch die Glastür. Das war ein Vater. Er saß auf einer Bank, las den Brief seines Sohnes und bewegte sich nicht. Das Einzige, was sich regte, war der schwankende Schatten, der durch die schützenden Bäume fiel. Der Frieden dieser Szene war überwältigend, und Drake fragte sich, was er seinem eigenen Vater geschrieben hätte. Was sein Vater ihm hätte schreiben können.

Die Uhr schlug zwei. Ihm fiel auf, dass er es nicht eilig hatte, von hier wegzukommen.

Er stand auf und sah sich um. Ein ordentlicher Raum, ein Familienzimmer mit vielen Fotografien auf Tischen und Regalen. Drake ging zum Kamin hinüber und nahm ein Foto des Sohnes in die Hand. Darauf trug er Cricket-Kleidung, war fünfzehn oder vielleicht sechzehn, hatte einen Labrador neben sich, und das Leben lag noch vor ihm.

»Danke«, sagte der Arzt, als er eintrat. »Danke, dass Sie das hier in mein Leben gebracht haben.« Er legte den Brief auf den Kaminsims hinter das Foto seines Sohnes.

Die Uhr tickte laut. Der Hausherr trug ein Tablett mit Tee und Keksen herein und stellte es auf den Tisch vor Drake.

»Darf ich?«, fragte Drake, bevor er sich eine Zigarette anzündete.

»Ja, ja, natürlich. Milch?«

»Gern.« Drake zündete sich die Zigarette an.

»Zucker?«

»Nein, danke.«

»Ich nehme auch keinen. Habe den Gefallen an dem Zeug verloren nach der ganzen Rationierung. Hier.« Er reichte Drake eine Tasse Tee. »Meine Frau ist nicht da. Sie wird es sehr bedauern, Sie verpasst zu haben. Sie ist oft bei unserer Tochter, deswegen bin ich darin geübt, mich selbst um alles zu kümmern. Ich weiß, wo der Tee und die Kekse sind.«

Schweigend saßen sie da, rauchten und tranken Tee. Die Uhr tickte laut zwischen ihnen.

»Sie hat nie funktioniert, diese Uhr. Einfach so hat sie angefangen zu schlagen, zwei oder drei Jahre bevor ich vom Tod meines Sohnes erfuhr. Es heißt oft, dass Uhren dann stehen bleiben, nicht wahr, Mister Drake? Meine hat das Gegenteil getan. Ich habe nicht die leiseste Ahnung, was es bedeutet, aber es tröstet mich. Unerklärliche Dinge spenden mir Trost. Wie Ihr Erschienen. Mit einem Brief, den ich nie erwartet hätte. Unerklärliche Begebenheiten.« Der Arzt trank von seinem Tee. »Haben Sie Familie, Mister Drake?«

»Nein.«

»Niemanden?«

»Nein.«

»Niemand, der sich um Sie sorgt?«

Drake rutschte auf dem Stuhl hin und her. »Ich weiß es wirklich nicht«, sagte er.

Die Uhr tickte laut.

»Tut mir leid. War ich zu direkt?«

»Nein, gar nicht. Man hat sich um mich gekümmert, Doktor Arnold, daher …«

»Damit haben Sie meine Frage beantwortet. Gut, gut.« Der Hausherr nippte an seinem Tee. »Kannten Sie meinen Sohn lange?«

»Ja, lange genug.«

»Er hat Sie nie erwähnt.«

»Nein?« Drake griff nach seiner Tasse. Halte die Hände ruhig, ermahnte er sich. »Ihr Sohn war ein guter Soldat«, fügte er hinzu. »Sie sollten stolz auf ihn sein.«

»Das bin ich … war ich. Aber er war kein guter Soldat, das glaube ich nicht. Er hat den Krieg gehasst, jede einzelne Sekunde davon. Wir waren, was den Krieg anging, nicht einer Meinung, und in dieser Meinungsverschiedenheit lag der Keim unserer Entfremdung. So. Sehen Sie, damit sind Sie entweder ein schlechter Lügner, oder Sie haben ihn nicht gekannt.«

Drakes Herz schlug laut. Die Uhr tickte. Sein Mund wurde trocken. »Ich habe ihn nicht gekannt«, sagte er schließlich und wollte sich erheben. »Es tut mir leid. Ich wollte Ihnen keinen Kummer machen.«

»Nein, nein, das tun Sie nicht«, sagte der Arzt. »Bitte bleiben Sie sitzen. Bitte. Wie sind Sie an den Brief gekommen?«

»Ich bin an einem Verwundeten vorbeigegangen, der auf einer Bahre in der Ecke eines Feldlazaretts lag, und er hat mich gebeten, ihn zu überbringen.«

»Und Sie haben ihn nicht gekannt?

»Nein.«

»Trotzdem haben Sie versprochen, den Brief zu überbringen?«

»Ja.«

»Der letzte Wunsch eines Sterbenden?«

»Ja, das war es wohl.«

»Dann danke ich Ihnen dafür.« Der Arzt trank den Tee aus.

»Wir haben zusammen einen Brandy getrunken«, sagte Drake. »Die Blumen blühten schon. Der Tag fühlte sich nicht an wie Krieg, weil Sommer war und die Sonne schien. Alles war normal. Einen kurzen Augenblick lang waren wir normal. Ihr Sohn sagte, dass er schwimmen will.«

Der Arzt lächelte. »Er war ein guter Schwimmer.«

»Ich soll Ihnen ausrichten, dass es ihm gut geht.«

Sein Gegenüber hustete und räusperte sich. »So? Und was geschieht nun mit Ihnen, Mister Drake?«, fragte er.

»Ich weiß es ehrlich gesagt nicht.«

»Zurück nach London?«

»Nein, nicht London. Vielleicht gehe ich wieder nach Frankreich. In den Süden.«

»Ein freier Geist?«

»So was in der Richtung. Die letzten sechs Wochen habe ich hier verbracht.«

»In Cornwall?«

»Ja, ich habe an einem Fluss in einem Bootshaus gewohnt. Eine seltsame Umgebung für jemanden, der Wasser hasst.«

»Eine in vielerlei Hinsicht perfekte Umgebung für jemanden, der Wasser hasst.«

»Ja, vielleicht. Wahrscheinlich hätte das die alte Frau auch gesagt.«

»Was für eine alte Frau?«, fragte Dr. Arnold.

»Die alte Marvellous. Lebt dort schon seit Jahren.«

Die Uhr tickte laut.

»Sie ist noch am Leben?«, fragte der Arzt.

»Kennen Sie sie?«

»Ich kannte sie. Ja, vor langer Zeit.« Der Hausherr stand auf und ging zum Barschrank. »Meine Güte«, sagte er, »wie geht es ihr?«

Drake dachte nach. »Bemerkenswert gut eigentlich.«

»Schwimmt sie noch?«

Drake lächelte. »Ja, sogar bei Flut.«

»Hat sie Ihnen erzählt, dass ihre Mutter eine Meerjungfrau war?«

»Ja, das hat sie.«

Der Arzt hob eine Flasche Scotch in die Höhe. »Auch einen?«

»Gerne.«

»Kein Wasser, nehme ich an«, fragte der Arzt.

»Ohne Wasser.« Drake lächelte.

Dr. Arnold reichte ihm seinen Drink. »Alles Gute, Mister Drake.«

»Auf Sie, Sir.«

Klirrende Gläser. Das Ticken der Uhr. Das Geräusch, wie sich der Arzt schwer in seinen Sessel sinken ließ, als ein Seufzen aus der Vergangenheit sein Ohr streifte.

»Glauben Sie an Schicksal, Mister Drake?«

»Ich weiß es nicht. Ich habe bisher nicht darüber nachgedacht.«

»Nein, das habe ich in Ihrem Alter auch nicht, die Frage war vielleicht nicht ganz fair. Aber im Rückblick kann ich sagen, dass ich an das Schicksal glaube. Ich habe die alte Frau, Miss Marvellous Ways, vor fünfundzwanzig Jahren kennengelernt, und bis zum heutigen Tag empfinde ich es als großes Glück, sie getroffen zu haben. Jahrelang hat es Gerüchte um sie gegeben. Mein Vorgänger hat mich vor ihr gewarnt, vor der Frau aus dem Wald. Sagte, sie wäre den Leuten unheimlich, sie fürchteten sich sogar vor ihr. Aber die meisten Ärzte duldeten sie. Einer hat sogar seine Kinder von ihr auf die Welt holen lassen. Seltsame Zeiten, Mister Drake. Als ich zu ihr gerufen wurde, hatte sie harte Wochen im Wald hinter sich. Sie war nackt, egal bei welchem Wetter. Es war kurz nach dem Ersten Weltkrieg, glaube ich, vielleicht neunzehnhundertzweiundzwanzig? Die Leute behaupteten, sie sei verrückt geworden, nachdem sie ihren Liebhaber hatte beerdigen müssen. Das war jedenfalls die Geschichte, die mich an einem Frühlingsnachmittag vor fünfundzwanzig Jahren zu ihrer Tür führte. Ich erinnere mich gut daran, dass ich sie zu ihrem Wohnwagen zurückgebracht und irgendetwas Banales gesagt habe, so was wie ›Das Leben geht weiter‹. Ich war jung, das ist meine einzige Entschuldigung. Sie war sich ihres Zustands gar nicht richtig bewusst, zum Glück. Sie hielt unser Treffen für eine Zusammenkunft Ebenbürtiger, von Arzt zu Arzt, die Verknüpfung von Wissenschaft, also mir, und ihren Traditionen oder so ähnlich. Sie hatte etliche Schnitte an Händen und Füßen und Wunden um den Mund und einen rasselnden Husten, wenn ich mich recht erinnere. Als ich sie fragte, ob ich ihre Brust abhören dürfe, erklärte sie mir, es sei die Trauer. Ich diagnostizierte eine Lungenentzündung und sagte: ›Öffnen Sie Ihren Mund‹. Da erwiderte sie: ›Öffnen Sie Ihren Geist.‹«

Der Arzt lachte auf.

»Öffnen Sie Ihren Geist! Ich erklärte ihr, sie könne sterben, wenn sie nicht von hier wegging und an einen trocknen Ort zog, an dem sie nicht mehr täglich schwamm. ›Ich schwimme, weil ich muss‹, erklärte sie mir daraufhin. ›Nur dann geht es mir gut.‹ Ich fragte: ›Können Sie nicht einfach nur morgens schwimmen?‹ Darauf sie: ›Ich schwimme bei Flut. So bin ich eben. Meine Mutter war eine Meerjungfrau, geben Sie dem Mond die Schuld.‹ Ich habe nie jemanden getroffen, der so redete wie sie und der die Welt so sah wie sie. Ich war völlig fasziniert von ihr und auch als Arzt sehr neugierig. Zwei Wochen lang besuchte ich sie täglich. Jeden Tag erzählte sie mir von ihrem Leben und dem Fluss. Nahm mich mit ins Bootshaus, erzählte mir die Geschichte von ihrer Mutter und ihrem Vater. Am letzten Tag holte ich mein Stethoskop heraus und hörte mir ihren Atem an. Keine Lungenentzündung, keine Hysterie. Nur das Geräusch von tiefer Trauer. Es war das erste Mal, dass ich eine solche Diagnose gestellt habe. Melancholie, so haben es die Viktorianer genannt. Trauer, Depression, unwiederbringlicher Verlust. Nennen Sie es, wie Sie wollen, aber auch ich verstehe den Wahnsinn, der von einem Besitz ergreift, wenn ein geliebter Mensch stirbt. Doch ich habe den meinen verhüllt, wie es sich gehört. Ich habe ihn versteckt, um andere nicht zu ängstigen. Trotzdem war er da, lauerte hinter meiner Arbeit, hinter meinen Augen. Weil ich so ehrbar war, brachten die Leute mir etwas zu essen vorbei, etwa einen Kuchen, zusammen mit freundlichen Worten. Weil ich so ehrbar war, haben sie meine Trauer nicht falsch verstanden. Auch ich bin verrückt geworden, Mister Drake, aber ich habe mir trotzdem noch die Schuhe poliert.«

Dr. Arnold machte eine Pause, und Drake nickte ihm zu.

»Sehen Sie«, er nahm einen Y-förmigen Zweig aus einem Messingbehälter mit den Feuerzangen neben dem Kamin. »An meinem letzten Abend schickte sie mich mit dieser Wünschelrute unter dem Arm weg und versprach, dass ich mit ihrer Hilfe die Liebe finden würde.«

Drake lächelte. »Und, hat es funktioniert?«

»Oh ja, es ist tatsächlich passiert. Am darauffolgenden Wochenende bei der Hochzeit eines Kollegen. Ich war so gebannt von der schönen Belinda Faulks, dass ich drei Tage später die Wünschelrute wie einen Mistelzweig über ihren Kopf hielt und sie küsste. Kurz darauf verlobten wir uns. Dann heirateten wir. Was man alles so macht. Ich arbeitete viel. Kinder. Zurück nach London. Zurück nach Cornwall. Darüber habe ich Miss Ways vergessen.«

Der Arzt fuhr mit der Hand über den knorrigen Haselnusszweig und hatte seine eigene junge Hand wieder vor Augen. Die Hand eines jungen Mannes, der ein noch unergründetes Leben vor sich hat. Mit einem Mal erinnerte er sich wieder an die letzte Nacht im Wohnwagen. Erinnerte sich, wie die Sonne untergegangen war, wie die gebrochenen Farben durch die Blätterdecke schimmerten, das goldene Licht, die hellen und die tiefen Blautöne, als gelte deren majestätische Pracht an jenem Abend allein ihnen. Wie er zum ersten Mal im Leben erfüllt war von einem alles überwältigenden Frieden. »Irgendwo zwischen Gott und der Medizin gibt es einen Ort für mich.« Das hatte sie gesagt, und den Satz hatte er nie vergessen. Da schmeckte er wieder den süßen Schlehenschnaps, der ihm die Zunge gelockert und das Herz erwärmt hatte, und die duftende Wärme des Wohnwagens, die ihm den Mut gab, seine Ängste in Worte zu fassen. Seine Augen juckten und brannten, als er sich erinnerte, wie Marvellous seine Hand in die ihre genommen, sie umgedreht und betrachtet hatte, wie sie mit den Fingern über die Narbe gefahren war, die von einem Skalpell stammte. Er zog sie nicht weg, als ihr Blick über seine Handfläche wanderte. Er wusste auch noch, dass er ängstlich gefragt hatte: »Was siehst du?« Denn in ihren Augen war ein Schatten gewesen, und erst Jahre später verstand er, dass dieser Schatten sein Sohn war: eine wunderschöne Linie, die plötzlich von einer Klippe fiel.

»Was siehst du?«, fragte er noch einmal.

Darauf antwortete sie: »Glück. Ich sehe Jahre des Glücks«, denn sie wusste, dass das alle hören wollten.

Sie folgte ihm in die Dunkelheit, die Luft war feucht und erdig, der Geruch nach Salz war stark und kam mit dem Wind. Durch die feuchten Farne führte sie ihn zur Straße, wo sie bei seinem Auto stehen blieben. Marvellous blickte in den Sternenhimmel auf und zeigte auf einen hellen weißen Stern.

»Das ist Ihr Stern, Doktor Arnold«, hatte sie gesagt. »Orientieren Sie sich an diesem Stern, und er wird Sie nach Hause führen. So wie er es immer getan hat.«

Dr. Arnold holte ein sauberes weißes Taschentuch heraus und sagte: »Entschuldigen Sie mich bitte. Die Geister, fürchte ich. Oder sollte ich besser sagen, die Erinnerungen? Wir Menschen ziehen Erinnerungen den Geistern vor, glaube ich.«

Die Uhr schlug die volle Stunde.

»Sie hat Douglas auf die Welt geholt, wissen Sie.«

»Was?«, fragte Drake. »Aber wie? Ich verstehe …«

»Douglas war mein Stiefsohn. Ich habe mich damals mit Mutter und Kind verlobt. Sein Vater ist im Ersten Weltkrieg umgekommen.« Er zögerte. »Es gibt noch viel zu erzählen«, fuhr er schließlich fort. »Aber es ist eine Frage der Zeit. Ihrer Zeit, natürlich, denn Sie haben mir schon so viel davon geschenkt, und meine Dankbarkeit ist grenzenlos. Es gibt da noch etwas, das ich Ihnen gerne zeigen möchte. Etwas Interessantes, wie ich meine. Etwas, von dem ich mir gewünscht hätte, ich hätte es schon früher bemerkt. Vielleicht hätte es geholfen, keine Ahnung.«

Da sagte Drake, dass er heute alle Zeit der Welt habe.

30

Sie sprachen nicht, als sie das Museum erreichten. Drake ließ den Arzt vorausgehen, während er draußen in der sich herabsenkenden Dämmerung stehen blieb. Er brauchte Zeit, um über den seltsamen Zufall mit Dougie Arnold nachzudenken. Zeit, um über alles nachzudenken, was ihm der Doktor gesagt hatte. Er zündete sich eine Zigarette an und sah den Gezeiten der Menschen auf der River Street zu. So viele Leben. Alle unbekannt. Drake blickte zurück zu dem Gebäude. Er schnippte die Zigarette in den Bordstein und stieg mit schwerer Brust, aber ohne irgendwelche Erwartungen die Stufen hinauf.

Er war noch nie zuvor in einem Museum gewesen. Das strenge Schweigen in dem Gebäude überraschte ihn, eine ungewohnte Wohltat. Die Luft war frisch, die Stimmung seltsam tiefsinnig, wie es in einer Kirche sein sollte. Er dachte an Marvellous' stille Erklärung in der Nacht der Tränen: »Ich glaube an dich.« Das hatte sie gesagt.

Seine Schritte hallten durch den verzierten Steinflur. Als er Richtung Treppe ging, klang seine Londoner Gangart tollpatschig in dem gewölbten Raum.

Dr. Arnold wartete auf ihn. Er führte Drake in eine kleine Galerie auf der rechten Seite zu einem Gemälde am anderen

Ende des Raums. Licht schlängelte sich von hinten über seine Schulter und erleuchtete das Gesicht vor ihm.

»Hier ist sie«, hörte er Dr. Arnold sagen. »Die junge Frau, in die sich William Ways verliebt hat. Das, glaube ich, ist unsere Meerjungfrau.«

Drake wurde sich jedes einzelnen Atemzugs bewusst. Wurde sich jedes Herzschlags, jedes Pulsschlags an seinem Hals, an seinem Handgelenk, in seinen Lenden und in seinem Herzen bewusst. Er bemerkte die Größe des Rahmens vor ihm und nahm die Schönheit des Gesichts in sich auf, das ihn aus tiefliegenden Augen ansah, schwarz und traurig. Abendsonne fiel auf die rechte Wange der Porträtierten und verstärkte die dunklen Honig- und Brauntöne ihrer Haut.

Drake wandte sich an Dr. Arnold, und ehe er ansetzen konnte, sagte der Arzt: »Nicht das, was Sie erwartet haben, oder? Stellen Sie sie sich hier vor, Mister Drake. Stellen Sie sich die Angst der Leute vor, ihr Unverständnis, ihren Argwohn. Im Süden von Amerika gab es in den fünfziger Jahren des neunzehnten Jahrhunderts einige freie Männer und Frauen, Mister Drake. Ich habe Nachforschungen angestellt. Es war zwar nicht üblich, aber auch nicht selten. Ob sie nun frei war oder William Ways sie freigekauft hat, darüber können wir nur spekulieren. Ihr Verlangen zu schwimmen, sich zu reinigen, wenn Sie so wollen, ist nicht so schwer zu verstehen, wenn man bedenkt, was mit ihr geschehen ist. Eine Art Taufe, könnte man wohl sagen. Katharsis durch Versenkung.«

Drake wandte sich wieder der Leinwand zu. Wie Diamanten funkelnde Wassertröpfchen prangten auf ihrer Stirn, verbargen eine Narbe. Ihr Haar, dunkel und feucht, fiel ihr locker über den Rücken. Der Busen schwer und voll. Um den Hals an einer Goldkette eine kleine Muscheldose, mit der Berufung ihrer Tochter darin. Aber kein Lächeln, kein Lied auf den vollen, geröteten Lippen, nur Geschichte. Eine gestohlene Geschichte, über das Meer gebracht und an den Höchstbietenden verkauft. Diese Lippen, die Tausende von Seemännern in Unruhe versetzt hatten, vergruben sich am Hals von William Ways wie ein Bug, der mit voller Kraft die Wellen durchpflügt. Er hatte ihr Freiheit versprochen, und sie hatte ihm Leben geschenkt. Das Bootshaus lag hinter ihnen, und der sprudelnde Fluss nagte an ihrem Saum, neckte sie mit dem Geflüster ihrer nicht besonders hübschen Geschichte. *Wasch sie ab, wasch die Menschen ab.* Sie wandte die Augen nicht von ihm ab.

Denn hier war sie: *Lady of the Sea,* ca. 1857. Künstler: Alfred Warren. Anonymes Geschenk.

Denn hier war es: Das fehlende Puzzleteil, das auf den Umriss passte, den der Rauch und die Zeit an der Wand des Bootshauses hinterlassen hatten. Ein falsches Fenster zum Gestern.

31

Es war spät und bereits dunkel, als der Wagen oben an der Wiese anhielt. Drake stieg aus und winkte, als der Arzt wendete und davonfuhr. Erschöpft setzte er sich auf den Grenzstein und betrachtete die Wünschelrute. Sie enthielt alles, was er heute erfahren hatte, und alles, was er gesehen hatte. Sie fühlte sich schwerer an als beim ersten Mal. Er hatte sie nicht annehmen wollen, aber der Arzt hatte darauf bestanden. Solche Dinge würde man niemals wirklich besitzen, man leihe sie sich nur aus, hatte er gemeint.

»Los, komm schon«, sagte Drake zu sich selbst, »Schluss damit für heute.« Er krempelte die Hosenbeine hoch und machte sich auf den Weg durch das feuchte Gras. Er hatte sich überlegt, was er zur alten Marvellous sagen würde, wenn er sie am nächsten Morgen sah. Jetzt war er zu müde, um eine Geschichte zu erfinden, denn an einem Tag wie heute konnte er einfach nicht lügen.

Als er zwischen den Bäumen hindurchtrat, bemerkte er die Lampe vor der Tür. Woher hatte sie es gewusst? Jede Geste wog schwer, und er wollte direkt reingehen, rauchen und trinken, aber dann rief sie seinen Namen, und ihrem Ruf konnte er nicht widerstehen. Er ließ den Koffer draußen auf den Stufen stehen.

Als er in die Wärme des Wohnwagens eintauchte, entdeckte er sie kaum unter dem Stapel an Decken, lediglich die großen Augen voller Verlangen waren zu sehen.

»Hier«, sagte Drake und zog ihr vorsichtig die Brille von der Nase.

»Bin wohl eingeschlafen«, meinte sie.

»Ja«, entgegnete er.

»Hab drauf gewartet, dass du zurückkommst.«

»Ich weiß.«

Stille.

»Du warst beim Friseur. Du siehst gut aus. Sehr schick.« Dann zeigte sie auf seine Hand und fügte hinzu: »Was hast du denn da?«

Er hob die Wünschelrute ins Licht.

Die alte Frau strich mit den Händen über die Maserung. »Ist das eine von meinen?«, fragte sie.

»Ja. Du hast sie vor langer Zeit jemandem gegeben.«

»Hab ich das?«

»Ja. Etwa vier Jahre nach dem Ersten Weltkrieg. Damals war ein Arzt bei dir. Erinnerst du dich?«

»Ein Arzt?«

»Ja, Doktor Arnold? Der Mann, dem ich den Brief gebracht habe.«

Die Augen der alten Frau trübten sich. »Ich glaube, ich erinnere mich gerade nicht an ihn, Drake.«

»Das macht nichts.«

»Das muss ich nicht, oder?«

»Nein, musst du nicht. Wirklich nicht.« Er zog ihre Decke hoch. »Ich hab nachgedacht«, sagte er dann.

»Worüber?«

»Ich glaube, ich werde nicht weggehen. Ich würde gern bleiben …«

»Ich freue mich, wenn du bleibst.«

»Solange ich kann, wenn das in Ordnung ist.«

Die alte Frau nickte und lächelte. Sie streckte die Hand aus und tätschelte seine. »Noch zehn Tage bis Weihnachten«, sagte sie. »Hast du dir schon überlegt, was du dir wünschst?«

»Nein, hab ich nicht.«

»Du könntest einen Krabbenkorb gebrauchen. Dem Laden gehen nämlich ständig die Lebensmittel aus.«

»Stimmt.«

»Dann musst du nie hungern.«

»Na gut, dann eben ein Krabbenkorb«, sagte Drake. »Nacht, Marvellous.« Er erhob sich, um zu gehen.

»Was schenkst du mir denn?«

»Das weiß ich noch nicht.« Er lächelte. »Hast du denn einen Wunsch?«

»Eine Überraschung.«

»Gut.«

»Aber eine gute, ja?«, sagte sie.

»Sicher. Ich verspreche, sie wird unvergesslich.«

»Versprechungen, Versprechungen«, sagte sie.

»Nacht, Marvellous.«

Als Drake bei der Tür war, sagte sie: »Diese Wünschelrute, sie findet keine Wasseradern, weißt du? Nur Liebe.«

Drake blieb stehen. Er ging zurück zum Bett, beugte sich vor und küsste sie zum ersten Mal.

»Was war das denn?«, fragte sie.

Ihm fehlten die Worte. Er würde nie Worte finden für das, was an diesem Tag geschehen war.

Sie hielt seine Hand und flüsterte: »Alles gut.«

Und das war zwischen ihnen beiden genug.

32

In einem vergessenen, aus der Zeit gerissenen Kapitel dreht sich ein Schlüssel im Schloss, und ein junger, frisch verheirateter Arzt wird im verblassenden Abendlicht in einen grauen Raum geführt. Eine Frau sitzt auf dem Bett. Sie ist noch nicht alt, sieht aber alt aus und nestelt an der Muscheldose, die an einer Kette um ihren Hals hängt. Die Luft steht still. Um sie herum liegen verschiedene Modellboote auf dem braunen Anstaltsboden. Boote in verschiedenen Größen, manche vollständig, manche nicht, aber alle liebevoll und mit genauem Blick angefertigt – und mit sehr viel Zeit als geheimer Zutat.

Die Frau sitzt geduldig da und erschaudert, als die raue Dezembernacht über ihre Haut kriecht. Sie ist nackt unter ihrer gelben Jacke. Die Zeit vergeht, irgendwo steigt die Flut. Der Mond wandert über die Stäbe, als die Nacht hereindringt, und ihre Angst schlüpft hinaus.

Langsam erhebt sie sich vom Bett. Der junge Arzt will zu ihr gehen, aber etwas hält ihn zurück. Die Frau kriecht Richtung Wand und tastet in der Dunkelheit nach der unebenen Linie, wo die Wand auf den Boden trifft. Mit den Fingern fährt sie in die Fugen zwischen den Steinen. Da ist es. Vorsichtig zieht sie an dem abgerissenen Papierstreifen, bis der

Stein frei ist. Jetzt liegt sie auf dem Boden und drückt das Gesicht an die Öffnung, aus der ein leichter Luftzug über ihre Wangen kriecht, über ihre Stirn. Sie atmet durch die Nase, arbeitet sich durch die anderen Gerüche, bis sie den einen entdeckt hat, der sie nach Hause bringt.

Das Salz liegt schwer in der Luft, das Wasser im Fluss steht hoch. Sie schluckt schwer, als ihr Mund wässrig wird. Niedergedrückt vom Gewicht der Sehnsucht, schließt sie die Lider, gerade rechtzeitig, um zwischen den Bäumen hindurch bis zu der Stelle zu wanken, wo das Wasser stillsteht, wo das Kräuseln des Flussliedes die Oberfläche durchbricht, wenn es aus den Tiefen der Zeit entkommt. Es ruft nach ihr, sie hört das Lied, das Lied der Rückkehr.

Der junge Arzt kniet sich neben sie und flüstert ihren Namen.

Sie sieht ihn an und sieht dennoch niemanden.

33

Seit Jahren hatte sich Drake nicht mehr erlaubt, sich an die Weihnachtsfeste seiner Kindheit im Pub zu erinnern.

Er hatte geholfen, den Baum zu putzen und Luftschlangen gepustet, bis seine Zunge staubtrocken war. Spät in der Nacht, wenn der Pub geschlossen war, kam er nach unten. Dann ließen ihn die Männer von ihren Getränken probieren und an ihren Zigaretten ziehen, aber nur wenn seine Mutter oder Mr. Betts nicht hinsah.

Er erinnerte sich auch an die alte Frau im kleinen Nebenzimmer, die Port und Starkbier trank, und dass er immer gedacht hatte, dass Mrs. Betts in ihrem schwarzen Kleid und ihrer weißen Spitzenhaube wie ein Glas Starkbier aussah, doch das sagte er nicht. Es waren gute Erinnerungen.

Frauen gab es ebenfalls, Frauen die durch die Straßen gingen. Sie hatten ihre Armut satt, hatten es satt, dass nie genug zu essen da war, hatten die Männer satt, aber sie waren nett. Am liebsten mochte er Iris und Lilly. Er fand, sie waren zwei echte Hingucker, die immer viel Aufhebens um ihn machten, die Arme um ihn schlangen und ihm den Geruch ihrer seltsamen Liebe anhängten. Nachts änderten sie ihre Namen in Peaches und Cherry, denn in der Dunkelheit wurden Blumen zu Früchten.

Mr. Toggs spielte Klavier, und Drake saß neben ihm. Manchmal, um eine Taste zu drücken, aber meistens saß er neben ihm und sang. Alle jubelten ihm zu, wenn er sang, und seine Wangen röteten sich, doch das kann auch an den kleinen Schlucken Bier und Whisky gelegen haben. Egal, es war ein schönes Gefühl, all die lächelnden Gesichter zu sehen und den singenden Stimmen zuzuhören, aus dem Fenster hinaus auf die schäbigen, tröstlichen Straßen zu blicken. Drake dachte, das Leben sei magisch und sein Leben das beste von allen, und es machte ihm an diesen Weihnachtsfesten gar nichts aus, dass er keinen Vater hatte. Als sie den Christmas Pudding aßen und er auf das silberne Dreipennystück biss, wünschte er sich nicht wie sonst einen Vater. Er wünschte sich, dass dieser Tag ewig andauern möge. Nur er und seine Mum und dazu dieser nicht endende Tag.

Das war auch eine gute Erinnerung.

Er starrte auf das Foto, das er in seiner Geldbörse verwahrte. Sie war ebenfalls eine gute Erinnerung, seine Mum. Er hängte die Wünschelrute über die Tür, schmückte sie mit einem langen Stechpalmenzweig voller Beeren und steckte das Foto hinter die Rute. Frohe Weihnachten, Mum.

Drake legte ein Holzscheit auf die klein gewordene Flamme. Er erhob sich, blickte auf den schmutzigen Fleck über dem Kamin und hatte wieder das Gesicht der Meerjungfrau vor sich und wie sie über William Ways, das Bootshaus und ihr Leben gewacht hatte. Er ging zu seinem Koffer und nahm die Collage des Männergesichts heraus. Man konnte sie leicht glätten, das Papier war weich. Er drückte sie auf den Umriss an der Wand – sie passte perfekt. Als Nächstes hielt er eine Kerze ans Feuer, bis das Wachs weich und formbar war, brach vier kleine Stücke ab und drückte sie jeweils in eine Ecke des Bildes. Damit klebte er das

Bild auf den Umriss an der Wand, der es gut einrahmte. Er trat zurück. Es sah richtig aus. In einem Bootshaus an einem fremden Strand in einer vergessenen Bucht sah es goldrichtig aus.

»Wer ist das?«, fragte Marvellous.

Erschrocken fuhr Drake herum. »Himmel, Marvellous!«

»Wer ist das?«, fragte sie noch einmal.

Er blickte wieder zurück zu dem Bild, und zum ersten Mal in seinem Leben sagte er es jemandem. »Das ist mein Vater«, erklärte er.

»Genau wie ich ihn mir vorgestellt habe. Albern, oder? Ich war neun, als ich es gemacht und meiner Mutter Fragen gestellt habe. Welche Farbe hatten seine Augen, Ma? Welche sein Haar? Wie hat sein Mund ausgesehen, Ma? Und seine Nase? Ich fragte immer weiter und hörte nicht auf, bis sie mir Antworten gab. Ich ahnte nicht, wie schwer es ihr gefallen sein muss, sich an etwas zu erinnern, das sie vermutlich für immer hatte vergessen wollen. Wenn sie nach unten in den Pub ging, um etwas dazuzuverdienen, zerschnitt ich alte Zeitschriften, die sie geschenkt bekommen hatte, und suchte darin Teile von Gesichtern, die zu ihren Antworten passten. Bis ich das hier hatte. Ihn. Ich wollte einfach etwas haben, so wie alle anderen etwas hatten. Ich wollte ein Gesicht, das über mich wachte, wenn ich schlief. Ich wollte das, was meine Mutter hatte. Sie war immer glücklich, wenn sie schlief.«

Das Bootshaus knarrte.

»Ich habe seine Hände«, sagte Drake und blickte auf seine Finger. »Weißt du, woher ich das weiß?«

»Sag's mir.«

»Es sind nicht die meiner Mutter.« Drake drehte sich zu ihr um und lächelte.

»Und du hast seine Augen«, sagte die alte Frau und betrachtete sein Lächeln.

Er drehte sich wieder zu dem Bild um.

»Ja«, sagte er. »Du hast recht. Ich habe wirklich seine Augen.«

34

Der Teesalon war warm und voller Paare, die sich unterhielten. Die Geräusche von Teegeschirr, Löffeln und Geplauder wetteiferten in den Ohren, eine besondere Symphonie, die sie nur selten hörte. Marvellous fühlte sich sehr lebendig, lächelte alle an und sprach mit niemandem. Sie hatte den Hut abgenommen, der mit der Zeitung zum Ausstopfen auf dem Stuhl neben ihr lag, direkt vor dem Fenster, das die Kathedrale von Truro einrahmte. Die Kellnerin legte die Rechnung vor ihr auf den Tisch und blickte sie an. Alle sahen zu, als Marvellous eine neue Einpfundnote neben die Zuckerschale legte.

»Ein Einpfundschein!«, flüsterte jemand.

»Danke, meine Liebe, die Kekse waren wunderbar. Mein Kompliment an Ihren Koch«, sagte sie.

Die Toilettenspülung war zu hören. Das Gefühl von fließendem Wasser zwischen seinen Fingern. Warmes Wasser aus einem Wasserhahn! Drake schloss die Augen, um das luxuriöse Gefühl auszukosten. Er trocknete sich die Hände ab und strich sich vor dem fleckigen Spiegel den Bart glatt. Dann machte er die Tür auf und blieb stehen. Zum ersten Mal sah er, was auch die anderen Menschen sahen: eine kleine, alte Frau mit einer großen, zerbrochenen Brille in einer abgetragenen Regenjacke, auf dem Kopf einen Männerfilzhut, der ihr zwei Nummern zu groß war. Er spürte, wie er die Fäuste ballte, als er ihre verstohlenen Blicke und das spöttische Grinsen bemerkte, mit dem Marvellous den Hut mit der Füllung aus Zeitungspapier in die Hand nahm. Er ging durch den Raum, zog ihr den Stuhl zurück und bot ihr seinen Arm an. Sie wirkte so stolz.

»Danke, mein Junge«, sagte sie. Sie steckte das Wechselgeld ein und rief »Auf Wiedersehen!« in die Runde.

Niemand grüßte zurück. Die Blicke, die ihr folgten, bemerkte sie nicht, im Gegensatz zu ihm. Wütend starrte er vor sich auf den Boden, angesichts der Kommentare in ihrem Rücken. Die Leute hatten schon immer über sie geredet, sie war wie das Wetter: eine beständige Quelle der Spekulation und Enttäuschung. Nachdem sie gegangen war, blieb ein Häufchen Schlamm unter ihrem Stuhl zurück.

»Wo gehen wir hin?«, fragte sie auf dem Weg nach draußen. Aber Drake mit seinem Beschützerinstinkt war zu wütend zum Sprechen.

Die alte Frau und der junge Mann schlenderten die River Street hinauf. Hin und wieder stolperte sie über die Pflastersteine, weil sie sich weigerte, nach unten zu blicken, es gab einfach zu viel Leben um sie herum.

Drake wurde langsamer und sagte: »Da wären wir.«

»Du hast mich zur Bank gebracht?« Marvellous war überrascht.

Er antwortete, dass es keine Bank mehr sei.

»Was denn dann?«, fragte sie.

»Das wirst du gleich sehen.« Damit führte er sie an den Säulen vorbei durch die große hölzerne Tür in die klangvolle Umgebung des großen Saals.

Niemand sonst war da, alles war still. Nur das leise Geräusch des staunend schlagenden Herzens einer alten Frau.

Drake führte sie die Treppe hinauf zu der kleinen Galerie. Er sagte ihr, sie solle sich alle Zeit der Welt lassen, er warte unten auf sie. Als er ging, wagte er es nicht sich umzublicken, andernfalls hätte dieses Etwas in seiner Brust zerspringen können.

So kam es, dass Marvellous Ways in ihrem neunzigsten Lebensjahr zum ersten Mal das Gesicht ihrer Mutter erblickte.

In den ersten paar Minuten sagte sie gar nichts, aber Drake erzählte später, dass in den Hallen und Sälen des Museums ein Seufzen zu hören gewesen sei. Die alte Frau stand so dicht vor dem Bild wie nur möglich und stellte sich ihrer Mutter im trüben Licht vor. Schon bald sprudelten die Worte nur so aus ihrem Mund. Während die Geheimnisse von den Lippen zu den Ohren wanderten, erinnerte sie sich später, dass draußen Weihnachtslieder erklangen und die ersten Schneeflocken vor den Bogenfenstern herabrieselten. Sie ließen winzige Schatten über ihren Kopf und ihr Gesicht flattern, wie Tränen auf den Boden der Galerie. Als der Wärter die Schließzeit verkündete, protestierte sie nicht, sondern sagte leise: »Auf Wiedersehen«, und: »Wir sehen uns bald wieder«, ehe sie durch die schweren Türen hinaus in die Winterwelt trat.

Draußen fielen die Flocken dicht und blieben liegen. Perfekt symmetrische Flocken. Der Chor sang »Mitten im kalten Winter«, und sie warf Geld in die Büchse und sang laut »Schnee war gefallen, Schnee auf Schnee«.

Das sollte ihre Erinnerung sein, denn sie war magisch. Für alle anderen dagegen war der Schnee im vorigen Winter so gefallen. Marvellous sollte sich daran erinnern, wie eine Blaskapelle mit den Sängern marschierte, obwohl für die anderen in den dunklen Straßen nichts weiter widerhallte als die hektischen Schritte der Geschenkekäufer.

Sie sollte sich außerdem daran erinnern, dass Drake und sie den gesamten Weg nach Hause zu Fuß gegangen waren, aber sie wusste nichts mehr von den Lieferwagen, der Fähre und dem Wagen, die sie mitgenommen und wieder abgesetzt hatten, denn in ihrer Erinnerung war sie durch vertraute Straßen gegangen. Für sie gab es in dieser Nacht keinen Mond (obwohl er da war), weil ihre Augen auf einmal so klar waren, dass sie alles sehen konnte, was sie je hatte sehen wollen. Nicht zuletzt würde sie sich daran erinnern, dass sie flott dahinliefen, denn ihre Schritte waren getragen von Euphorie. Das war tatsächlich das Wort, an das sie sich zu erinnern versuchte, dabei war es längst verschwunden, also behalf sie sich mit »Glück«.

Es schneite weiter. Die Hecken waren bedeckt, und bald liefen sie durch die weiße Landschaft wie zwei Schatten, die die Schule schwänzten. Die Stille begrüßte jedes Knirschen unter ihren Füßen, und keinen Moment lang wich das Lächeln von den Lippen der alten Frau.

Stunden später erreichten sie die High Road bei der Wiese, und Drake sagte: »Stop here«, denn er konnte es nun nie mehr unterlassen. Also blieben sie davor stehen. Dicker, nebliger Atem entwich ihren Mündern. Er stampfte auf und schlug sich gegen die Flanken.

»Hier«, sagte er und gab ihr ein kleines, schlecht verpacktes Geschenk, das er aus seiner Tasche zog. »Hab ich selber eingepackt.«

»Es ist doch noch gar nicht Weihnachten«, erwiderte die alte Frau.

»Ich denke, schon«, sagte er.

Sie zog ihre Fäustlinge aus, öffnete die Schleife und faltete das Papier auseinander, bis ein dicker, kleiner schwarzer Stift in ihrer Hand lag. Sie hielt ihn sich vors Gesicht und drehte ihn langsam, bis ein wunderbar roter Finger in den weißen, schneienden Himmel hinaufwuchs.

Und der Schnee fiel. Und der Schnee fiel. Und der Schnee fiel. Und es war wunderschön.

35

Der Januar kam so störrisch daher wie ein Esel.

Marvellous blickte aus dem Wohnwagen in die Nacht hinaus. Zuerst hatte sie geglaubt, ein Heiliger mache einen Spaziergang, jetzt da die Nächte so bitterkalt waren. Aber als sie durch ihr Teleskop blickte, sah sie, dass es Drake war, der unten am Ufer stand und zur Kirche hinüberblickte. Er war wieder unruhig geworden, und ihr war aufgefallen, dass das Zittern zurückgekehrt war, das er zu verbergen versucht hatte. Er hatte kaum Appetit und redete auch kaum, und die Vorstellung vom guten Leben war ersetzt worden von dem einschneidenden Bedürfnis zu überleben, sonst nichts. Er drehte sich um und blickte zum Wohnwagen hinauf. Da sah sie den riesigen, verdrießlichen Traum um seinen Kopf herumschwirren, ein Traum, so laut und tropfend wie eine Libelle.

Schnell schloss sie die Fenster. Vielleicht war es die Bewegung oder auch der Lärm, aber der Libellentraum machte kehrt und steuerte direkt auf das geschlossene Fenster zu. Der Aufprall klang wie ein Pistolenschuss und schleuderte sie vor Schreck aufs Bett.

Es war eine Frage der Zeit gewesen, das hatte sie von Anfang an gewusst. Seit seiner Ankunft, als sie ihn von dem

Baum gehoben hatte und das Gewicht seiner Seele einen unauslöschlichen Abdruck auf ihren Armen hinterlassen hatte, wusste sie, dass es nur eine Frage der Zeit war, bevor sie seine Träume zu träumen begann.

Zwei Wochen zuvor hatten sich kurz nach Mitternacht eine atemlose Erschöpfung und tiefe Schwärze über den Wald gelegt, völlig lautlos. Die Natur hatte sich ergeben, und selbst die Sterne schimmerten trüb. Der Mond war nur noch ein winzig schmaler Streifen und kaum zu sehen. Marvellous konnte nicht schlafen, aber um ehrlich zu sein, wollte sie auch gar nicht schlafen. Stattdessen war sie wach und trank, während der Spuk an den Rändern ihrer Welt nagte. Wenn sie auf der Matratze lag, versank sie darin, saß sie auf dem Sessel und löschte das Licht, lachte es. Es war eine dunkle Angst, männlich. Es war nicht ihre.

Zwei Nächte später erwachte sie durch einen Schrei. Sie ging nach draußen. Alles war ruhig. Da stürmte Drake orientierungslos aus dem Bootshaus.

»Ich habe einen Schrei gehört«, sagte er. »Geht's dir gut?«

Sie erstarrte und hatte nun Gewissheit. »Vermutlich ein Traum«, sagte sie. »Geh wieder rein. Hier ist alles in Ordnung. Wir sind in Sicherheit.«

Er wandte sich um. »Was hat dich aufgeweckt?«, fragte er.

»Die Blase«, sagte sie. »Wie üblich.«

Und letzte Nacht: ein Kartenspiel. Sie spielte nicht, sie war eine Karte. Gelächter war zu hören, und er war auch da, Drake war da. Als sie aufwachte, musste sie sich auf den Boden übergeben. Sie wusste, dass sie nicht krank war.

Jetzt war die Nacht wieder da. Marvellous stand vom Sessel auf und trat hinaus in die kühle Luft. Vor Angst war ihr noch kälter, und sie hatte alle ihre Kleider übergestreift. Sie hatte den Gürtel enger geschnallt, hatte sich vor der

Außenwelt verbarrikadiert, und erst als sie am Wasser ankam, wurde ihr klar, wie seltsam es war, dass die Luft nur die Haut im Gesicht berührte.

Nichts fühlte sich vertraut an, die Bucht war ihr nicht mehr länger freundlich gesinnt. Die Büschel von schwarzem Knöterich unter der Wasseroberfläche wurden zu schwarzen Klumpen aasfressender Schatten. Er ist hier, dachte sie, als sie sich umsah und die Nacht mit ihrem Stock zerteilte. Der Traum ist hier. Plötzlich spürte sie, wie sie zu Boden gezogen wurde, wie die Luft aus ihren Lungen gepresst wurde. Oh mein Gott, dieses Gewicht.

Drake fand sie am nächsten Morgen. Ein kleines, regloses Bündel, bedeckt von Schlamm und Frost. Als er näher kam, sah er, dass ihre Kleider zerrissen und zerrauft waren. Er hob sie auf die Arme, trug sie in den Wohnwagen und legte sie aufs Bett. Noch nie hatte er sich so sehr um jemanden gesorgt, wie er sich in diesem Augenblick um sie sorgte. An ihre Seiten und unter den Rücken legte er heiße Schieferplatten und ließ den Ofen nie ausgehen. Töpfe voller Brühe warteten nur darauf, dass ihr Appetit erwachte. Er hielt ihre Hand und flüsterte Worte, die er zuletzt als Kind ausgesprochen hatte.

Zwei Tage später erwachte Marvellous. Sie sah gebrechlich aus, älter. Tagelang sagte sie nichts, schwamm noch nicht mal, schloss sich ein und damit die Welt aus, die sie verwirrte. Drake stellte ihr etwas zu essen auf die Wohnwagentreppe und zündete jede Nacht die Kerze in der Kirche für sie an, wenn er bemerkte, dass sie es nicht getan hatte. Bei Ebbe wie bei Flut saß er draußen in der Kälte und wartete auf ein Zeichen. Es kam eine Woche später.

Sie fand ihn flussabwärts, wo er kurz vor der Abenddämmerung Feuerholz sammelte. Sie reichte ihm eine Spielkarte.

Er drehte sie um: Karo Neun. Da blickte er auf und begann zu zittern. Tränen strömten ihm übers Gesicht.

An diesem Abend saß er bei ihr, den Rücken an den Ankerstein gelehnt, ihre Beine an seiner Seite. Er konnte sie nicht ansehen, konnte sich selbst nicht ansehen. Flussabwärts schossen Möwen auf springende Fische herab, und der Ruf eines Flussläufers trieb Drake voran. Die Flut stand unmittelbar bevor. Er wusste nicht, wo er anfangen sollte, daher begann er einfach irgendwo.

36

Er hatte den Tag als perfekten Sommertag in Erinnerung, und diese Schönheit wirkte im Rückblick so wichtig und grausam zugleich.

Es war das letzte Kriegsjahr. Für die Männer, die das Grauen überlebt hatten, war es der letzte Tag in Freundschaft, wenngleich nicht der letzte Tag, den sie gemeinsam verbrachten, denn das ist etwas ganz anderes. Es war der letzte Tag, an dem sie sich alle noch in die Augen sehen konnten.

Vier von ihnen hatten Poker gespielt. Drake erinnerte sich, dass es Spaß gemacht und er viel Geld gewonnen hatte, was selten vorkam, denn er glaubte nicht an sein glückliches Händchen. Lachen schallte zwischen den Bäumen hindurch, das in der Sommerluft freundlich klang, ein überaus angenehmes Geräusch. Scribbs und Johnno tauchten mit einer Frau auf. Sie trug einen Pelzmantel, hatte einen Koffer dabei und sah aus, als wäre sie irgendwohin unterwegs. Sie sprach kein Englisch, also musste Scribbs nicht achtgeben, was er sagte. Er meinte, sie sei eine von den Frauen, die mit den Deutschen verkehrt hätten.

Er mischte die Karten, wandte sich den Männern zu und trug ihnen auf, eine zu ziehen. Das taten sie alle.

Dann sagte er: »Höchste Karte zuerst.«

Als alle ihre Karten zeigten, jubelte er und sagte: »Das bin dann also ich, ich habe den König!«

Dann schnippte er der Frau die Karte ins Gesicht und vergewaltigte sie. Johnno und Hunch standen Schlange, sie waren als Nächste an der Reihe. Alles ging ganz schnell. Drake hielt immer noch seine Karo Neun in der Hand, als er sich auf Scribbs stürzte und ihn von ihr wegzureißen versuchte.

»Verdammte Scheiße, Kumpel, du hast's aber eilig. Ich bin gleich fertig«, lachte Scribbs.

Drake schrie die Männer an, doch sie ignorierten ihn und blieben weiter in der Reihe stehen, als warteten sie auf den Bus.

Da scheuchten sie ihn davon. Bei Gott, er hätte ein Gewehr nehmen und sie zwingen sollen, damit aufzuhören. Aber er tat es nicht. Stattdessen gehorchte er und ging weg und ließ etwas zurück, das für immer verloren sein sollte.

Nach dem dritten Mal hörte die Frau auf zu schreien, während er immer weiterlief. Er ging so lange, bis er zu einem Dorf mit einer Kirche kam, aus der Gesang zu hören war. Ein alter Mann saß auf den Stufen vorm Eingang und trank aus einer Flasche Wein. Er blickte auf und bot Drake die Flasche an.

Drake setzte sich neben ihn und ließ sich von den jungen Stimmen und der schweren Süße des tintendunklen Weins beruhigen. Als eine junge Frau vorbeiging, lächelte der alte Mann und hob den Hut. Die Frau raschelte mit ihrem Rock und lächelte zurück, zu beiden, dem alten Mann und Drake. Darüber vergaß Drake beinah, dass gleich hinter der Kreuzung im Wald gerade eine Frau von fünf Männern vergewaltigt wurde.

Der Chor sang, der alte Mann sang, nur Drake konnte nicht singen. Plötzlich begann er wegen der Musik zu weinen, wegen des Klangs der Knabenstimmen, wegen dem, wozu sie einmal werden könnten. Wegen dem, wozu er geworden war. Er sehnte sich nach Trost, und der alte Mann tätschelte ihm den Arm, ehe er sich erhob und verschwand. Doch Drake wollte gehalten werden. Am allermeisten wünschte er sich seinen Vater herbei, denn er wusste, dass sein Vater ihm vergeben würde. Sein Vater würde den unbeschreiblichen Schmerz verschwinden lassen. In jenem Augenblick spürte er den Tod seines Vaters, trauerte er endlich um einen Mann, den er nie gekannt hatte. In jenem Augenblick wünschte er sich nichts sehnlicher, als dass ihm sein Vater sagte, dass alles gut werden würde.

Der Chor verstummte, und er saß mit einer leeren Flasche *vin rouge* zwischen den Beinen auf den Stufen. Die schwere Eichentür öffnete sich quietschend, und eine Handvoll Jungen stürmte heraus. Die Vögel sangen, und die Sonne warf lange Schatten hinter den Fersen der Jungen. Doch als sich Drake erhob, warf er keinen Schatten, daher wusste er, dass etwas gestorben war.

Er taumelte zwischen den Bäumen hindurch zurück, und unterwegs kam ihm die Frau entgegen. Ihr Lippenstift war verschmiert, und sie humpelte, vielleicht auch nur, weil sie ihre Schuhe in der Hand trug und auf dem Waldboden Zweige verstreut lagen. Er trat zur Seite und wollte etwas zu ihr sagen, aber sein Französisch war nicht besonders gut, er kannte die Worte für »falsch« und »schämen« nicht. Daher sagte er, als sie an ihm vorbeiging, nur: *»Je m'excuse.«* Da spuckte sie ihm ins Gesicht. Er wusste, dass er es verdient hatte.

Sie zog den feinen Pelzmantel enger um sich und ging auf Zehenspitzen weiter, so als trüge sie Absätze. In dem fleckigen Licht, das durch die Bäume fiel, wirkte sie wie eine

Göttin. Einen kurzen Augenblick lang war sie eine Göttin, denn drei Tage später, als das Dorf die Kollaborateure zusammentrieb, wurde sie verspottet und geteert. Ihr goldblondes Haar war geschoren, ihre Locken wurden zusammen mit denen der anderen geächteten Frauen verbrannt und der Geruch … Verdammt, dieser Geruch! Man führte sie zu einer Gruppe von Männern, die nach ihr traten, und er konnte nicht sehen, ob sie auf der anderen Seite wieder herauskam.

Die Frontlinie bewegte sich Richtung Osten nach Belgien, auf Deutschland zu, aber die anderen hielten ihm nicht mehr den Rücken frei, denn sie vertrauten ihm nicht mehr. Er war keiner von ihnen, er war wahlweise eine elende Schwuchtel oder ein Sexverbrecher-Kommunist, und sie gaben ihm noch etliche andere Namen.

Dann war der Krieg vorbei, und die Straßen waren beherrscht von Jubel und Dankbarkeit. Soldaten marschierten vorbei, im einen Arm eine Frau, im anderen ein Bier. Die Bataillone wurden neu eingeteilt, manche fuhren nach Hause, die meisten blieben. Die Demobilisation verlief quälend langsam. Aber was kümmerte ihn das schon? Drake hatte keinen Ort, an den er heimkehren konnte.

Dreizehn Monate vergingen, ehe die Soldaten in bitterem Schweigen ihre Seesäcke packten und sich zu Truppentransportern vor der Küste aufmachten. Mitten im Aufbruchschaos stahl sich Drake still und leise davon. Er bekam nie seine Entlassungspapiere, würde sie sich später von jemandem holen, der jemanden kannte, und sie wären genauso gut wie die echten. Sein Bezugsscheinheft und den beschissenen kleinen Anzug bekam er auch nie. Vielmehr machte er sich davon, zurück Richtung Frankreich. Hinab in den Süden, wo angeblich die Sonne viele Stunden lang hoch stand und wo er hoffte, der warme Schirokko möge die eingefrorenen, unwiederbringlichen Jahre schmelzen lassen.

Die Dämmerung senkte sich übers Land, als Drake seine Geschichte beendete. Seine Stimmung war heller, aber es wurde dunkel. Er hörte, wie Marvellous seufzte, konnte sie jedoch nicht ansehen, denn er spürte, dass sein Gesicht vor Scham und Schuld spannte. Er spürte, wie ihre warme Hand leicht auf seinem Kopf ruhte.

Die Geräusche des Flusses füllten die Stille. Zwei Möwen riefen einander zu, von Ufer zu Ufer. Aus ihrem Ruf erkannte er seinen Namen.

»Hör zu«, sagte Marvellous.

Er lauschte über den Ruf der Möwen hinaus, und da vernahm er es, hörte es tatsächlich.

»Die Gezeiten wechseln«, sagte sie.

Damit wusste er, was er zu tun hatte.

Vom Ufer stieg er hinab und watete in den Fluss. Das eiskalte Wasser reichte ihm bis zur Brust, das Hemd und die Hose klebten an seinen Gliedern. Wo einst eine dunkle, lebenslange Angst geherrscht hatte, war nichts mehr. Nur Abwesenheit, erfüllt von Trauer und der Vergangenheit. Er ging in die Knie, und das Wasser drang ihm in Nase und Ohren, und ihn überkam eine druckvolle Stille. Das Hemd bauschte sich, die Haare hoben sich und trieben an der Oberfläche wie Seegras. Er verspürte einen überwältigenden Frieden, als er die Füße vom Grund hob und sich mit der Strömung und den Fischen treiben ließ, die Lungen zum Bersten voll.

Flussabwärts beim Boot des alten Cundy kam er wieder nach oben und hielt sich an dem Holz fest. Er sog die Luft mit tiefen Atemzügen ein, und ihm wurde klar, dass er sich anders fühlte als vorher. Seine Hände sahen jung aus vor dem pulsierenden grünen Moos auf der Bootswand, und er lehnte den Kopf dagegen und schloss die Augen.

Inmitten der Ruhe der herabsinkenden Nacht hörte er das Boot sagen: »Alles wird gut.« Dann hörte er es noch sagen: »Jetzt ist es vorbei.«

IV

37

Ein verbeulter Lieferwagen, der früher einmal ein Krankenwagen gewesen war, holperte die High Road entlang und kam vor dem Backhaus zum Stehen. Die junge Frau hinterm Steuer machte den Motor nicht gleich aus, sondern starrte noch ein wenig in die stille Trostlosigkeit, die ihr Zuhause werden würde.

Sie kam an diesem Morgen mit einem Radio, einem Schaukelstuhl und einem Glas Weizensauerteig hier an, zusammen mit dem Segen ihrer Mutter und dem Glauben eines alten Mannes. Im Alter von neunundzwanzig Jahren wusste Peace Rundle, dass die Winde des Schicksals es lieber sahen, wenn sie mit leichtem Gepäck reiste.

Sie stellte den laut schnurrenden Motor ab, öffnete die Tür und trat ein wenig nervös ins Freie. Die Morgensonne schien warm auf ihren Rücken, und sie atmete die Luft ein, die sie zuletzt als Baby geatmet hatte. Die Cottages sahen heruntergekommen und verlassen aus, aber die Hecken hatte der Frühling hübsch geschmückt. Sie pflückte eine Schlüsselblumentrompete und steckte sie in ihre Strickjacke.

Vor dem Backhaus blieb sie stehen und ließ die Hand auf dem verwitterten Holz ruhen. Jetzt gab es kein Zurück mehr. Schlüssel ins Schloss, Tür auf. Auf der Steinschwelle lauschte sie andächtig, als sich der Staub senkte und die Sonnenstrahlen wie Säbel krumme Linien in die Finsternis schnitten. Sie hörte, wie sich das Backhaus ein wenig weitete und sie willkommen hieß. So einfach war ihre Vereinigung, und als es daranging, die Läden aufzumachen und die Fenster zu öffnen, gab das Haus seine Sittsamkeit bereitwillig auf.

Den weiten Raum beherrschte ein großer Eichentisch, der in der Mitte stand. Die Luft roch nach Alter und Feuchtigkeit und einem Hauch von Sauerteig. Der Ofen nahm eine ganze Wand ein, ein Gärregal eine andere, und jenseits davon befand sich die gute Stube, die sich bis nach draußen zog, für die Zeit, wenn sie nicht backte. Es gab weder Stromschalter noch Deckenlicht, und sie würde bis zum nächsten Monat warten, bis sie Anschluss an das Kabelnetz hatte, das die Straßen und Felder überspannte.

Sie überquerte die uralten Steinplatten und schloss die Hintertür auf. Der Garten war zugewuchert, aber sie war sicher, dass sie ihn dank ihrer großen, enthusiastischen Hände innerhalb von einer Woche frei bekommen würde, irgendwann Hühner halten und Gemüse anbauen konnte. Es gab auch Apfelbäume und Himbeersträucher, die mit ein wenig Schmeichelei und Pflege hoffentlich wieder blühten. Schließlich hatte ihre Mutter ihr einst gesagt, sie sei eine Macherin und keine, die aufgibt.

Du bist eine Macherin, mein Liebes. Deswegen hat Gott dich so groß werden lassen. Damit du alles selber hinbekommst. Mädchen wie du geben nicht auf, bis sie tot sind. Das sollte dir ein Trost sein.

Auf gewisse Weise war es das auch. Ihre Mutter hatte ihr beigebracht, die Dinge anzugehen und sie gut zu machen. Dinge wie eine Trockenmauer zu bauen oder zu heiraten.

Einmal und gut (einmalundgut) war das Motto ihrer Mutter gewesen. Einmalundgut wurde auch ihr Motto.

Ihre Mutter hatte ihr auch eine detaillierte Karte der Bucht mitgegeben, hastig auf die Rückseite eines weißen Baumwolltaschentuchs gezeichnet, nur wenige Augenblicke bevor sie starb. Das war für Peace Ermutigung genug gewesen.

Sie faltete die Karte auseinander und verspürte wie bei einer Heißhungerattacke das Bedürfnis, sich mit ihrer Vergangenheit wieder vertraut zu machen. Sie kümmerte sich nicht darum abzusperren, sondern ging nach draußen, über die Straße bis zur Wiese, in der noch immer der Tau glitzerte und die mit gespenstisch wirkenden Pusteblumen durchsetzt war. Den Großteil des Weges rannte sie, und schon bald genoss sie die Kühle des Waldes und die lockenden Düfte von Bärlauch, Glockenblumen und Salz. Die Bucht war verlassen, das Bootshaus und der Wohnwagen standen still und stumm da.

Ganze Stapel von Holzplanken lagen am Ufer. Peace rief nach Marvellous, und ein Schwarm bunter Tauben flog im Osten auf. Sie überlegte, ob sie eine Nachricht am Wohnwagen hinterlassen sollte, aber als sie in den Taschen kramte, stieß sie nur auf ein zerknittertes Foto, einen verbogenen Teelöffel und eine Handvoll grob gemahlenes Mehl. Sie würde zurückkommen, mit Geschenken. Einem Laib Brot vielleicht? Sie stieg das Flussufer wieder hinauf und zog Schuhe und Socken aus. Dann krempelte sie die Hosenbeine hoch und watete ins Wasser.

Ihre Mutter hatte die abgeschiedene Kirche immer die »Kirche des Heiligen Herzens« genannt, und man brauchte kein Genie zu sein, um zu verstehen, warum. Denn als Peace über der Schwelle stand – das linke Bein auf der heiligen, das rechte auf der heidnischen Seite –, presste sie ein Ohr an den verfallenden Türstock und lauschte auf das leise Pochen des kriegsvernarbten Herzens ihres Bruders. Ein Specht verstummte und gab den anderen Vögeln Signale, ebenfalls zu schweigen, woraufhin ihr alle aufmerksam und neugierig zusahen. Ta-dum, ta-dum, ta-dum. Da war es. Sie drückte ihr Herz an seines. Sie schlugen im Einklang. Sie und ihr Bruder, wieder vereint.

Mit dem Rücken an seinen Grabstein gelehnt, saß Peace da, ohne zu bemerken, dass die Gravur *»In Peace Perfect Peace«* direkt über ihrem Kopf prangte. Während sie sich auf dem kleinen Friedhof umsah, den die Zeit und die Gezeiten gemeinsam dahinrafften, dachte sie an ihre Mutter und spürte etwas, das sie noch nie gespürt hatte. Es war die Jugend ihrer Mutter. In diesem Moment erfuhr sie mehr über ihre Mutter und deren Träume als je zuvor im Leben, denn es waren jetzt ihre. Einfache Träume, wie man gut lebte, wie man gut liebte, Dinge, von denen sie einst geglaubt hatte, sie seien außer Reichweite. Ihre Mutter hatte Peace ausschließlich in den Klauen der Trauer gekannt, aber irgendwann hatte sie sich verändert. Irgendwann war sie frei gewesen. Wie sie selbst.

Peace holte ein Foto von dem jungen Soldaten hervor, der etwas ungelenk ein Baby auf dem Arm hielt. Ihr Bruder Simeon. Er war gerade vom Krieg heimgekehrt und hielt sie in den Armen. Sie hatte ihn nie kennengelernt, genauso wenig wie er sie, denn sie markierten das Ende der fruchtbaren Jahre ihrer Mutter. Er war zu früh gekommen und sie zu spät, und dazwischen war nichts. Er sah damals ein wenig seltsam aus, aber sie hatten ihn in eine Heldenuniform gesteckt, und die strahlte zu sehr, um die Lumpen des Elends darunter erkennen zu lassen. Sie steckte das Foto zurück in die Tasche und bemerkte die leichte Mehlschicht auf den Fingerkuppen. Mit geschlossenen Augen kostete sie das Mehl, und die Jahre fielen von ihr ab.

»Danke, Wilfred«, sagte sie leise. »Ich danke dir.«

Peace war noch ein Baby an dem Tag, als ihre Mutter und ihr Vater St. Ophere verließen, und damit noch zu jung, um sich an das Pferd und den überfüllten Wagen mit Töpfen, Stühlen, Matratzen und dem alten Tisch, einem Erbstück, zu erinnern. Zu jung, um sich an die Gesichter der Nachbarn zu erinnern, die sich abwandten und ihnen kein Lebwohl zuriefen, als sie sich auf den Weg nach St. Austell mit den funkelnden Bergen aus Porzellanerde machten. Über jenen Tag verloren sie nie wieder auch nur ein Wort, aber er hing in dem neuen Cottage wie alte Vorhänge, die das Licht draußen halten.

Woran sich Peace sehr gut erinnerte, war ihre von Warten geprägte Kindheit. Mal wartete sie darauf, dass der Kummer ihrer Mutter verblasste, dann wieder darauf, dass ihr Vater aufhörte zu trinken. Keines von beidem geschah. Mal wartete sie darauf, dass ihr Wachstumsschub aufhörte, dann wieder darauf, dass die anderen Kinder aufholten. Keines von beidem geschah, und sie blieb der Vogel Strauß in einem Gehege voller Enten. Zuerst machte ihr der Größenunterschied nichts aus, aber dann überkam sie eine Schüchternheit, eine derart durchdringende Schüchternheit, dass sich im Sommer selbst ihr Schatten weigerte rauszugehen und mit den anderen zu spielen. Schließlich laugte die ewige Warterei sie aus, und sie zog sich in ihr Bett zurück wie ein großer Wärmstein.

Eines Nachts stahl sich der Geruch von frisch gebackenem Brot durch ihr Fenster. Sie folgte ihm über die Terrasse nach draußen, am Pub und der Kirche vorbei, bis sie an der Schwelle von Wilfred Gentlys Backhaus anlangte. Die Fenster waren ebenso vernebelt wie die Augen des alten Mannes, was ihr verriet, dass er noch backte. Sie klopfte zaghaft, Wilfred öffnete die Tür und winkte sie herein.

Er zog ihr einen Hocker heran und trug ihr auf zuzusehen und zu lernen, während er den blassgrauen, schimmernden Klumpen knetete. Peace tat wie befohlen, und alles, was nicht stimmte, verschwand zwischen den tiefen Falten des bearbeiteten Teigs.

Während ihrer Lehre bekam sie kein Geld, dafür täglich einen Laib Brot und eine Aufgabe. Der Priester sagte ihrer Mutter, Gott würde das gefallen, und Wilfred machte sich daran, ihr alles beizubringen, was er wusste.

Er zeigte ihr, wie man dem Ofen Flüssigkeit zuführt, damit das Brot aufgeht und eine schöne Kruste bekommt. Er lehrte sie, auf das Lied des aufgehenden und des abkühlenden Brots zu achten. Er brachte ihr bei, wie man einen Rührstab geschickt und sicher handhabte und in welchen Körben man das Brot am besten aufbewahrte. Er zeigte ihr, wie man ein Gärregal am besten von Schimmel freihielt. Er übergab ihr sein Lebenswerk, und sie sog es in sich auf.

Drei Jahre später änderte er den Namen des Backhauses in *Gently und Peace.* Ein Jahr später brachte er ihr alles über das Mehl bei. Wie es sich je nach Saison unterschied und manchmal sogar je nach Luftdruck. »Nimm dich in Acht, wenn du während eines Sturms backst.«

Schließlich blieb ihm nur noch, ihr seine Rezepte auszuhändigen. Er verriet ihr etwas, das er noch keiner Menschenseele anvertraut hatte, nämlich dass seine Geheimzutat das Leben war, das er gelebt hatte.

Peace starrte ihn an. »Wie meinst du das?«, fragte sie.

Wilfred beugte sich zu ihr und flüsterte: »Alles fließt in mein Brot ein. Namen, Lieder, Erinnerungen. Jede Charge gerät anders als die vorige, aber wir sind ja nicht auf der Suche nach Beständigkeit, sondern nach Vortrefflichkeit. Man muss Fehlschläge riskieren, um vortrefflich zu werden.«

Peace musste lachen. »Was passiert, wenn du Lieder hinzugibst, Wilfred?«

»Der Teig wächst dann schneller. Man bekommt ein luftigeres Brot.«

»Jetzt nimmst du mich aber auf den Arm.«

»Keineswegs!«

»Was bewirken dann Erinnerungen?«

»Sie fügen Süße hinzu«, sagte Wilfred lächelnd. »Aber nimm dich in Acht vor Erinnerungen«, sagte er. »Andere Dinge können sich leicht mit einschleichen.«

»Was für Dinge?«, fragte Peace.

»Zum Beispiel Bedauern.«

»Was kann man dagegen tun?«

»Johannisbeeren dazugeben«, erwiderte Wilfred stolz.

»Oh Wilfred«, rief Peace und schlang die Arme um ihn. »Du bist albern.«

»Hier«, sagte er. »Koste das mal.« Er ging zum Tisch und holte unter einem Leintuch ein kleines, süßes Safranbrötchen hervor. »Ich nenne es Peace-Brötchen«, erklärte er.

Wäre ein Kind nach ihr benannt worden, Peace hätte nicht stolzer sein können.

Das Backen lehrte Peace Geduld und vermittelte ihr, welchen Wert das Warten hatte. Nichts ließ sich beschleunigen, denn alles hatte seine eigene Zeit. Der Teig brauchte Zeit zum Gehen, das Brot, um zu wachsen oder abzukühlen. Wie das Leben selbst, war das Backen sein eigener Herr und sie selbst nur eine treue Dienerin.

Eines Tages, Wilfred Gently bestäubte gerade eine frische Ladung Teig mit Mehl, kroch der Tod hinter ihm hervor und legte ihm seine knochige Hand auf die Schulter. Wilfred kippte vornüber in die weiche beige Masse. Damit war nicht nur sein Leben in sein Backwerk eingeflossen, sondern auch sein Tod.

Er starb als reicher Mann. Als sein Testament verlesen wurde, wurden seine Ersparnisse zwischen seinen treuen Kunden aufgeteilt. Peace hinterließ er kein Geld. Für sie hatte er die Miete des Backhauses für fünf Jahre im Voraus bezahlt und übergab ihr den letzten Teigling von seinem berühmten Weizenvorteig.

Du musst deine eigenen Brotrezepte kreieren, hatte er in seinen Anweisungen für sie festgehalten. *Ich gebe dir fünf Jahre, um dein Können zu verfeinern. Dann musst du flügge sein, meine Liebe, und deine eigene Geheimzutat finden.*

Sie wusste sofort, was er damit meinte, weinte ins Mehl und buk in dieser Nacht einen Trauerlaib, der am nächsten Morgen sofort ausverkauft war. Es war ein feierlicher Laib Brot mit vollmundigem Geschmack, der die Menschen erinnerte an … an … Niemand konnte genau sagen, woran das Brot ihn erinnerte, obwohl es perfekt zu Käse passte, da waren sich alle einig. Aber Peace würde nie wieder einen solchen Laib erschaffen.

»Warum nicht?«, rief das Dorf.

Weil sie ihn einmalundgut gebacken hatte.

Peace erhob sich vom Grab ihres Bruders. Die Kronen der Bäume sahen aus wie eine Fülle grüner Bündel, Zaunkönige hüpften um sie herum und sangen nur für sie. Zuhause, dachte sie. Das hier ist wirklich mein Zuhause. Das Wort schmeckte gut. Sie würde es nehmen und in der ersten Ladung von St.-Ophere-Brot mitbacken. Das Wort versprach etwas Vortreffliches.

Sie stand auf und watete durch das Wasser zurück, das ihr mittlerweile bis zu den Knien reichte.

38

Marvellous verschwand nun immer öfter. Sie stand mit der Sonne auf und fuhr mit dem Boot den Großen Fluss hinauf, bis sie bei ihrer Mutter ankam. Dort wartete ein Sessel auf sie, und das Personal war längst an den Anblick einer kleinen gelben Gestalt gewöhnt, die sich mit dem Stock voran durch die großen Türen schob. Sie nickte und winkte jedem zu, und viele machten Bemerkungen über ihre roten Lippen. Oft verstand sie nicht, was die Leute sagten, aber sie bedankte sich trotzdem dafür. Jeden Tag verwendete sie Lippenstift, und an manchen Tagen war ihre Hand ruhig, an anderen nicht. Manchmal war die Farbe verwischt, manchmal nicht. Aber das fiel ihr nicht weiter auf und ihrer Mutter auch nicht, denn in den Augen ihrer Mutter war sie schön.

Bei ihrer Rückkehr in die Bucht fiel Drake auf, dass sie anders war als sonst, so als würden die Ranken des Alters sie hinabziehen. Da stellte er sich das Undenkbare, das Unfassbare zum ersten Mal vor.

Einmal fand er sie auf dem Ankerstein, wo sie aufrecht und unbeweglich dasaß wie eine Statue, die aus dem heiligen Granit geschlagen war. Bei ihrem Anblick blieb ihm fast das Herz stehen. Ein andermal fand er sie im Tiefschlaf am

Bootsruder, mit laufendem Motor. Das Boot fuhr Meile um Meile im Kreis, jedoch nirgendwohin.

Mit verschiedenen Dingen versuchte er ihr das Leben leichter zu machen. Er schlug Stufen in den Hang zum Ufer und verstärkte sie mit dicken Holzbrettern. Um den Ankerstein befestigte er ein Geländer aus Seilen, das ihr Gewicht trug, wenn ihr die Knie mal wieder den Dienst versagten. Er lernte entlang der Küste auf Beutezug zu gehen und wie man kochte – Eintöpfe, Brühen und dergleichen – und meldete sich beim Lebensmittelladen und beim Metzger im Dorf des Anderen Heiligen an, um die Wochenrationen Fleisch und Butter abzuholen. Er schrubbte am Ufer Pfannen und hängte zwischen den Bäumen Laken zum Trocknen auf. Doch jede Nacht, egal wie hoch oder tief der Fluss stand, beobachtete er, wie Marvellous sich zur Kirche vorkämpfte und die Kerze entzündete, für wen auch immer.

Das war der Grund, warum er am ersten warmen Tag im April mit dem Bau der Brücke begann. Es sollte eine schlichte Holzbrücke werden, die das Festland mit der Insel verband. Auf einem Hof in Frankreich hatte er schon einmal eine gebaut und wollte sie am Ufer wie eine Leiter zusammenzimmern: zwei lange Pfostenkonstruktionen mit Latten dazwischen. Auf beiden Uferseiten waren tiefe Mulden nötig, um sie im Boden zu verankern. Es war eine Behelfslösung, das war ihm klar, aber eine stabile, und das genügte.

Ein Bootsbauer lieferte die Eichenplanken nach Drakes Vorgaben. Die langen Teile sollten einander überlappen, um die nötigen vier Meter zu überspannen. Die Löcher waren bereits vorgebohrt, Bolzen und Schrauben mitgeliefert worden. Er musste nur noch alles zusammenbauen und die Mulden an beiden Ufern graben.

Er begann auf der Ostseite der Insel, fern der Gräber. Das Graben war kein Zuckerschlecken, denn er war nicht in Form, und manche der Baum- und Strauchwurzeln waren so dick wie sein Handgelenk. Nach ein paar Stunden lehnte er sich im Sitzen mit dem Rücken an die Kirchenwand und zündete sich eine Zigarette an. Er fuhr mit der Hand über das stumpfe Ende des Spatens und fragte sich, ob in der dunklen Ecke des Schuppens ein Schleifstein lagerte.

Die Sonne hatte den Wind aufgezehrt, über der Bucht herrschte Flaute, die das Krächzen der Krähen in den hingeworfenen Nestern oben in den Pinien dämpfte. Seine Laune stieg, als er die vertraute gelbe Regenjacke über das trockene Flussbett herüberkommen sah. Sie hielt zwei Tassen mit Tee in den Händen.

»Hier kommt Hilfe, hier kommt Hilfe«, rief sie.

Er ging ihr am Ufer entgegen und nahm ihr den Tee ab. Dann führte er sie am Arm die Steigung hinauf.

»Ich werde tot sein, bis du fertig bist«, sagte sie und ließ sich in den Liegestuhl sinken. »Tee bitte«, fügte sie hinzu, und Drake reichte ihr eine Tasse. Sie trank einen Schluck. »Wunderbar«, sagte sie. »Wer hat den gemacht?«

»Du«, sagte er.

»Wunderbar«, wiederholte sie und schloss die Augen.

Er sah zu, wie sie eindöste. Stille quoll zäh und tropfend wie Sirup hervor, und ein Gefühl verfing sich wie Pollen in seinem Hals. Ihm wurde die majestätische Anmut der Landschaft bewusst, die harte Arbeit und das schwere Leben, das die Leute hier geführt hatten, ebenso die Hände, die Schmutz und Blut an Spaten und Tassen hinterlassen hatten.

Eine Biene klammerte sich an der rosa Trompete einer Fingerhutblüte fest, ruhte nicht, fraß nicht, sondern war tot.

In diesem Augenblick verspürte er eine Verbundenheit mit alldem, ein seltenes, geerdetes Gefühl hierherzugehören.

Ein Sonnenstrahl fiel auf die schimmernden Spinnweben und verband sie alle – die Toten wie die Lebenden – mit der Erde.

39

Am nächsten Morgen kam der Schornsteinfeger zum Backhaus und entfernte ein Schwalbennest, das den Kaminschacht verstopfte. Er fegte Ruß und Spinnweben von allen Luftabzügen, wobei weder Mörtel noch Steine abbröckelten. Das Tragwerk erhob sich sicher und sauber, um bald wieder Rauch in den blauen Himmel von Cornwall hinauszublasen.

Sie beizte das Gärregal und den Tisch ab, putzte die Fenster, fegte und schrubbte den Boden. Als Peace zu den beiden Schlafzimmern hinaufging, hatte sie das ungute Gefühl, dass eine große schwarze Spinne die Ecke jedes Raumes beherrschte. Es waren traurige Räume voller Geflüster, und es kostete sie einige Mühe, die Fenster zu öffnen. Sie waren nicht etwa abgesperrt, sondern wollten nicht nachgeben. Die haben die Sturheit ihres Vorbesitzers geerbt, dachte sie. Es dauerte eine Weile, bis sie sich entschieden hatte, welches ihr Zimmer sein sollte. Sie entschied sich für das vordere, das auf die High Road und die Wiese hinausging, die zum Wald und zum Fluss führte. Auch hier oben schrubbte sie den abschüssigen, unebenen Boden und putzte die Fenster, doch die Traurigkeit blieb. Was sie zu ihrem Zimmer sagen sollte, wusste sie nicht, denn der Raum war taub gegenüber ihren Worten. Vorerst würde sie auf dem Sessel unten im Wohnzimmer schlafen.

Der Umzugswagen kam am frühen Nachmittag, und schon bald standen ein Bett und eine Kommode in dem vorderen Zimmer. Dazu zwei Koffer mit Bettzeug und Kleidung. Ein Teppich und ein Beistelltisch wanderten erwartungsvoll ins hintere Stübchen, während in die Küche eine ganz neue Welt Einzug hielt: Kisten mit Töpfen und Körben, Geschirr und Notizbüchern. Mehlsäcke, zwei Wannen und ein Waschbecken. Dazu Holzscheite, Kerzen, Laternen und Kohle. Als Letztes wurde das alte Backhausschild geliefert: *Gently mit Peace.* Unterwegs bekam es eine Delle.

Peace arbeitete die ganze Nacht hindurch, befüllte den Ofen, bis er erst orangefarben und dann weiß glühte. Sie knetete, bemehlte und wässerte den schimmernden Berg von gräulichem Teig. Sie zerschnitt den Klumpen in zwölf gleich große Teile, ölte sie ein, legte sie in Körbe und stellte sie dann in die glühende Hitze, bis der Zauber wirkte, ein Dutzend Laibe heranwuchsen und sich eine perfekte Kruste bildete. Als die Sonne aufging, duftete es in der dampfigen Küche nach Sauerteig, Hefe, frisch gebackenem Brot und der taufrischen Morgenluft.

Draußen stellte sie den Schaukelstuhl in den Schein der Morgensonne. Sie setzte sich hin, um das Leben vorbeiziehen zu sehen, aber das Leben zog nicht vorbei, also stand sie auf und füllte einige Töpfe mit Wasser aus dem Dorfwasserhahn gegenüber. Sie trank aus der hohlen Hand, das Wasser war kühl und schmeckte süß – perfekt zum Backen.

Sie setzte sich wieder in den Schaukelstuhl und wartete erneut darauf, dass das Leben vorbeizog, aber wieder zog nichts vorbei, außer der extrem langsam vergehenden Stunde. Zum zweiten Mal stand sie auf, ging hinüber zur

Hecke und pflückte zwei Sträuße mit Waldschlüsselblumen und Sauerampfer. Einen stellte sie auf das Kriegsdenkmal, den anderen in eine kleine Vase auf dem Knettisch. Sie wollte sich gerade wieder nach draußen setzen, als ihr Blick an einer angeschlagenen Schüssel in der Ecke der Küche hängen blieb. Jedenfalls dachte sie zuerst, es sei eine Schüssel, aber als sie das Ding herausnahm, erkannte sie, dass es eine Schiffsglocke war.

Sie zog an dem dicken Seil und lauschte – ein guter Ton. Diesmal läutete sie die Glocke lauter, und über ihr entriegelten sich völlig unerwartet und außer Sichtweite vier Fenster.

40

Der Wind ist warm, ein trockener, staubiger Wind, der Gerüche mit sich trägt. Gerüche, die Drake nicht kennen kann, wie von gebackener Erde, Eukalyptus und Frangipani, auch eine Mischung von Salz und Dung, dort wo das Meer auf Weideland trifft.

»Es heißt nicht Meer«, sagt eine Frau, »es heißt Ozean.«

Drake klammerte sich fester an die Hitze des Traums, als er das Bett unter sich wieder spürte, die harte Rosshaarmatratze mit dem feuchten Überzug. Die Krähen versammelten sich draußen. Er drehte sich um. Herrgott, was für ein Muskelkater. Seine Handflächen waren geschwollen und rau, und der Traum glitt ihm durch die mit Blasen übersäten Finger wie ein eingeöltes Seil.

Benebelt setzte er sich auf, einen intensiven Geschmack im Mund. Er stand auf, schüttete Wasser aus der Kanne in die Schale, spülte den Mund aus und schluckte schwer. Dann ging er zur Tür und machte sie weit auf. Die Schmetterlinge waren schwer beschäftigt, sich im süßen Geißblatt zu bestäuben, das den Türrahmen krönte, aber das war es nicht, was er schmecken oder riechen konnte. Schnell zog er sich an und ging barfuß über das Ufer zum Wald. Immer wieder blieb er stehen und roch. Jetzt gab es keinen Zweifel mehr.

Er klopfte laut.

»Marvellous?«, rief er aufgeregt. Er hörte ein Stöhnen, dann Schritte. »Marvellous?«, rief er noch einmal.

Die Tür ging auf. »Was willst du denn schon so früh?«, fragte sie.

»Bin ich gerade gestorben und im Himmel angekommen?«

»Da kommst du sowieso nicht hin«, sagte sie.

»Riechst du es denn nicht?«, fragte Drake. »Es riecht nach Brot«, sagte er.

»Nach Brot?«, fragte sie.

»Ja, frisch gebacken«, bekräftigte er.

Der Geruch durchzog die Bucht wie der Frühling selbst, kündete von Veränderung und – noch wichtiger – von neuem Leben. In diesem Augenblick waren sie wie Schiffbrüchige, und der Geruch des Brots war das gehisste Segel, mit dem das Boot Kurs auf ihre unbekannte Bucht nahm.

Im Wald kamen sie nur langsam voran, weil Marvellous sich weigerte, auf die Blumen zu treten, von denen unzählige blaue, gelbe und weiße den Boden übersäten. Über die Weide gingen sie zwischen Gänseblümchen hindurch über süßes, saftiges Gras, bis sie vor ihnen graue Rauchschwaden aus dem Kamin des Backhauses aufsteigen sahen. Das Steingebäude war wieder lebendig, es atmete wieder, und sein Atem roch himmlisch. Ein blauer Lieferwagen parkte davor. Darauf ein Schriftzug, zerkratzt und verblichen: *Gently mit Peace.*

Sie verlangsamten ihren Schritt, als sie sich der High Road näherten, und blieben am Steigrohr stehen, um von dem süßen, kühlen Wasser zu trinken. Jemand hatte die Holzbretter von den Fenstern entfernt, Glas schimmerte im Sonnenlicht. Dahinter bewegte sich eine Gestalt. Ein ramponierter Schaukelstuhl stand links von der Tür, daneben hing an dem alten Haken Mrs. Hards Schiffsglocke, genau wie früher. Das Messing funkelte in der Sonne wie Gold.

»Wer ist da?«, rief Marvellous. »Zeig dich«, rief sie und hob ihren Stock.

Wie aufs Stichwort wurden die Vorhänge der Geschichte zurückgeschoben, die Haustür ging auf, und da stand sie. Eine junge Frau, groß und breit wie eine Eiche, die einen Blumentopf mit Lavendel trug, um ihn an der vorderen Hauswand zu platzieren. Die junge Frau blieb stehen und blickte auf. Zwischen ihnen glomm der Fluss aus Asphalt vor Hitze. Sie schirmte die Augen ab und versuchte den jungen Mann und die alte Frau neben dem Steigrohr zu erkennen. Der junge Mann winkte ihr zu. Sie winkte zurück und überquerte die Straße, ganz aufgeregt, weil das Leben sich vorwagte. Plötzlich blieb sie stehen, denn ihr war klar, wer die alte Frau war. Die Sonne im Rücken, wurde sie zu einem riesigen Zifferblatt, das einen langen Schatten Richtung Marvellous warf, auf eine längst vergangene Zeit.

»Bist du das, Peace?«, fragte Marvellous.

Peace nickte und rannte auf die alte Frau zu, die sie so vorsichtig, so liebevoll, so gut auf die Welt geholt hatte.

41

Sie saßen um den großen Eichentisch, darauf die Vase mit den Waldschlüsselblumen und dem Sauerampfer und die längst vergangenen Erinnerungen aus einer längst vergangenen Zeit. Peace erzählte von ihrem Leben mit Wilfred Gently. Sie bewegte sich vom Tisch zum Herd, vom Herd zum Ofen, vom Ofen zum Regal, und die Geschichte begleitete sie, während sie die Teller aufdeckte und den Tee ziehen ließ. Als der Laib kühl genug war, um ihn aufzuschneiden, setzte sie sich mit ihren Gästen hin und reichte Drake das Messer. Marvellous fiel auf, dass die junge Frau ihn kaum ansehen konnte. Eine leichte Röte wie ein vergessener Klecks Marmelade überzog ihre Wangen, als er ihr dankte und sie anlächelte, aufstand und das Messer entgegennahm. Das Brot schnitt. Ihr das erste Stück reichte. »Butter?«, fragte er.

»Das war das Haus meiner Eltern, nicht wahr?«, sagte Peace mit einem Blick auf das Cottage gegenüber.

»Nein«, erwiderte Marvellous und trat zu ihr ans Fenster. »Das war Gladlys Haus.«

»Bist du sicher?«, fragte Peace.

»Ziemlich sicher. Sie war das erste Kind, das ich auf die Welt geholt habe. Du warst das letzte.«

»Wo haben meine Mutter und mein Vater denn dann gewohnt?«, fragte Peace.

»Komm mit«, sagte Marvellous und nahm sie am Arm.

Zu dritt verließen sie das Backhaus und schlenderten die High Road entlang.

Als sie beim letzten Cottage ankamen, der Grenze zwischen Mensch und Natur, sagte Marvellous: »Das hier war dein Zuhause.«

»Das da?«, fragte Peace leise.

»Es hat nicht immer so ausgesehen«, erklärte Marvellous. »Es hat die Wucht des Windes zu spüren bekommen, ebenso die Wucht der Launen der Menschen.«

»Hier bin ich geboren?«

»Ja.«

Peace versuchte die Haustür zu öffnen und drückte gegen die schlammverkrusteten Fenster.

»Alles verschlossen«, sagte Marvellous.

»Ich würde gerne reingehen«, sagte Peace.

»Reingehen bedeutet zurückgehen«, sagte Marvellous.

»Ich weiß«, sagte Peace. »Ich weiß«, wiederholte sie, ein wenig unsicherer.

»Au«, sagte Marvellous und griff sich mit der Hand an den Kopf. »Was tust du da hinten, mein Junge?«

Drake hielt ihr zwei Haarnadeln vors Gesicht. »Tretet zurück«, sagte er, kniete sich vor das Schlüsselloch und schob die Haarnadeln hinein. »Das Zauberwort?«, fragte er.

»Quatsch«, sagte Marvellous.

Das Schloss klickte, und die Tür öffnete sich quietschend unter dem vorsichtigen Druck seiner Hand.

Im Inneren war es dunkel und düster. Spinnweben hingen wie Vorhänge herab, Ratten trappelten zu dunklen Löchern in finsteren Ecken, es roch nach Feuchtigkeit und

Verfall und noch etwas anderem, das den Raum zwischen den Eltern bewohnte, die miteinander gebrochen hatten.

»Es ist schrecklich traurig«, sagte Peace.

»Es war nicht immer so«, sagte Marvellous.

In einem fernen Winkel des Raumes fing ein unerwarteter Gegenstand den Blick von Peace auf. Sie wandte sich an Marvellous und fragte: »Ein Klavier?«

»Gute Zeiten sind einst hierhergekommen. Und Lieder.«

»Es war kein Geld da für ein Klavier«, sagte Peace.

»Irgendwann war dann doch Geld da«, sagte Marvellous.

»Aber ein Klavier?«, fragte Peace.

»Er hat es gewonnen.«

»Wann und wo?«

»Beim Kartenspiel, glaube ich. Ich erinnere mich nicht mehr, aber es ist offen und ehrlich zugegangen.«

»Wer hat darauf gespielt?«, fragte Peace.

»Er.«

»Mein Va… Ich verstehe das alles nicht«, sagte Peace. »Er hat Klavier gespielt?«

»Wunderschön sogar.«

Peace ging zu dem Instrument hinüber und ließ die Hände über den ramponierten Korpus gleiten. Das gesplitterte Holz und die gesprungenen Saiten sahen in ihren Augen aus wie ein geschundener Körper. Jetzt nisteten Tauben in den Hohlräumen der Musik.

»Hat er das getan?«, fragte sie.

»Der Kummer war es oder die Wut«, sagte Marvellous. »Hat ihn wohl davon abgehalten, es an etwas Lebendigem auszulassen, schätze ich.«

Das Kratzen der Ratten erschreckte sie. Peace schauderte und verschwand im Hinterzimmer.

»Was ist hier geschehen?«, fragte Drake.

»Der Tod«, sagte Marvellous. »Nachdem der Junge gestorben war, ich meine Simeon, glaubte das Dorf, sie seien verflucht, und sie wurden sehr ängstlich. Sie waren der Ansicht, der Junge hätte besser in Frankreich sterben sollen wie die anderen, statt sein Leben hierher zurückzubringen. Das genügte, um die Zungen der Leute zu lösen, und lose waren sie, das kannst du mir glauben. Laut und mitten vor dieser Haustür. Schreckliche Worte, Drake, für eine Familie in Trauer. Die Menschen können sehr grausam sein, vor allem wenn sie Angst haben.« Marvellous griff nach seiner Hand und drückte sie fest.

»Was ist das?«, fragte Peace, als sie mit einem makellosen Weidenring, der mit Federn und Muscheln geschmückt war, zurück ins Zimmer kam.

»Ah!«, rief Marvellous und hielt sich den Ring vors Gesicht. »Das hier«, sagte sie, »ist ein Gerüchtefänger.«

»Ein was?«, fragte Drake.

»Ein Gerüchtefänger. Meine Mutter hat meinem Vater beigebracht, wie man sie anfertigt, und er hat es mir gezeigt. Wie du sehen kannst, ist in den Ring eine Angelschnur eingewebt, durch die innen ein engmaschiges Netz entsteht, um die Gerüchte einzufangen. Die Schwertmuscheln hängen herab«, sie machte es vor, »um das Gerücht von seiner Quelle zu trennen, und die Wellhornschnecken hier sollen dem Gerücht ein Zuhause geben. Die Federn der Singvögel rund um den Fänger sollten das Gerücht reinigen und die Luft davon befreien.«

»Woran hat man erkannt, ob ein Gerücht eingefangen worden war?«, fragte Peace.

»An dem Geräusch«, erwiderte Marvellous. »Gerüchte machen sehr eindeutige Geräusche. Schwirrt eines frei herum, klingt das so wie ein Bootskörper, der an der Kaimauer entlangschrappt. Wenn das Gerücht eingefangen ist, klingt es wie ein Ausatmen: ein angstvolles Seufzen in den leeren, dunklen Windungen einer längst verlassenen Muschel.« Marvellous zeigte auf die Wellhornschnecken.

Sie kannte diese Geräusche nur zu gut, denn sie hatte ebenfalls einen Gerüchtefänger vor dem Wohnwagen, der über die Jahre viele Gerüchte eingefangen hatte, von denen die meisten auf dem Atem von Mrs. Hard gereist waren. Sie ließ Gerüchte vom Stapel wie das Königshaus Schiffe. Er hatte nicht weit weg vom Windspiel gehangen, obwohl ihre Lieder sich sehr unterschieden. Die Regeln zum Einfangen von Gerüchten waren denen zum Einfangen von Träumen sehr ähnlich, aber weil die Gerüchte schwerer wogen, musste der Fänger näher am Boden hängen. Gerüchte flogen tief, Träume flogen hoch, und irgendwo dazwischen befanden sich die Gebete.

Es sei sehr wichtig, ein Gerücht einzufangen, ehe es sich verbreite, erklärte Marvellous. »Aber manche Gerüchte haben es sogar an mir vorbei geschafft und sich vermehrt wie Bazillen.«

»Welche denn?«, fragte Drake.

»Das über Simeon zum Beispiel. Deshalb habe ich das hier für deine Mutter gebastelt.«

Peace nahm den Ring und hielt ihn ans Ohr. »Glaubst du, ich werde je eines der Gerüchte hören?«, fragte sie.

»Ich hoffe nicht«, sagte Marvellous. »Es ist kein gutes Geräusch, überhaupt kein gutes. Nichts, das man sich wünschen sollte, meine Liebe.«

Sie schlossen die Tür, sperrten die Vergangenheit wieder weg und gingen leise zurück in die High Road, den Gerüchtefänger unterm Arm. Drake ließ die beiden Frauen Hand in Hand vorausgehen. Er blieb am Kriegerdenkmal stehen und betrachtete die Stelle, wo ein Name hätte stehen sollen.

42

Ned Blaney war heute mit seinem Boot in der Bucht und hatte hinten zwei Angeln ausgeworfen. Der allzeit verlässliche Ned mit seiner dichten, gelockten Mähne, die in der Sonne fast weiß geworden war – man hätte ihn überall erkannt. Den hätte sich längst jemand schnappen müssen, sagten alle. Ein großer Denker war er, schon vor dem Krieg. Aber der Krieg hatte ihn still werden lassen, so still und tief wie den Kanal, in dem er fischte.

An diesem Tag angelte er für den Eigenbedarf. Er wollte ausspannen, ein paar ruhige Stunden verbringen, nur ein Mann und ein Boot. Er beugte sich über den Sitz und drehte am Radio, bis er ein bekanntes Lied fand. *»These Foolish Things«,* Oscar Peterson am Klavier. Er sang mit und summte, wenn ihm der Text nicht einfiel.

Er griff nach seiner Thermosflasche, öffnete den Schraubverschluss und goss sich eine Tasse Tee ein. Kurz berührte er die Angelschnüre und tastete nach einem Lebenszeichen, aber nichts. Er drehte das Radio lauter. Ein kurzer Gedanke an den Krieg huschte ihm durch den Kopf, aber er ließ ihn vorbeiziehen wie ein großes Büschel auf dem Wasser treibender Knöterich.

Er hob die Tasse zum Himmel, obwohl er nicht an den

Himmel glaubte, aber irgendwohin musste er seinen Bruder ja tun, und das vertraute blaue Kissen über dem Meeresarm war so gut wie jeder andere Ort.

»Auf die alten Zeiten«, sagte er.

43

Die alten Zeiten kehrten in die Bucht zurück, das Leben erwachte wieder voller Erwartungen, und das Tal hallte wider vom Lärm des Brückenbaus und dem Gelächter einer jungen Frau. Marvellous wurde plötzlich aus ihrem Alter herausgerissen wie eine Saatkartoffel aus der gewohnten tröstlichen Dunkelheit. Sie hatte kaum Zeit, um über den Tod nachzudenken, die Aktivitäten, die Jugend und der Lärm hatten ihn verdrängt. Man brauchte Dinge von ihr, und zwar von Menschen, nicht von Träumen. Marvellous blühte auf, sie hatte schon fast vergessen, was für einen aufregenden und dringend nötigen Schub es einem versetzte, wenn man sich gebraucht fühlte.

»Wonach suchst du denn?«, fragte sie, als Drake im Schuppen verschwand.

»Farbe!«, rief er hinaus.

»Was denn für Farbe?«, wollte sie wissen. »Es gibt so viele verschiedene.«

»Einfach nur Farbe«, sagte Drake.

»Aber es gibt keine Einfach-nur-Farbe«, murmelte sie.

Drake kam wieder heraus und sah sie erschöpft an. »Irgendeine Farbe, Marvellous! Ganz egal, was gerade da ist.«

»Ich habe nur eine Art Farbe …«

»Die tut's.«

Daraufhin ging Marvellous in den Schuppen und kam ein paar Augenblicke später mit einer Dose Bootslack zurück. »Kobaltblau«, sagte sie.

»Perfekt«, erwiderte er und rannte ohne ein weiteres Wort in den Wald.

Sie wollte es sich gerade an einem der rar gewordenen ruhigen Nachmittage gemütlich machen, als sie ein Fahrrad über den Waldboden klappern hörte. Der Postbote, der nie vorbeikam, jetzt da jeder, den sie kannte, tot war.

»Post!«, rief er, als er zum Flussufer hinunterfuhr und schwer schnaufte.

»Ich kann Sie hören«, sagte Marvellous und ging ihm entgegen.

»Der Absender hat den Brief an Miss Marvellous Ways, Zigeunerwagen, Falmouth Wood, Cornwall adressiert«, sagte der Postbote. »Aber das hier ist nicht der Falmouth Wood, oder? Deswegen war er ein bisschen unterwegs, bis er hier gelandet ist. Unten drauf steht: ›Vereinigtes Königreich.‹« Die letzten beiden Worte sprach er deutlich und stolz aus. »Der kommt von Übersee«, sagte er.

»Fühlt sich an, als wäre eine Postkarte drin«, sagte Marvellous und nahm den Umschlag entgegen. Sie bot dem Postboten eine Tasse Tee und ein süßes Safranbrötchen an.

»Danke, nächstes Mal gerne«, gab er zurück, weil sein Sack noch so voll war.

Sie knöpfte die Regenjacke auf und setzte sich auf den Ankerstein. Dann putzte sie ihre Brille und betrachtete die Briefmarke: Amerika. Sie sprach das Wort laut aus und öffnete dann den Umschlag. Es war tatsächlich eine aufklappbare Ansichtskarte darin. Sie hielt die Karte dicht vor die

Augen, ein Fluss bei Sonnenuntergang. Eine Holzbrücke und Bäume, die aus dem Wasser wuchsen.

Meine liebe Marvellous,
ich hoffe, du liest diesen Brief in guter Verfassung. Letztes Wochenende war ich mit meinem Großvater angeln und habe mit ihm über dich gesprochen, vor allem über deine Freundlichkeit. Ich studiere inzwischen Handel an der Atlanta University. Die Welt, in der ich lebe, ist alles andere als perfekt. Aber ich habe eine Zukunft und vor nicht allzu langer Zeit hatten das viele Männer in meinem Alter nicht. Diesmal sieht der Kampf anders aus.
Wir wurden bei Omaha Beach überrascht. Es war ein großes Durcheinander. Viele Boote sanken, noch ehe sie anlegen konnten, die meisten von Minen direkt unter der Wasseroberfläche in die Luft gesprengt. Wir sind vom Landungsboot aus unter schweren Beschuss geraten und haben uns hinter ausgebrannten Panzern, Strandverteidigungen und Leichen versteckt. Wir saßen in der Falle und mussten den Rückzug antreten. Nach rechts oder nach links? Das war unsere einzige Wahl.
In diesem Augenblick habe ich an deine Worte gedacht, liebe Marvellous. Ich bin nach links gegangen, wie du es mir damals gesagt hast. Ich bin nach links gerannt. Alle, die nach rechts rannten, sind gefallen. Ich danke dir aus tiefstem Herzen.
Henry

Marvellous hielt die aufgeklappte Postkarte ganz nah vor die Augen und betrachtete die Schrift. Sie erkannte die Dankbarkeit und Versprechungen in den Schnörkeln seiner Handschrift. Es war lange her, seit sie geweint hatte, aber da sie wusste, dass sie ihre Tränen nicht mehr brauchen würde – es hat keinen Sinn, wenn die Tränen die Augen überleben –, ließ sie sie laufen.

So fand Drake sie eine Stunde später.

Als er auf sie zukam, blickte sie auf und sagte: »Henry geht es gut.«

»Da bin ich aber froh. Aber geht es auch dir gut?«, fragte er.

»Ja, ich glaube schon.«

Sie nahm seine Hände und führte sie an ihre Wange. Seine kobaltblauen Fingerspitzen leuchteten hell in der Wärme der gütigen Nachmittagssonne.

Es war schon spät, als Peace zurück zum Backhaus kam. Sie ging hinein und stellte die Taschen ins Kühle. Dann schenkte sie sich ein Glas Wasser ein und ging zurück, um zu beobachten, wie sich die Farben über den Abendhimmel ausbreiteten. Den ganzen Nachmittag war sie unterwegs gewesen, auf der Suche nach einem guten Mehllieferanten, und jetzt war sie müde, erschöpft sogar. Die Müller waren brüsk und nicht besonders hilfsbereit gewesen, und sie hatte unzählige Mehlsäcke durchwühlt wie ein Goldgräber den Schlamm. Sie konnte sehr wohl unterscheiden, was Gold und was Narrengold war, außerdem kannte sie den Preis von Gold und würde keinen Penny mehr bezahlen. Sie brachte den Müllern mehr als gute Manieren bei an diesem Tag.

Eine Amsel saß auf dem Gedenkkreuz. Ihr Gesang war hell und wollte nicht enden, das letzte Lied des Tages. Der Vogel belebte sie, hüpfte von der senkrechten auf die vertikale Strebe. Hüpf, hüpf, sing, sing. Sie ging wieder hinein, um das Glas aufzufüllen, und wollte sich schon auf das nächtliche Backen vorbereiten, als ihr Blick wieder auf das schimmernde Granitkreuz fiel. Es war von den letzten buttrigen Sonnenstrahlen überzogen, und das abendliche Gelb brachte das leuchtende Blau des Namens darauf voll zur Geltung.

Da stand nicht S. Rundle, sondern sein ganzer Name, Simeon Rundle, für alle Welt deutlich zu lesen. Ihr Bruder. Der Schriftzug war hübsch, leuchtend blau. Sie berührte das S mit dem kleinen Finger. Klebrig, aber trocken. Umgeben von Schlüsselblumen, lehnte sie sich an die Hecke. Sie trank das Wasser und sah zu, wie die Sonne im Tal versank und goldene, rote, pink- und malvenfarbene Tränen vergoss.

In den frühen Morgenstunden lag sie ruhelos da, an den geschwungenen Rücken der Ungeduld geschmiegt. Sie machte die Fenster weit auf, doch nichts regte sich. Als sie die Treppe hinabging, empfing sie der vertraute Geruch der Backwaren. Sie öffnete die Hintertür und kniete sich hin. Dann beugte sie sich ganz dicht über den Weidenring und hoffte, die Liebe murmeln zu hören. Ein Windhauch strömte durch die Angelschnur, und die Schwertmuscheln und Spitzschnecken klapperten. Alles, was sie hören konnte, war das Rauschen des Meeres.

44

Drinks um sieben. Komm, wie du bist. M. W.

Ein Zettel mit dieser Nachricht klebte zusammen mit der trompetenförmigen Blüte einer Schlüsselblume an der Tür des Bootshauses.

Drake hatte sich nicht die Mühe gemacht, das Badewasser anzuheizen, der Tag war warm genug gewesen. Er war bester Laune, unbeschwert. An beiden Ufern waren die Löcher inzwischen ausgehoben und die ersten Bretter angebracht. Schnell trocknete er sich ab und verräumte die Metallwanne.

Er durchsuchte das komplette Bootshaus nach einem Spiegel, aber nur das Glas der vorsichtig positionierten Balkontür bot ihm eine annehmbare Reflexion. Sein Haar wirkte strähnig, und er schob es sich aus der Stirn. Seit Wochen hatte er keinen Gedanken an die Dinge verschwendet, die seiner Frisur Form verliehen oder seine Haut duften ließen. Aber nun fiel es ihm ein, und er kramte in seinem Koffer, um nachzusehen, ob noch etwas von seinem alten Leben übrig war.

Er nahm ein weißes Hemd heraus, das nach Reinigungsseife roch und sich gut auf der Haut anfühlte. Er ließ den obersten Knopf offen und band sich lässig eine blaue Wollkrawatte um. Dann krempelte er die Ärmel hoch, denn die Manschettenknöpfe fehlten schon lange. Er fand eine kleine Tube Brylcreem, die aufgerollt war wie Zahnpasta, drückte ein bisschen Pomade auf die Finger und roch daran. Das sollte genügen. Er setzte sich vor die Glastür und fuhr sich mit den Fingern durchs Haar. Mit einem Kamm frisierte er sich so gut es ging und fragte sich, warum er sich so viele Gedanken um sein Äußeres machte. *Komm, wie du bist,* hatte sie geschrieben. Aber er gehorchte nicht.

Marvellous kämmte ihre Haare aus und band sie zu einem Dutt hoch. Über der Stirn strich sie sie mit beiden Händen glatt und kniff sich in die Wangen, wie sie es immer gemacht hatte. Sie beugte sich vor und öffnete das Schränkchen neben dem Bett, holte einen sauberen, nach Lavendel riechenden Angelkittel heraus, der irgendwann mal rot gewesen war, aber inzwischen zu Rosa ausgebleicht war. Er passte gut zu ihrem Teint. Sie zog ihn über und fühlte sich, wie andere es ausdrücken würden, pudelwohl.

Dann trug sie so gut sie konnte Lippenstift auf ihre breit grinsenden Lippen auf. An diesem Punkt dachte sie, dass ein Spiegel hilfreich wäre, aber zuletzt hatte 1929 einer die Wand geschmückt – nicht dass sie sich an das Datum erinnern würde. Er war zerbrochen, und die Scherben waren nun Teil des Windspiels. Ein Spiegel hatte keinen Sinn, sie war eine alternde Frau und gleichzeitig ein Kind, sozusagen der Zusammenfluss zweier Ströme, und jeder weiß, dass das die Fische verwirrt.

Komm, wie du bist, hatte sie geschrieben.

Sie beugte sich nach unten zum Radio und drehte die Lautstärke so hoch es ging. Der Wohnwagen vibrierte im

Takt der Musik, während Marvellous sich in Paper Jacks alten Stiefeln hin und her wiegte.

Peace las die Nachricht, die zusammen mit dem Stiel einer Glockenblume an ihrer Tür hing, noch einmal. Sie konnte sich nicht erinnern, wann sie sich zuletzt hübsch gemacht hatte, und fragte sich, ob die Aufforderung, es nicht zu tun, eine Geheimbotschaft war, die genau das Gegenteil bedeutete.

Sie trat vom Spiegel zurück, drehte sich zur Seite und strich sich über die Brust. Sie hatte immer schon einen hübschen Busen gehabt, und Wilfred hatte mal gesagt, sie habe einen besseren Busen als Rita Hayworth. Nervös zog sie an den blassgelben Manschetten, die ein wenig zu weit über die Handgelenke reichten. Ihre Hände wirkten noch größer als sonst und erinnerten seltsamerweise an Rührstangen. Das Kleid gefiel ihr. Es war das einzige Kleid, das ihr je wirklich gestanden hatte, sie hatte es für Wilfreds Beerdigung gekauft. Er hatte ihr verboten, Schwarz zu tragen, aber ihre Trauer hatte ihr verboten, etwas Fröhlicheres als Moosgrün zu wählen. Es passte zu ihren Augen, und zwischen ihren moosgrünen Augen und dem moosgrünen Kleid war ihr breiter Mund, der jetzt orangefarben leuchtete. Sie versuchte die gewählte Farbpalette objektiv zu betrachten, aber es gelang ihr nicht. Sie wusste, dass sie aussah wie ein Kürbis. Aber ein hübscher Kürbis, hätte Wilfred gesagt.

Ach, hätte sie doch nur unvernünftige Schuhe und Strümpfe mit Naht, obwohl sie sich solche Dinge bisher nie gewünscht hatte. Sie kämmte die Ponyfransen und überprüfte, ob er gerade über den Brauen verlief. Dann zog sie das maßgeschneiderte Harris-Tweed-Jackett über, nahm ihre Handtasche und trat durch die Backhaustür ins Freie.

Komm, wie du bist. Die Worte stießen in ihrem Mund aneinander wie Murmeln.

Ihr war heiß, und sie schwitzte, bis das Flussufer in Sichtweite kam. Die Tür des Bootshauses stand weit offen, und ihr wurde bewusst, wie nervös sie war. Sie wartete, bis ihr Atem ruhiger ging, ehe sie seinen Namen rief.

»Komm rein«, rief Drake zurück. »Es ist offen.«

Sie betrat den stillen Raum, in dem er gerade dabei war, eine Blechwanne aus dem Weg zu schieben.

»Hallo«, sagte er. »Ist dir heiß?«

»Ich glaube, ich habe es mit der Kleidung übertrieben.«

»Hier ist Wasser.«

Sie ging hinüber zu der Tonkaraffe und schenkte sich ein großes Glas kühles Wasser ein. »Köstlich«, sagte sie. »Jetzt geht's mir schon besser.«

»Natürlich. Heiligentränen sind das. Ich trinke es, seit ich hier bin, und hatte noch kein einziges Mal Würmer.«

»Lieber Himmel«, sagte Peace. »Das ist heilig. Wahrscheinlich wandelst du demnächst darüber.«

Drake lachte. Sie zog ihr Tweedjackett aus und genoss die kühle Luft, die durch die Balkontüren hereinwehte und über die blassen Haare auf ihren Armen strich.

»Danke«, sagte sie.

»Nichts zu danken. Schenk dir ruhig nach.«

»Nein. Danke für Simeon. Ich wollte schon früher kommen, aber … Danke, dass du die Sache richtiggestellt hast. Für ihn. Für mich. Jetzt ist es richtig. Also …«

Drake umarmte sie, sie lehnte sich an seine Schulter und roch Waschpulver und Brylcreem und atmete das »Schhh« ein, das leise von seinen Lippen kam.

»Komm, ich helfe dir«, sagte sie und löste sich von ihm.

Jeder ging an ein Ende, und gemeinsam trugen sie die Wanne zur Tür hinaus und gossen das Wasser auf das Geißblatt und die Zaunrose, die die Außenwand säumte. Drake blickte zur Sonne, dann auf seine Uhr.

»Wir sollten uns auf den Weg machen«, sagte er.

»Das ist ja interessant«, sagte Peace und zeigte auf das Bild über dem Kamin.

»Findest du? Ich hab's selbst gemacht. Als ich noch klein war.«

»Wer ist das?«

»Mein Vater.«

»Du sieht aus wie er.«

»Da bin ich mir nicht so sicher. Ich habe ihn nie kennengelernt, weißt du? Ich habe ihn mir nur so vorgestellt.«

»War er ein lieber Vater? In deiner Vorstellung?«

»Ja, ich denke schon.«

»Mutig?«

»Da bin ich mir nicht so sicher. Ich habe ihn aus meinen Erfolgen und Fehlschlägen zusammengestückelt. Ein schlechter Schwimmer, aber guter Läufer, so in der Art. Ich glaube nicht, dass ich mich selbst je für mutig gehalten habe«, sagte er und trat an sein Bett, um seinen Pullover zu holen.

»Und er hat immer über dich gewacht?«, fragte Peace.

»Ja, ich denke schon.«

»Wie Gott?«

Drake lachte. »Ich fürchte nicht.«

»Hm«, sagte Peace und zog das Jackett wieder an. »Aber du glaubst daran, dass ein Mann, den du nie getroffen hast, über dich wacht?«

»Jetzt komm«, sagte Drake lächelnd und hielt ihr die Tür auf.

Peace schwieg, als sie zu dem wartenden Boot vorausging.

45

Um Punkt sieben machten sie sich mit dem Krebsfischerboot auf den Weg. Es war ein warmer Abend, der Himmel war weich und sanft, die Möwen nutzten die Thermik und spielten Fangen, während die Reiher geschmeidig in den schimmernden blauen Abendhimmel glitten. Marvellous saß am Ruder und blickte immer wieder zu Drake hinüber, auch wenn seine Angst vor dem Wasser in den letzten Wochen abgenommen hatte. Trotzdem wusste sie, dass kaum mehr nötig war als ein kleiner Kawenzmann, damit er sich mit aller Kraft ans Bug oder die abgenutzten Sitze klammerte. Er duckte sich, als Peace ihn mit der Hand, die sie ins Wasser hängen ließ, nass spritzte. Da fing er Marvellous' Blick auf und lächelte.

In diesem Augenblick sah er glücklich aus. An dieses Lächeln würde sie sich ganz sicher erinnern, denn er strahlte, und sie wusste, dass er nun die Chance auf ein schönes Leben hatte.

Als sie sich dem Boot vom alten Cundy näherten, salutierten sie im Vorbeifahren einer nach dem anderen vor der guten, alten *Deliverance.* Das weiche Abendlicht umhüllte sie, perlte an ihnen ab, lockerte die Anspannung, die zunächst den Abend zu ersticken gedroht hatte. Ein unbehagliches Schweigen, entstanden durch die ungewohnte Kleidung in vertrauter Umgebung. Die alte Frau versuchte einen Blick auf ihr längst vergangenes Selbst in der jungen Frau neben ihr zu erhaschen. Sie studierten den Tanz der Attraktion, dieses unbeholfene Getänzel, das allen Wesen gemein war – den Schönen, den Hässlichen, den Dünnen, den Dicken, den Widerspenstigen. Der exquisite Tanz, der von Generation zu Generation weitergegeben wurde und den alle fehlerfrei beherrschten. Für Marvellous war es so klar wie der lichte Tag, dass dieses Mädchen etwas für Drake empfand. Er dagegen saß entspannt da, als wäre er ihr Bruder. Lächelte sie an wie ein Bruder, war sich seiner Anziehungskraft kein bisschen bewusst, immer noch angeschlagen vom Schmerz der Vergangenheit.

Wie Kinder, dachte Marvellous und musste lachen.

Es war ansteckend, und sie lachten alle drei, als sie an der Sandbank vorbei durch die schmale Engstelle segelten, die alle Neugierigen fern und die großen Schiffe in Schach hielt.

An diesem Punkt stießen sie auf eine Welt, die sich vorwärtsbewegte und unvergessen war. In der Luft tönte das Schlagen von Seilen an Masten, während Vergnügungsboote auf der Strömung schwankten und schlaffe Segel wie Wäsche an der Leine flatterten. Das Boot wandte sich nach links zum Großen Fluss, wo sie auf das offene Meer und den Horizont dahinter stießen.

Marvellous sah zu, wie die beiden jungen Leute im Einklang dasaßen und aufmerksam nach vorne blickten. Beiden war nicht bewusst, dass ihre Veränderung von dem endlosen Drang dieses unerreichbaren Traums herrührte, von dieser schimmernden silbernen Linie, die Herzen höher fliegen ließ und ihnen zugleich immer wieder die Luft nahm.

Genau wie das offene Meer, wild und sprunghaft. Ein jeder wusste von den heftigen Winden, die über den Mündungstrichter kamen und die Ankerlosen und Verrückten niederrissen. Aber an jenem Abend ging kein Wind. Nicht eine Wolke zog über den Himmel, und die einzigen Wellen auf dem Wasser stammten von der Hand, die gelegentlich aus einem schlüsselblumenfarbenen Ärmel herausragte und die Wasseroberfläche kitzelte, als sei es die kühle Hand des Mannes ihr gegenüber.

Das kleine Boot orientierte sich an der felsigen Küste, die von Feldern und Bäumen überragt wurde, um an der Wasserkante zu lecken, wo schwankende Bojen Krabbenkörbe markierten und sandige Buchten Schwimmer anlockten, aber nur die mutigen und zähen. Stets hielt in der Ferne der Leuchtturm Wache über den Manacle Rocks, umgeben von den raunenden, beständig zu- und abnehmenden Gezeiten, wartend. Im Jahr 1898 ertranken einhundertsechs Menschen, als die Felsen sich in die *Mohegan* gebissen und sich an dem Schiff gütlich getan hatten. Damals benutzten sie die Netze, um die Leichen einzuholen, nicht Sardinen.

»Da!«, rief Marvellous.

Vor ihnen tauchte der große Hafen mit seinen Kränen, Schleppern und Lichtkegeln auf, der die Welt an seinen steinalten Herd rief. Schornsteine spien schwarzen Rauch aus, überall waren Vergnügungs- und Fischerboote, Logger mit roten Segeln und riesige Segelschiffe aus einer anderen Zeit, die sich mit letzter Kraft an ihre Seetüchtigkeit klammerten.

Wieder erinnerte sich Marvellous an den Geist der *Cutty Sark* mit ihren Frachträumen und den prächtigen geballten Segeln, vom stürmischen Wind gebläht, während die Seemänner in der Takelage für Geschwindigkeit sorgten. Hatte die Postschiffe wieder vor Augen, auf deren Masten noch die heiße jamaikanische Sonne brannte, ebenso die von Kaplanen geführten Missionsboote, die Hand Gottes an der Pinne, große Häuser für wichtige Männer, die die Mädchen mit einer Dreipennymünze pro Stunde bezahlten, damit sie die Sardinen verpackten. Sie sah auch die Fischer, die sich an den Ufern versammelten, um den Morgen zu beäugen wie eine halb entkleidete Frau.

Eine Möwe flog tief vor ihr vorüber, sie folgte ihrem Weg und bog bei Henrys Schloss links ab, geleitet von den Lichtern der Fischerhäuschen an der Uferpromenade. Marvellous drosselte den Motor, und das Krabbenfischerboot drehte langsam Richtung Hafen bei.

Bei ein paar Steinstufen, die schon vor dreihundert Jahren gebaut worden waren, legte sie sachte an. Gute Laune und Gelächter schallte ihnen von dem Hotel vor ihnen entgegen.

Drake reichte Marvellous den Arm und sagte: »Komm, Vivien Leigh«, und die alte Frau hüpfte so leichtfüßig die Granitblöcke hinauf, als wären ihre Knie aus Luft.

Peace wartete ab, ob Drake zurückkommen und auch ihr aus dem Boot helfen würde, aber das tat er nicht, und so folgte sie den beiden mit einem Stechen in der Brust, das sie zunächst dem hastig gegessenen Brötchen zuschrieb, das sie auf dem Weg zur Bucht heruntergeschlungen hatte. Als sie merkte, dass sie den Tränen genauso nahe war wie einem Lächeln, ging ihr auf, dass der Schmerz ein wenig mehr war als vorübergehendes Sodbrennen. Es war die geheime Zutat, von der ihr Wilfred Gently einst erzählt hatte.

Oben an der Treppe blieb sie kurz stehen, schloss die Augen und ließ die Abendsonne von Kopf bis Fuß über ihren Körper gleiten. Sie fühlte sich wie eine Blüte, deren Blätter sich endlich öffneten in der Wärme des Ungewissen. Ich habe die Chance, eine richtig große Bäckerin zu werden, dachte sie.

»Peace!«, rief Drake von der Schwelle.

Ihr Herz machte einen kleinen Sprung, und sie auch. »Ich komme!«, rief sie zurück und eilte über die Straße auf ihn zu.

»Hab mich schon gewundert, wo du bleibst«, sagte Drake. »Nicht dass du uns verloren gehst. Komm rein und sag mir, was du trinken willst.«

Genau diese Worte überhörte der junge Fischer mit den blonden Locken. Ned Blaney saß auf einer Bank ganz in der Nähe, von wo aus er den Hafen überblicken konnte, als Peace wie eine Gallionsfigur im Abendlicht erschienen war. Er war mit den Launen des Meeres aufgewachsen, aber mit Frauen kannte er sich nicht aus – das wusste jeder. Er hätte sie an Ort und Stelle ansprechen sollen, solange sie alleine war, jedenfalls bevor der Mann herauskam und nach ihr rief. Jetzt saß er auf seiner Bank, zu schüchtern und zu höflich, um nach dem Fisch eines anderen zu angeln. Der Anblick des Meeres fesselte ihn nicht mehr. Er wandte sich um und spähte sehnsüchtig zum Eingang des Amber Lynn hinüber.

Eine schlichte Fischerkneipe, nichts Schickes, eine Straßenbreite und ein paar Stufen vom Hafen entfernt. Ursprünglich war das Lokal nach der zweiten Frau von Henry VIII. benannt, aber Jahrhunderte später bekam es den Namen eines Logger-Boots, das auf geheimnisvolle Weise in den berüchtigten, wochenlang andauernden Nebeln verschwunden war.

Noch immer stand ein Klavier an der Wand, darauf ein noch nicht geleerter Aschenbecher vom Vorabend. Weiter hinten brannte ein schüchternes Kaminfeuer kaum wärmend vor sich hin. Der Boden war mit Sägemehl und Seetang bedeckt. Fotos von Männern und Booten aus alten Zeiten hingen an den Wänden neben Bildern von rekordverdächtigen Fischzügen, auf denen Sardinen zu sehen waren, die sich am Hafen stapelten, so weit das Auge reichte. Hinter der Theke standen Whiskyflaschen, Rum, Bierfässer und Zinnkrüge für die Stammgäste, deren Kanten von vertrauten Lippen bereits abgeschliffen waren. Es gab eine Schiffsglocke, um die letzte Bestellung einzuläuten. Von Pfeifen stieg Rauch auf, die Luft war neblig und warm, und die leise gemurmelten Gespräche drehten sich um das Fischen und Frauen, zwei Themen wie Eicheln und Hunde, die man, wie die alten Hasen betonten, nicht vermischen sollte.

Es war der letzte Pub, den Marvellous mit Paper Jack besucht hatte, und sie sah sich um auf der Suche nach bekannten Gesichtern, mit denen sie die Vergangenheit teilen konnte. Aber die alten Gesichter waren jungen gewichen, die sich hinter tief in die Stirn gezogenen Mützen und zotteligen Bärten versteckten. Old Crips könnte sich hier so richtig austoben, dachte sie. Jeden Samstag hatte der Barbier mit ruhiger Hand und seinen flotten Klingen so viele gutaussehende Männer auf die Straße hinausgeschickt, dass sich die Frauen um sie gestritten hatten wie Möwen, die um Fisch rangelten.

Sie setzen sich an einen Tisch am Fenster, von dem sie den Fluss überblickten, und prosteten sich genau in dem Moment zu, als die Sonne und der Mond draußen dasselbe taten. Drake trank in regelmäßigen Zügen und genoss den vollmundigen Geschmack. Er zündete sich eine Zigarette an und starrte hinaus auf das geometrische Muster der Fischernetze, die an der Hafenwand zum Trocknen aufgehängt waren. Die Boote hüpften auf dem welligen Wasser auf und ab, und er genoss den Anblick, wie die sinkende Sonne ihr warmes goldenes Licht über die bunten Rümpfe warf. Unwillkürlich dachte er, das hätte auch Missy gefallen, und überraschte sich selbst damit. Vielleicht war ja das damit gemeint, als die alte Frau vom Weitergehen gesprochen hatte. Man geht weiter und nimmt sie mit sich, hatte sie gesagt. Wir lassen nichts zurück, und sie folgen uns bereitwillig. Bist du mir bereitwillig gefolgt, Missy? Ja?

»Einen Groschen für deine Gedanken«, sagte Peace.

»Ich habe gerade an … jemanden gedacht«, erwiderte Drake.

Die kurze Pause vor dem Wörtchen »jemanden« ließ Peace ahnen, dass es eine Frau war. »Jemand Besonderes?«, fragte sie mutig.

»Ja«, sagte er. »Mehr, als sie ahnte.«

Also doch, dachte Peace. Um sein Herz war eine Wand, und sie fragte sich, ob sie den Rock raffen und die Mauer erklimmen könnte. Aber sie wusste auch, dass sie nicht die richtigen Schuhe trug für einen solchen Anstieg, denn die ihren waren zu vernünftig für einen Mann wie Drake.

»Deine Liebste?«, fragte sie so beiläufig wie möglich.

Marvellous sah erst Drake an und dann Peace. Nichts entging ihr, nicht mal mit beinah neunzig.

»Nein«, sagte er. »Das glaube ich nicht. Ich weiß nicht, was sie für mich war, aber sie sorgte dafür, dass ich weitergemacht habe.«

»Sie war dein Horizont«, sagte Marvellous.

»War sie das?«, fragte Drake.

»Ich denke schon.«

»Ich finde das wunderschön«, sagte Peace. »Ich wäre auch gern jemandes Horizont, irgendwann.«

»Nein, das willst du nicht sein«, entgegnete Marvellous.

»Der Horizont ist unerreichbar. Und unberührbar. Er spukt bloß in deinen Gedanken herum. Dummes Zeug.«

»Oh«, machte Peace, hob ihr Glas und stellte es erst wieder ab, als es leer war. Sie wischte sich den Schaum vom Mund und sagte: »Jetzt werde ich ihn wohl nie wieder mit denselben Augen ansehen.« Sie stand auf und ging erst mal zur Bar. Ich bin eine Bäckerin, ich bin eine Bäckerin, und Brot ist mein Leben, sagte sie zu sich selbst. Der Gedanke linderte die Schramme auf ihrem Herzen.

Peace bestellte eine weitere Runde, und als ihr der Barkeeper den Rücken zukehrte, nahm sie einen großen Laib Brot aus der Handtasche und legte ihn auf den Tresen. Sie steckte eine rechteckige Karte hinein wie eine Flosse: »Iss mich« stand auf der einen Seite, *»Gently mit Peace* – Das alte Backhaus, St. Ophere« auf der anderen. So nahm sie ihren Anfang, die heimliche Liebhaberei, wie die Leute mit der Zeit herausfanden, wo sie war.

Der heiße Rum tat sein Werk, und Marvellous sagte: »Seht ihr den jungen Mann auf der Bank da draußen, mit den Locken? Den da drüben? Da hat der alte Cundy immer gesessen. Er hielt immer die Finger hoch, so, zwischen Meer und Sonne, und errechnete damit die Tageszeit. Ein laufendes Chronometer, das war er. Über seinem Kopf kreiste seine eigene Möwe, sein Bindeglied zwischen Land und Meer. Die Möwe brachte ihm Neuigkeiten und Nachrichten, manchmal sogar in seinen Träumen.«

Marvellous stopfte ihre Pfeife mit schwarzem Tabak und zündete sie an. Wieder roch sie den strengen, harten Duft der längst vergangenen Zeit, wieder roch sie den Fisch an ihrer Hand, spürte sie die Müdigkeit in den Muskeln, als sie damals die Körbe an Bord hievte und klaglos schuftete wie ein Mann. Es ergab einfach keinen Sinn. Wer sie damals war und wer sie heute war. Ergab. Einfach. Keinen. Sinn.

»Hattest du auch eine eigene Möwe?«, fragte Peace.

»Nein. Macht zu viel Mühe, so ein Tier. Aber Cundy hat jedem erzählt, ich hätte meinen eigenen Bucca, den ich in einer Flasche halte.«

»Was ist ein Bucca?«, fragte Drake.

»Ein Meereskobold«, erklärte Marvellous. »Ein ziemlich griesgrämiger sogar.«

»Warum hat er das behauptet?«

»Weil Frauen damals nicht fischen gehen durften.«

»Was für eine dämliche Regel«, sagte Peace.

»Natürlich war sie dämlich, aber in den alten Zeiten galten alte Regeln, und damals hieß es eben, dass es Unglück bringe, Frauen und Fisch zu vermischen. Die Fischer sollten auf dem Weg zu ihren Booten noch nicht mal Frauen treffen, weshalb einige der alten Hasen einen Umweg über die Klippen machten, damit sie auch ja jeden Kontakt vermieden. Aber alle glaubten an den Bucca. Jeder wusste, dass man so einen Kobold an seiner Seite brauchte, wenn man beim Fischen erfolgreich und in Sicherheit sein wollte, denn der Bucca herrschte über das Meer. Er herrschte über den Wind und die Wellen. Er war mächtig und launisch. Er mochte die Stille, deshalb pfiffen und sangen wir nie auf See. Im Gegensatz zu den Seemännern hoben wir uns die Matrosenlieder für die Zeit an Land auf.«

Marvellous trank einen Schluck. Ihre Wangen glühten rumrot. »Wo war ich noch?«, fragte sie.

»Dass der alte Cundy rumerzählt hat, du hättest einen Bucca«, half ihr Drake auf die Sprünge.

»Oh ja, stimmt. Warum hat er das wohl getan? Dazu muss ich ausholen. An der Küste lebte eine alte weise Frau namens

Keziah. Sie hat mir Dinge beigebracht, die mein Vater mich nie lehren konnte. Dinge über das Gebären, über das Heilen. Ich war ihr direkt unterstellt und damals noch sehr jung. Hungern musste ich nie, aber an manchen Tagen war ich nah dran. Bis Keziah starb und an mich übergab, wusste ich, dass es schwierig werden würde. Deshalb entschied ich mich, Krabbenkörbe herzustellen. Ich hatte hundertmal zugesehen und lieh mir Cundys Ständer, dann sammelte ich meine eigenen Ruten und flocht die Körbe. Ich machte es gut. Vielleicht hatte Cundy auch einen Narren an mir gefressen, das weiß ich nicht, aber er wollte mich mit in die Bucht nehmen. Also half er mir, mich als Fischer zu verkleiden, ich ruderte mit Vaters Boot hinaus, legte die Körbe aus, ruderte zurück und holte sie wieder ein. Ich lebte und überlebte, verdiente sogar noch ein klein wenig mehr. Konnte so was zurücklegen für schwere Zeiten. Dann sah ich eines Nachts, als ich mich von draußen dem Ufer näherte, dass mehrere Männer mit Fackeln am Strand auf mich warteten. Ich wusste, was passieren würde. Sie zerrten mich aus dem Boot, rissen mir die Mütze und den Kittel herunter und ließen meine Deckung auffliegen. Damals hat Cundy sie davor gewarnt, sich mit mir anzulegen. Er erzählte ihnen, dass ich den Bucca von Keziah hätte. Allein ihr Name ließ die Kerle erschaudern. Sie brauchten mehrere Tage, um sich zu einigen. Schließlich verständigten sie sich darauf, dass ich weiter fischen durfte, solange ich mich verkleidete und benahm wie ein Mann. Sie behandelten mich nicht anders als die anderen Fischer. Bald vergaßen sie, dass ich kein Mann war, weil die Flotte wuchs. Sardinen kamen zu Tausenden, Krabben gab es im Überfluss, und die Austern schienen sich freiwillig ins Netz zu werfen. Vor allem aber wollten sie sichergehen. Reiche Zeiten, glückliche Zeiten. Und der Bucca wachte über sie.«

»Wo ist der Bucca jetzt?«, fragte Drake.

»Was hast du gesagt?«, fragte Marvellous und kratzte sich am Ohr.

»Der Bucca. Wo ist er?«

»Oh, irgendwo wird er schon sein«, erwiderte sie und griff nach ihrem Stock.

»Weißt du es denn nicht?«

»Nein.«

»Ist das nicht ein wenig achtlos?«

»Er ist irgendwo hier. Wahrscheinlich im Schrank.«

»Braucht er denn keine frische Luft? Oder Nahrung?«

»Es ist kein Haustier«, sagte sie ernst und schüttelte den Kopf.

Dann stand sie auf, ging Richtung Treppe und dem Abort draußen. Erst als sie die kühle Abendluft spürte, lächelte sie, denn sie hatte nie einen Bucca in einer Flasche besessen, nur ein kleines Seepferdchen vom Tag ihrer Geburt an.

Seite an Seite standen sie draußen und warteten darauf, dass Marvellous sich verabschiedete. Der Mond war ein greller weißer Streifen, eher ein Wintermond. Die Sterne sanken herab in das wässrige Dunkel, während die Strahlen des Leuchtturms sie im freien Fall aufzufangen versuchten.

»Wünsch dir was«, sagte Peace.

»Du auch«, sagte Drake.

»Verrat's mir nicht.«

»Tu ich nicht.«

Mit geschlossenen Augen standen sie nebeneinander. Zusammen und dennoch getrennt lächelten sie in ihre eigene unausgesprochene Wunschwelt.

»Sie sagten, sie sei die schönste Frau gewesen, die sie je gesehen hatten.«

Drake schlug die Augen auf. Der junge Fischer, der den ganzen Abend auf der Bank ihnen gegenübergesessen hatte, redete mit ihm.

»Wer?«, fragte Drake.

»Die alte Marvellous. Sie sagten, sie sei die schönste Frau gewesen, die sie je gesehen hatten. Selbst die Wellen …«

»… zogen sich zurück, um sie anzusehen«, beendete Drake den Satz.

Ned Blaney nickte, grinste und warf einen vorsichtigen, zärtlichen Blick zu Peace hinüber. Da wusste er schon, dass sie frei war. Die Freude, die ihr Lächeln ausstrahlte, war zu viel für ihn, und er verzog sich in die dunklen Seitenstraßen.

»Warte!«, rief Peace.

Aber er wartete nicht.

»Komm zurück!«, rief sie.

Aber er kam nicht zurück.

Er lief immer weiter, lauschte beim Gehen dem wankenden Schlag seines bis zum Bersten vollen Herzens. Die vertrauten Gassen ging er bis zu dem alten Cottage hinauf, in dem er allein lebte, sein ruhiges, altes Cottage namens Long Gone, denn längst vergangen waren sie alle, die er je gekannt hatte und die je dort gewohnt hatten. Er hielt inne, ehe er den Schlüssel umdrehte. Blickte zurück in die Unendlichkeit der schimmernden Dunkelheit. Mastleuchten nah und fern winkten ihm in brüderlichem Einverständnis zu. Er fühlte sich wie damals, als er zum ersten Mal einen fliegenden Fisch gesehen hatte. Er betrat sein Zuhause voller Hoffnung und Staunen.

Fft, fft, fft, fft.

Das Brummen des Krebsfischerboots durchschnitt die ruhige Luft. Es gab überhaupt kein Licht, nur unterschiedliche Schattierungen von Schwarz. Blicke schweiften von Ufer zu Ufer, und wieder schoss eine Möwe wie ein weißer Blitz in den Himmel auf. Ihre alkoholschweren Lider hingen tief, als sie den Zusammenfluss erreichten, aber Marvellous kümmerte das nicht weiter, denn sie wusste, das Boot würde sie über die Sandbänke geleiten und sicher nach Hause bringen. Sie konnte beruhigt einschlafen, und das tat sie auch.

Peace sah zu, wie Drake döste. Vor ein paar Stunden hatte sie ihn noch mit den Augen der Liebe angeblickt. Und jetzt? Den Augen einer Schwester? Sie war sich nicht sicher. Stattdessen dachte sie an den jungen Fischer, der in die Nacht davongerannt war, an sein Lächeln, seinen gelockten Heiligenschein, während sie, umnebelt von Dieselgeruch, zum leisen Flüstern des Boots dahinglitten.

In jener Nacht lagen eine alte Frau am Ende ihres Lebens und drei junge Menschen am Beginn ihres Lebens im Bett und lauschten der Erde, wie sie sich drehte. Sie hat eine Melodie, die nur die Empfindsamen hören. Allesamt lagen sie da und dachten an die Liebe. An verlorene Liebe und jene, die noch kommen sollte. Die alte Frau schlief zuerst ein.

Sie schläft ein mit mondbeleuchteten Lippen und dem süßen Geruch von chinesischem Tee und Ginster, der ihr Geschichten aus jugenderfüllter Zeit erzählt. Die junge Frau, die nach Brot riecht, denkt, dass Liebe wie Hefe sei. Sie braucht Zeit zum Gehen. Sie ist kompliziert. Vielleicht schafft sie sich doch lieber einen Hund an. An der Küste in einem Cottage namens Long Gone denkt ein junger Fischer die ganze Zeit nur an sie. Er denkt, die Liebe sei wie das Meer, schön und gefährlich, aber irgendwann will er es herausfinden. Und im Bootshaus zündet sich ein junger Mann eine Zigarette an. Er raucht zwei Züge, einen für die Trauer, den zweiten für die Freude. Er denkt an eine Frau namens Missy Hall. Dieses eine Mal ist es eine gute Erinnerung.

Der Mond wandert hinter die Bäume, die Lichter gehen aus.

46

Zwei Wochen später war die Brücke so weit fertig, dass sie angebracht werden konnte. Drake stand am Ufer und fragte sich, wie er die Brücke transportieren sollte. Er hatte gerade beschlossen, sie bei Flut hinübertreiben zu lassen, als er das ungewohnte Knattern eines Außenmotors hörte, der die Bucht heraufkam. Es war nicht das Krebsfischerboot, dessen Brummen war so unverwechselbar wie die Stimme eines Kindes. Er blickte auf und sah das Fischerboot mit dem hohen Bug an der Sandbank vorbeiziehen, während die Sonne auf zerzauste, salzgebleichte Locken herablächelte.

Der junge Fischer machte das Boot am Ankerstein fest und sprang an Land.

»Hallo!«, rief er und streckte ihm die Hand hin. »Ned Blaney«, stellte er sich vor.

»Drake«, sagte Drake.

»Was hast du denn da vor?«, fragte Ned.

»Dieses Ende muss da rüber«, sagte Drake und zeigte zur Insel. »Irgendwelche Vorschläge?«

Ned blickte zur Kirche hinüber und kniff die Augen zusammen. Seine Lippen bewegten sich, während sein Kopf arbeitete. Er sah erst Drake an, dann sein Boot, und die Entscheidung war gefallen.

»Am besten, wir stellen ein Ende ins Boot«, sagte er und sprang wieder hinab auf den Lattensitz. »Einen Versuch ist es wert, nicht wahr?«, sagte er und legte ab.

Er war gedrungen und stark, ein Kind Cornwalls durch und durch, und steuerte das Boot näher heran, während Drake die Brücke zu ihm hinschob. Das lamellierte Ende hielt er hoch über den Kopf, wobei das Gewicht an seinen Armen und Schultern zerrte. Drake befestigte die Brücke in den vorgesehenen Mulden auf dem Festland, stieg dann ins Wasser und watete zum Ufer der Insel. Während sich das Boot langsam auf ihn zuschob, griff er nach der Brücke und trug die Hälfte ihres Gewichts. Gemeinsam ließen sie sie langsam in die tiefe Mulde auf der anderen Seite hinab. Sie passte perfekt. Stabil und felsenfest stand sie da. Ein sicherer Weg von der Insel zum Ufer.

Sie rauchten, redeten kaum und genossen das angenehme Schweigen nach gemeinsam getaner Arbeit.

Als Ned mit seiner Zigarette fertig war, zog er die Karte vom Backhaus aus der Tasche und sagte: »Wäre bescheuert, jetzt kein Brot zu kaufen, wenn ich schon mal da bin, oder?«

Drake lächelte und erwiderte: »Durch das Waldstück hinauf und dann weiter über die Wiese, Kumpel. Kannst es nicht verfehlen. Einfach dem Geruch folgen, dann findest du sie. Aber beeil dich besser«, sagte er mit Blick auf die Uhr.

Der junge Fischer hob den Arm und machte sich auf den Weg.

Ned Blaney rannte schneller, als er je im Leben gerannt war. Er rannte zwischen den Bäumen hindurch und über die Wiese, bis er vor der Tür des Backhauses stand, ganz gekrümmt vor Atemlosigkeit.

Er wartete unbemerkt, bis sich die Schlange aufgelöst hatte und das letzte Brot verkauft war. Als Peace gerade das

Ladenschild von »Geöffnet« auf »Geschlossen« drehen wollte, erschien er wie aus dem Nichts auf der Schwelle, völlig zerzaust und sprachlos, mit einem großen Paket unter dem Arm.

»Du wieder!«, rief Peace.

»Ich wieder!«, sagte Ned.

»Bin ausverkauft«, sagte Peace. »Hab nur noch ein halbes Dutzend Scones von gestern übrig.«

»Die nehm ich«, sagte er.

»Sie sind ziemlich hart.«

»Ich nehm sie.«

»Eigentlich sind sie echt alt.«

»Ich nehm sie«, sagte er, immer noch um Atem ringend. Endlich sagte er: »Den hier wollt ich dir bringen.« Dann überreichte er ihr das Paket.

»Für mich?«

»Ja.«

»Warum?«

»Bin gerade zufällig vorbeigekommen.«

»Dein Boot ist draußen, oder?«

Ned blickte zurück zur Tür hinaus. »Na ja, ich werde ...«, sagte er. »Starke Strömung hier.«

Peace lachte. »Was ist da drin?«, fragte sie.

»Fisch.«

»Das rieche ich.«

»Oh. Weißfisch.«

»Ich mag Weißfisch.«

»Das hatte ich gehofft«, sagte er.

»Wie heißt du?«, fragte Peace.

»Ned.«

»Ich bin Peace«, sagte sie zu laut. Sie war nervös.

»Peace«, wiederholte er leise.

»Ich hab noch ein paar Austern dazugepackt«, sagte er. »Die kann ich dir gern knacken, wenn du möchtest.«

Peace willigte ein. Er griff in seinen Kittel und zog ein abgenutztes Messer heraus.

»Hier«, sagte er.

Sie nahm die Muschel aus seinen rauen Händen. Der Geruch des Meeres und die Geräusche der Küste stiegen aus ihrem schillernden Herzen auf, und als sie den kleinen Muskel in den Mund gleiten ließ, spürte sie die Kühle und das Salz des Kusses eines Prinzen.

Später saß Ned Blaney in seinem Cottage mit Blick auf das Meer und die untergehende Sonne und aß Makrele mit Kartoffeln. Mittendrin hielt er inne. Ein Beobachter hätte denken müssen, er habe eine Gräte verschluckt, aber das war es nicht. Er saß ganz still da, führte die Finger an die Lippen und richtete den Blick auf die glänzenden Fingerspitzen. Dann stand er auf, ging in die Küche und hielt die Finger unter den Wasserhahn. Er sah ganz genau hin, wie die Seife schäumte, und spürte, wie sich etwas löste, als er eine Hand über die andere schob. Mit langsamen Bewegungen und ruhigem Atem ging er zum Schreibtisch, setzte sich und nahm einen Stift. Er blickte auf das Foto von seinem Bruder und ihm, als sie gerade eingerückt waren, und die Worte, die seinen Mund so lange gemieden hatten, flossen jetzt aus der Spitze des Füllers. Er schrieb alles auf, was er fühlte und sehen konnte.

Während sie sich ineinander verliebten, schrieb er einmal die Woche an Peace, und was er in dieser ersten Woche nicht zu Papier brachte, das schrieb er ihr in der zweiten und dritten. Er saß dabei auf einer Bank am Hafen oder am Ruder seines Bootes. Peace lernte den Fischer durch die Briefe kennen. Wenn sie sich trafen, ließ sie ihn die Zeilen laut vorlesen, damit die Worte, die aus der Spitze des Füllers geflossen waren, ihren rechtmäßigen Platz auf seiner Zunge und in seinem Mund fanden.

47

»Heute gibt's wieder Fisch«, rief Peace, als sie nach ihrem wilden Lauf durch die Wälder bei der Brücke stehen blieb. Drake blickte von seiner Angelrute auf.

»Was ist es diesmal?«, fragte er.

»Ein großer Seelachs.«

»Jetzt wird's ernst.«

»Ach, Drake«, sagte Peace errötend.

»Komm und setz dich zu mir«, forderte er sie auf.

Sie ließ die Füße ins Wasser baumeln und blickte stromabwärts zu dem Tor in ein anderes Leben.

»Wie geht's dir?«

»Ganz gut.«

»Wie lange jetzt schon?«

»Ich weiß nicht genau.«

»Wirklich?«

»Sechs Wochen und drei Tage.«

Drake lächelte. »Magst du ihn?«

»Er mag mich.«

»Danach habe ich nicht gefragt.«

»Er bringt mir Fisch statt Blumen.«

»Dann musst du nie hungern.«

»Ich mag aber Blumen.«

Er lachte. »Dann pflanz welche«, sagte er und fügte hinzu: »Was ist los?«

»Ich muss nur sichergehen.«

»Das weiß ich.«

»So bin ich nun mal, Drake.«

Er legte einen Arm um sie. »Das weiß ich«, sagte er.

»Hier«, sagte sie und holte ein kleines süßes Brötchen aus der Tasche. »Ist noch warm.«

»Was ist das für eins?«

»Sag du's mir.«

Er biss in den Vanilleguss und lächelte. Sie ist sich längst sicher, dachte er. »Köstlich«, sagte er.

Die Abendsonne war so süß und orange wie das Brötchen. Marvellous erwachte, weil jemand enthusiastisch ihren Namen rief. Von ihrem Nachmittagsschläfchen noch ganz benebelt, das an ihr klebte wie Harz, taumelte sie aus dem Wohnwagen.

»Sieh mal, Marvellous! Schau dir das an«, sagte Peace.

Sie schlurfte vorsichtig auf die Brücke und blickte in den Fluss hinab.

»Seesterne!«

Langsam rückten sie näher, einer, drei, sechs auf einmal, wurden von der Flut hereingezogen und bildeten im Schatten der Brücke eine kleine Sternenversammlung.

»Jack hat Seesterne geliebt«, sagte Marvellous.

»Ach ja?«, fragte Drake.

»Oh ja! Er hat den Dorfkindern immer erzählt, sie seien Sterne, die nach einem Streit mit einem Kometen vom Nachthimmel auf die Erde gefallen waren. Er behauptete, dass sie eine Meinungsverschiedenheit gehabt hätten, was hellen Dingen schnell passiert, da habe der Komet mit seinem Schweif ausgeholt und sie hinabgeschleudert. Als die Sterne in die Tiefe stürzten, suchten sie irgendwo Halt, so sind ihre fünf Arme entstanden. Im freien Fall schrien sie laut. Die Erde hörte ihre Schreie und drehte sich ein wenig schneller, damit die Sterne im Meer landeten und nicht an Land. Denn darin waren sich alle einig: Es war schon Strafe genug, dass sie in Ungnade gefallen waren. Manchmal hört man die Seesterne klagen, weil sie immerzu Heimweh haben, und manchmal hört man sie nachts seufzen, wenn sie am Strand liegen und hinauf in den Himmel schauen, zu allem, was hätte sein können. Deswegen helfen sie uns, den Weg nach Hause zu finden. Sie sind voller Mitgefühl für alle, die sich verirrt haben.«

Alle drei blickten sie hinab in das Wasseruniversum, wo die orangefarbenen Sterne sich wanden und in der sanften Strömung tanzten.

»Wen bringen sie denn nach Hause?«, fragte Peace.

»Wahrscheinlich mich«, sagte Marvellous, tauchte ihren Stock ins Wasser und sah zu, wie ein orangefarbener Arm danach griff. »Ganz sicher mich«, flüsterte sie.

»Woher hast du gewusst, dass er der Richtige war?«, fragte Peace.

»Was meinst du?«, sagte Marvellous und kam näher.

»Jack. Woher wusstest du es?«

»Weil ein Leben ohne ihn falsch gewesen wäre.«

»Wie war er?«, fragte Peace.

»Eigentlich ganz gewöhnlich. Aber er hatte einen Dichter in sich versteckt, der in seiner Seele lebte, und der hat ihn ruhelos gemacht. Der Dichter hat aber auch dafür gesorgt, dass er die Welt sah, wie sie sonst niemand sah. Er war zu gut für das Leben, das ihm vorherbestimmt war.«

»Was war das für ein Leben?«, wollte Drake wissen.

»Das Leben eines Bergarbeiters. Er wollte so viel mehr. Hätte so viel mehr verdient. Aber was er wollte und wofür er vorgesehen war, das waren zwei Paar Stiefel. Er erzählte mir, dass sich der erste Morgen, an dem er zur Mine ging, für ihn anfühlte, als wäre es sein letzter. Er musste sich alles Schöne einprägen, ehe ihn die dunkle Amnesie mit Haut und Haar verschluckte. Er sagte, er habe der aufgehenden Sonne zugesehen, wie sie das Moor aufpolierte, den Ginster aufleuchten ließ, gelber als gelb, inmitten der weinroten Heide. Er hatte schon immer ein Auge für Farben, aber an diesem Morgen war es anders, weil er wusste, er würde nicht wieder auftauchen, bis seine Hände die eines alten Mannes waren. Seine Füße schmerzten schon jetzt. Er trug die Stiefel, in denen sein Vater gestorben war. Er erzählte mir, er sei stehen geblieben und habe zugesehen, wie ein Segelschiff über die schimmernde Linie in der Ferne getragen wurde, und diesem Schiff gab er sein Herz, damit es es für ihn bewahre. Er spürte den Augenblick, als es aus seiner Brust ausbrach, und sah zu, wie es zu den sich bauschenden Segeln flog, zu dem Schiff, das Zinn und Porzellanerde geladen hatte und die Träume anderer Männer.«

Marvellous tauchte ab in die Geschichte von damals.

Zweihundertfünfzig Klafter unter dem Meeresspiegel suchten sie nach Zinn. Sein Bruder Jimmy und er arbeiteten in den tiefsten Adern, die sich weit unter dem Meer erstreckten. Sie konnten die Dünung über sich hören, wenn Wellen auf Wellen schlugen, und hin und wieder hielten sie inne und lauschten, wenn Säulen aus Pechkiefer wie Masten in der menschengeschaffenen Dunkelheit knarzten.

Sie arbeiteten bei glühender Hitze, die Stiefel voll von Schweiß und mit nacktem Oberkörper, und ihre weiße Haut leuchtete gespenstisch im Kerzenlicht. Jack erzählte Witze, aber Jimmy lachte nicht. Er war mit dem Schatten des Unglücks auf seiner Brust aufgewacht und hielt Ausschau nach dem Tod. Seine Angst war ansteckend, und er begann durch die Tunnel zu wandern. Nach und nach verklang das Tapp, Tapp, Tapp der Hammer, bis nur noch das Bumm-Schhhh, Bumm-Schhhh, Bumm-Schhhh der Wellen über ihnen zu hören war.

Zuerst wusste niemand, wer damit begonnen hatte, so hieß es jedenfalls später. Manche behaupteten Sammy Dray, andere Tommy Ruff, aber diese Jungen waren keine Sänger. Jedenfalls drang eine Stimme aus der Finsternis, eine süße Stimme, sagten alle, die niemandem gehörte, den sie kannten. Dabei kannten sie ihn sehr wohl. Jack sang:

Oh große Liebe, mein Gewinn,
Du gabst dein Leben für mich hin.

Jimmy fiel als Erster ein, und bald schallten immer mehr Stimmen durch die Gänge, bis erst achtzig Stimmen zu hören waren, dann hundert und dazu das Rauschen der Wellen. Die Erde in diesen Tunneln war sehr fest, aber alle über Tage schworen, dass dieses Lied durch das Gras unter ihnen heraufdrang, und seine reine Schönheit brachte beinahe die Maschinen zum Erstarren. Die Stimmen wurden lauter, bis sie durch den gesamten zwölf Meilen langen Tunnel der Mine loderten, als könnten sie allein die nachgebenden Abbaukammern vor dem Einstürzen bewahren. Manche Männer in den Räumen schrien auf, weil etwas Göttliches sie berührte. Als die letzte Stimme verklang, schwoll das Crescendo der sich brechenden Wellen über ihnen an, die klangen wie die Becken eines Orchesters. In dieser Dunkelheit kam das Licht. Einen Augenblick lang sammelte sich die Angst in der ruhigen Stille eines beantworteten Gebets.

»Das waren die Zeiten, in denen Legenden entstanden und Namen vergeben wurden«, endete die alte Marvellous. »Singer Jack, so haben sie ihn genannt. Singer Jack. Denn damals hatte er noch Lieder.«

48

Der Seelachs war so köstlich gewesen, wie Ned Blaney versprochen hatte. Peace hatte ihn gebacken und mit einem Berg von Safrankartoffelbrei und Frühkohl serviert. Sie hatten ihn genüsslich verspeist, und ihre Bäuche wussten das zu schätzen. Drake saß draußen an die Wand des Backhauses gelehnt und sah der jungen Frau mit der alten Seele und der alten Frau mit der jungen Seele dabei zu, wie sie in Lichtflecken mit ihren Schaukelstühlen schaukelten. Das gemächliche Knarzen des Holzes und die Vorwärts-Rückwärts-Bewegung der Zeit wirkten wie ein Metronom für den sanften Sonnenuntergang. Der dunkelblaue Fleck, der sich über den Himmel erstreckte, brachte den Duft von Lavendel und Veilchen mit sich, ebenso die Fledermäuse und den vertrauten Schimmer des Mondes.

»Eines Tages wird ein Mensch dort hinreisen«, sagte Drake, während er in den Himmel blickte.

»Warum?«, fragte Marvellous.

»Natürlich um alles zu erkunden.«

»Die Menschen sollten erst mal das hier erkunden.« Sie zeigte auf seine Brust. »Der Mond ist bisher prima ohne uns zurechtgekommen«, sagte sie und holte die Flasche mit dem Schlehenschnaps hervor, die sich nach der letzten Nacht auf magische Weise wie von selbst aufgefüllt hatte. »Manche Dinge lässt man am besten ruhen«, sagte sie. »Die Gezeiten kommen und gehen. Das ist Perfektion genug.«

»Ich habe dich aufgebracht«, sagte Drake.

»Nein, hast du nicht«, sagte sie.

»Du kannst den Fortschritt nicht aufhalten.«

»So heißt es«, gab sie zurück.

»Würdest du nicht auch gerne mal hinreisen?«

»Zum Mond?« Sie trank einen Schluck aus der Flasche. »War ich schon«, sagte sie, und als Drake den Mund öffnete, hob sie den Finger, um ihn zum Schweigen zu bringen.

Still saßen sie da. Das befriedigende Grummeln ihres Magens drang durch die Stille, und der Flügelschlag eines Vogels über ihnen trug weit bis ins Tal.

»Es ist so«, erklärte Marvellous. »Ich finde den Fortschritt beunruhigend, weil er zu Krieg führt. Bis ich alt geworden war, hatten die Dinge ihren Wert verloren. Man kann nicht mehr so leicht Schritt halten, wenn man alt ist. Das ist beunruhigend. Lasst ja den Mond in Ruhe«, sie hob die Flasche zu dem weißen Ball.

»Wie warst du, als du jung warst?«, fragte Peace.

»Ich war sorglos.«

»Korklos?«, fragte Drake.

»Sorglos. Was ist denn bloß heute Abend in dich gefahren?«, murmelte sie.

»Ich wette, du warst sehr schön«, sagte Peace.

»Nein, das war ich nie. Aber die Männer sagten immer, dass ich etwas Besonderes sei. Vielleicht meinten sie irgendwas Sexuelles in meinem Wesen.«

Drake blickte weg.

»Ich sehe dich«, flüsterte Marvellous.

»Gibt es denn keine Fotos von dir?«, fragte Peace.

»Nein. Aber ich glaube, ich hätte gern eins von mir als Kind gehabt. Ich hätte es neben mein Gesicht halten können, etwa so, und ihr hättet mir sagen können, ob ich noch da bin, hier irgendwo in diesen Zügen.«

»Welche Farbe hatten deine Haare?«

»Dunkelbraun, wie die meiner Mutter.«

»Warst du groß?«

»Durchschnittlich.«

»Was war das Beste an dir, was meinst du?«

»Meine Hoffnung«, sagte Marvellous.

Peace lachte. »Von wem hast du deinen ersten Kuss bekommen?«

»Von einem Leuchtturmwärter ohne Namen«, sagte Drake.

»Wie alt warst du damals?«

»Siebzehn«, sagte sie.

»Siebzehn«, seufzte Peace. »Und wer kam dann?«

»Dann kam Jimmy«, sagte Drake, »und danach Jack.«

»Drei Lieben«, sagte Peace.

»Ich glaube, es wäre Platz für eine mehr gewesen«, sagte Marvellous.

»Erzähl mir Jacks Geschichte, Marvellous. Erzähl mir mehr von ihm.«

Marvellous antwortete: »Man kann Jacks Geschichte nicht ohne Jimmy erzählen.«

»Dann erzähl uns von Jimmy«, sagte Drake, und nach einigem Überreden willigte sie schließlich ein.

Sie erbat sich lediglich einen Augenblick Zeit, damit sich der Schleier zwischen der Vergangenheit und dem Jetzt lüften konnte.

Marvellous lehnte sich zurück und schloss die Augen. Ein schönes Gefühl, wie eine Hand in ihrer, die sie durch einen langen, ungenutzten Korridor mit verschlossenen Türen zu beiden Seiten geleitet. Es war staubig und roch nach Moder. Sie versuchte es an jeder Tür, aber keine ließ sich öffnen. Erst als sie zur letzten kam, die ramponierte blaue ganz rechts, drehte sie den Schlüssel, und die Tür ging auf. Dahinter sah sie sich selbst als junge Frau, und dieser Anblick nahm ihr beinah den Atem.

»Bist du das?«, fragte Marvellous.

»Bin ich das?«, fragte die junge Frau.

Plötzlich schlug Marvellous die Augen auf. Sie bat Drake, ihre Pfeife anzuzünden und ihr ein Glas von der tiefroten Flüssigkeit zu bringen, die sie nachts immer hervorholte. Als alles ruhig war, fuhr sie sich über die Augen und begann zu erzählen.

»Ich bin vierundzwanzig, glaube ich«, sagte Marvellous. »Jedenfalls ziemlich jung. Ich bin nach Westen gereist, bis zum Ende des Landes, wie es mein Vater getan hat, bevor ich meinem Ruf gefolgt bin, und habe den Wagen hinter einem großen Stechginsterbusch als Windschutz geparkt. Ich träume, wie es junge Frauen so tun, höchstwahrscheinlich von der Liebe. Es ist Juni, Mittsommer, und die Luft ist schwül und süß. Ich gebe ein Eiweiß in ein Glas Wasser, und unter dem heißen Auge der Mittsommersonne lasse ich es stehen, um nachzudenken. Zähflüssig strömt, windet und tanzt es, und als es sich setzt, weiß ich, dass es mir das Gesicht meiner wahren Liebe zeigen wird, dessen Arme mich für alle Zeiten auf dieser Erde tragen werden. Ich warte. Stunden später bildet sich ein Gesicht heraus. Bis ans Ende aller Tage werde ich dessen Form nicht vergessen.«

Für Marvellous war dieses Gesicht wunderschön. Aufgeregt und ungeduldig, wie sie war, beschäftigte sie sich damit,

Stechginster für den Ofen zu sammeln, ganze Armladungen voll, und wartete. Sie ging los, füllte mehrere Kochtöpfe mit Wasser vom Fluss und wartete wieder. Die Sonne wurde schwächer, und um drei drang der Nebel herein. Jimmy kam kurz danach an. Sie hatte gerochen, dass er kommen würde, denn er trug den Geruch des Landes mit sich.

Er klopfte ganz sachte, begrüßte sie mit dem schönsten Lächeln und bot ihr die wärmste Münze, die er eine Stunde lang in der Hand gehalten hatte. Das Gesicht passte ganz gut.

Er sei auf der Suche nach einem Trank, sagte er schüchtern. Einem Zaubertrank, der bewirkte, dass ein Mädchen ihm Beachtung schenkte, ein Mädchen, das bei der Mine arbeitete, bei der Levant-Mine.

»Du brauchst keinen Zaubertrank«, sagte sie. »Du musst nur das richtige Mädchen finden.«

Er lachte. Da gab sie ihm die Münze zurück, schickte ihn fort und sagte ihm, er solle über das nachdenken, was sie gesagt hatte.

Am nächsten Tag kam er nach Schichtende wieder, und sie bot ihm ein Glas von ihrem Rum an, der Süße in seine Worte zauberte und Röte auf seine Wangen. Sie fragte, ob er den Zaubertrank noch immer wolle, und er sagte, er sei sich nicht sicher, aber dass er am nächsten Tag wiederkommen würde. Das tat er weitere drei Tage lang, immer nach seiner Schicht, um ihren Rum zu trinken. Je öfter er kam, umso weniger redete er.

»Was hast du mir in den Rum getan?«, fragte er argwöhnisch.

»Hoffnung«, sagte sie.

Da nahm er ihre Hand und küsste sie.

Sie blickte ihm hinterher, wie er über das Feld ging. Er stolzierte vielmehr. Er trug seinen Status zwischen den Beinen, noch nie hatte sie jemanden wie ihn kennengelernt. Wahrscheinlich hätte sie sich von ihm fernhalten sollen, aber so ist die Natur nun mal. Die meisten Frauen wollen den König.

Peace lachte und blickte zu Drake.

»Schhh«, sagte Marvellous und fuhr fort.

Jimmy fragte, ob sie am nächsten Sonntag mit ihm spazieren gehen wolle. Sie zögerte nicht. Ihre Augen sagten ja, ehe ihr Mund sprechen konnte.

Die Sonne stand hoch, glühte heiß. Hänflinge und Goldammern sangen sich durch den Tag. Das Gras war warm, dampfig und roch beißend, während sie über das dichte Farnkraut einer Klippe auf den Pfad darunter kletterten. Dort sagte er ihr, dass er in der Gegend eine Legende sei. Alle nannten ihn »Feuerlöscher-Jimmy«, weil er mal in einer Kneipe ein Feuer gelöscht hatte. Sie antwortete ihm, dass sie bisher nie von ihm gehört habe und dass er ihr Feuer besser nicht löschen sollte. Damals hatte sie eine ziemlich große Klappe. Er erzählte, dass eine Öllampe den Rock einer Frau entzündet habe. Den Rock habe er ihr vom Leib gerissen und sei darauf herumgetrampelt, bis das Feuer aus war. Dieses Springen und Trampeln wurde bekannt als »Jimmys Tanz«. Sonntagmorgens, wenn sie alle tranken, riefen sie: »Tanz, Jimmy, tanz«, und Jimmy tanzte, bis die Schuhnägel rot glühten und aus seinen Sohlen flogen.

Marvellous war es nicht gewöhnt, Röcke zu tragen, die Hosen ihres Vaters waren ihr vertrauter, doch an jenem Tag hatte sie einen an. Ihre Stiefel verfingen sich im Saum, und er war schon gerissen, noch ehe sie den Sand betraten. Sie muss sehr seltsam und widerspenstig ausgesehen haben, aber Jimmy sagte nichts. Hielt einfach nur ihre Hand bei jedem Schritt auf dem steilen Pfad, und ihre Hand war feucht, weil die Natur vor Hitze pulsierte.

»Hier rüber!«, rief Jimmy.

Eine Höhle am Fuß der Klippen, ein großer Schlund, durchsetzt von Gezeitenbecken. Sie kämpften sich über die Steine zum allgegenwärtigen Abzählreim ihrer klackernden Absätze. Drinnen tropfte ihnen langsam Flüssigkeit auf die Köpfe, eine klamme Kühle streichelte ihre Wangen und dazu der Abzählreim. Das süße Abzählen in der dunklen Stille, bis zu dem Punkt, an dem sie sich schließlich küssen würden. Es war unausweichlich. Er platzte beinah, und sie war voller Erwartung. Dennoch überraschte er sie. Als sie eine Haarlocke feststecken wollte, die sich gelöst hatte, sagte er: »Lass sie.«

Sie ließ die Locke, wo sie war, und ihre Lippen fanden sich. Marvellous spürte, wie ihre Beine nachgaben, spürte den weichen, feuchten Sand an ihrem Rücken und vorne, warm und hart, sein Geschlecht.

Jeden Tag nach der Schicht kam er zu ihrem Wohnwagen, den sie gemeinsam zum Schaukeln brachten, und so wurde sie zu Jimmys Mädchen: ein Versprechen, so gut wie ein Ring. Sie summte vor Glück, er schien zu leuchten, und dieses Leuchten hielt den Unglücksschatten im Zaum. Aber während Marvellous in ihm eine Liebe sah, betrachtete Feuerlöscher-Jimmy, die Legende vom Moor, sie als seinen unverzichtbaren Glückszauber. Das Glück war Jimmy wichtig, denn er glaubte daran – sowohl an das Glück als auch an das Pech. Er wusste, dass es das eine ohne das andere nicht gab, denn Glück war das Leben, und das Leben war ein glücklicher Zufall. Er meinte hören zu können, wie sich der Sand verschob, und sehen zu können, wie sich die Landschaft verdunkelte, wenn das Pech wie eine dicke Wolke heranrollte.

Eines Nachmittags, als sich der Sommer seinem überreifen Ende zuneigte, hörte Marvellous ein Klopfen an der Tür. Sie eilte hin, die Bluse noch offen, und erstarrte, als sie sie öffnete. Denn vor ihr stand mit der tief stehenden Sonne im Rücken eine vertraute dunkle Silhouette. Der diesige Umriss des Gesichts im weichen Nachmittagslicht gehörte Jimmy, aber es war nicht Jimmys Gesicht. Es war ein jüngeres, weicheres, perfekteres Gesicht mit einem riesigen Grinsen. Sie taumelte rückwärts und verstand seine Worte kaum. »Jack. Jimmys Bruder. Freut mich sehr.« Denn die Worte waren leise. Sie war sich nur bewusst, dass ihr Herz für einen Schlag ausgesetzt hatte, und in diese Lücke war der Zweifel getreten – starrte sie an, trommelte mit den Fingern, wartete auf sie. Sie versuchte den Zweifel beiseitezuschieben, aber der Zweifel lachte, weil er sich nicht beiseiteschieben lässt. Er macht zwar ein wenig Platz, aus Gewohnheit, aber er wartet. Wie ein Bazillus wartet er auf günstige Bedingungen. Und dann breitet er sich aus und erstickt alles andere.

»Das hier habe ich am Strand gefunden«, sagte Jack. »Ich dachte, er gefällt dir vielleicht.« Er reichte ihr einen ausgetrockneten Seestern.

Er war orange und wunderschön, wie gerne hätte sie ihn behalten. Aber sie reichte ihn zurück und sagte: »Gib ihn mir, wenn es darauf ankommt.«

Dann ging sie zum Herd, um Tee aufzusetzen. Danach sagte sie kaum etwas, schielte nur immer wieder verstohlen auf die ungewöhnlichen Umrisse seines Gesichts, mehr nicht.

Er erzählte ihr Dinge, die er noch niemandem erzählt hatte, und sie blieb stumm. Er erzählte ihr, dass er weglaufen und die Welt erkunden wolle. Er sagte ihr, dass er den Horizont küssen und unter einer anderen Sonne die Liebe finden wolle. Er sang sein eigenes Lied, und seine Stimme war so süß, dass sich ihre Adern mit Sehnsucht und Eifersucht füllten, ein berauschender Cocktail. Sie drehte sich schweigend um und spülte einen Topf mit Meerfenchel. Irgendwann, viel später, würde er ihr sagen, wie unhöflich sie an jenem Tag gewesen war.

Der Herbst senkte sich unvermittelt zusammen mit den Blättern über sie. Jimmy und sie mieteten ein Cottage im Moor und richteten sich ein. Ihr Bauch blieb flach, deshalb heirateten sie nie. Er war der König, aber sie war nie die Königin, und irgendwann begann er nachts zu verschwinden. Wenn er heimkehrte, roch er nach Alkohol und den Mösen anderer Frauen. Mit diesen Gerüchen und Worten der Reue auf den Lippen holte er sie aus dem Schlaf, nahm auch sie und sagte ihr, dass sie ihn nie verlassen dürfe.

Nachts horchte sie auf Schritte an der Straße. Sie ging mit ihrer Laterne zur Tür und sah oft Jack alleine dort stehen, wie er zum Cottage hinüberschaute, seinen Bruder deckte und behauptete, Jimmy sei irgendwo, wo er gar nicht war. Doch meistens blickte sie hinaus, und niemand war zu sehen, denn die Schritte waren die des Zweifels, der an ihre Tür kam.

Einmal – wie dumm von ihr! – ließ sie den Zweifel ein, sie setzten sich aufs Bett, und sie fragte ihn, warum er da sei.

Da antwortete der Zweifel: »Du weißt, warum.«

»Aber Jimmy ist doch der Richtige für mich«, sagte sie.

Der Zweifel heulte wie ein Wolf und erwiderte: »Warum

lässt du mich dann herein? Du und ich, wir könnten Freunde sein, weißt du, unter anderen Umständen.«

Der Zweifel zündete sich eine Pfeife an, legte sich auf das Bett und rieb sich verführerisch den Bauch. An diesem Punkt befahl Marvellous ihm zu gehen. Sie wollte nicht, dass der Geruch des Zweifels noch länger hier herumhing, vor allem nicht, wenn Jimmy in der Nacht zurückkehrte.

Der Winter hielt das Moorland umschlossen, und das Tageslicht erkämpfte sich mühsam einen kleinen Platz zwischen den Nächten. Im Cottage war es immer kalt.

Marvellous verlangte wenig und gab im Gegenzug nur wenig zurück. Sie wurde krank und klapperte wie ein Sack voller Knochen. Nachts schwamm ihre Mutter nicht mehr zu ihr, denn ihr Traumland war zu einem trockenen Flussbett geworden, in dem alles abgestorben war. Sie konnte das Rauschen des Wassers noch nicht mal mehr hören, wenn sie bis zu den Knien im Meer stand. Sie schwamm nicht mehr, außer in Jacks Augen, in denen sie alles sah, was sie einst gewesen war, und alles, was sie sein konnte. An manchen Tagen schmerzte sie auch das, also blickte sie ihm nicht mehr direkt in die Augen.

Sie war zu müde, um über das Leben außerhalb ihrer vier Wände nachzudenken, denn ihr Mut hatte sich davongemacht und ihre Flamme war erloschen. Oh Feuerlöscher-Jimmy, wie gut dein Name zu dir passt!

Dann trat eines Tages Jack durch die Tür, als Jimmy nicht da war. Ganz weiß, ernst und angespannt saß er an ihrem Tisch und glich mehr einem Fischreiher als einem Mann. Kaum hörbar flüsterte er drei zögerliche Worte, und alles veränderte sich. Als wäre aus dem Winter plötzlich Frühling geworden.

Jack griff nach ihrer Hand und sagte noch drei Worte: »Ich war es.«

Dann noch drei: »In dem Spiegel.«

Darauf sagte Marvellous: »Ich weiß«, nahm sein Gesicht und küsste ihn.

Danach kam der Zweifel nie wieder.

49

Jack besuchte sie immer öfter. Fing wieder an zu lächeln, denn sein Traumhorizont war plötzlich in Reichweite. Er sang auch wieder, vor allem in Marvellous' Gegenwart, und ihre Erwartungen und Hoffnungen wuchsen. Mit der Zeit bemerkten die Leute ihren fröhlichen und ungezwungenen Umgang, und bald waren die ersten Gerüchte in der Welt. Die Vögel blickten auf, sträubten das Gefieder und meinten, es sei der Wind gewesen, bis sie einen schweren Schlag am Hinterkopf spürten.

»Was war das?«, sagte eine Drossel zur anderen.

»Keine Ahnung. Habe es nicht kommen sehen.«

Habe es nicht kommen sehen, dachte Jimmy, als er sich eine Pfeife anzündete und zusah, wie sein Bruder seinem Mädchen ein Lied sang. Auf einmal spürte er, wie der Sand wanderte und der Himmel sich verdunkelte. Er klammerte sich an den Tisch, als der durchtriebene kleine Unglücksschatten auf ihn zukroch, ihn rief, seinen Namen flüsterte.

»Heirate mich!«, rief er Marvellous plötzlich zu.

Der Schatten hielt inne.

Sie blickte auf. »Was war das?«

»Was war das?«, flüsterte der Schatten.

»Heirate mich!«

Der Schatten zögerte.

Marvellous konnte nicht antworten.

Das Cottage hielt den Atem an, das Feuer knisterte, und die alte Uhr machte Ticktack.

»Dich heiraten?« Ihre Stimme war trocken wie ein Brennofen.

»Willst du denn nicht? Hast du was Besseres vor?«, fragte er und blickte zu Jack hinüber.

»Natürlich wird sie dich heiraten«, sagte Jack, stand auf, legte den Arm um seinen Bruder, klopfte ihm fest auf den Rücken und flüsterte ihm aufmunternde Worte zu. Er wagte es nicht, zu seiner Liebe hinüberzublicken, denn ihr gemeinsames Leben war vorüber.

In dieser Nacht schmiedeten die drei im Dunst von heißem Rum gemeinsam Pläne. Amerika! Südafrika! Australien! Die Welt gehörte ihnen. Sie konnten überallhin. Die Zinnpreise hier waren am Boden, und die Welt brauchte Minenarbeiter aus Cornwall, sie könnten richtig zu Geld kommen. Es war ein Ausweg, und Marvellous ertränkte ihren Kummer wie den kleinsten Welpen aus dem Wurf. Sie prosteten sich zu und tranken auf ein neues Leben. »Auf unser neues Leben in Australien!«

Jimmy weinte, denn der Schatten war weitergewandert und eilte zu dem nächsten unglücklichen Schwein. Bei Gott, wie dankbar er war. Dieser düstere, verbitterte Schatten war verschwunden, zumindest für eine Weile …

Natürlich war er nicht verschwunden, oder? Denn niemand hatte in der Ecke des rauchigen kleinen Zimmers nachgesehen, dazu waren sie zu betrunken. Dort saß er.

Am nächsten Morgen erhob sich mit der Sonne auch die Angst. Ein leichter Schimmer war wie ein Fieber in der Nacht über Jimmy gekommen. Eine Angst, die einem die

Sprache verschlug. Er zog sich schweigend an, aß kaum etwas, sammelte seine Streichhölzer, seine Pastete und seine künftige Frau zusammen, schlich sich aus der Tür und machte sich auf den Weg zur Mine.

Der Himmel hing tief, und die dahineilenden, dunklen hungrigen Wolken verschlangen jede Farbe des Moorlands. Der Tag kämpfte schwer darum, heller zu werden, und verlor die Schlacht gegen zehn Uhr. Sie saßen auf einer Steinmauer und atmeten die kühle Luft ein, während sie darauf warteten, dass Jack erschien. Marvellous bemerkte, dass Jimmy zitterte. Sie legte ein Ginsterzweiglein in sein Taschentuch, und er war dankbar. Alles aus ihren Händen wurde zu einem gesegneten Glücksbringer.

Das Wetter verschlechterte sich und damit auch Jimmys Stimmung, als Jack nicht erschien. Schweigend schlenderte er zu den Schornsteinen und Maschinenhäusern. Erst als Jimmy längst nicht mehr zu sehen war, zwang der Schmerz Marvellous in die Knie, endlich kullerten die Tränen. Sie weinte hemmungslos und schlug sich immer wieder ins Gesicht. Als sie schließlich das Cottage erreichte, blutete sie und war völlig erschöpft. Sie schleppte sich hinein und fiel auf die kalten Steinplatten, die ihr so gnadenlos erschienen wie ein Sarg. Eine Stunde lang lag sie auf den Steinen, und nur eine vorbeihuschende geschäftige Maus hielt ihren Willen am Leben.

Irgendwann rappelte sie sich auf, ging zum Herd, und die Wärme tröstete sie, aber wieder übermannten sie die Tränen. Deshalb meinte sie auch zunächst zu träumen. Hoffnung oder Traum, alles verschwamm. Doch als sie sich über die Augen wischte, lag er noch immer auf dem Tisch, ganz deutlich, klar und orangefarben. War gekommen, um sie nach Hause zu führen.

Sie nahm den Seestern und rannte damit nach hinten. Beides, ihr Brauereipferd und ihr Wohnwagen, waren verschwunden. Aber da entdeckte sie etwas: einen kleinen Fleck in der Ferne beim Felsen, der sich nicht bewegte, sondern nur beobachtete. Wie ein Leuchtturm.

Sie wollte losrennen, aber kam kaum von der Stelle. Nach dem Regen war alles voller Pfützen, die Erde unter dem dürren, groben Gras war sumpfig, und sie stolperte zweimal, weil ihr Rock den Schlamm aufsaugte. Der Regen peitschte herab und traf sie hart, aber sie spürte nichts, denn schon bald waren seine Lippen auf ihren, und er sagte: »Lass uns gehen.«

Für immer würde sie sich daran erinnern, dass sich ein Sonnenstrahl aus der dunklen Wolkendecke stahl, und genauso würde sie sich daran erinnern, dass ihr Rollwagen und ihr Wohnwagen hinter dem Ginster versteckt waren. Dass er an jenem Morgen an alles gedacht hatte, an diesem wunderschönen Morgen, als sie sich zu ihrem Horizont aufmachten.

Er hatte an alles gedacht. An fast alles. Fast.

Denn als sie Hand in Hand zum Wohnwagen gingen, fielen sie alle beide plötzlich zu Boden, als hätte man ihnen die Beine weggezogen. Sie spürten die Erde am Rücken, spürten, wie ihnen der Atem aus der Brust wich. Sie wussten es. Was Jimmy fühlte, das fühlten auch sie.

Jack konnte den Körper seines Bruders nicht zurücklassen, konnte ihn nicht in dieser Gruft liegen lassen. Er rannte zur Mine, kämpfte mit all den anderen und suchte nach ihm, selbst als sich die Erde weiter bedrohlich bewegte und der Staub so dicht und schwer in den Schächten hing wie Rauch. Er suchte nach Jimmy, bis er ihn in der hintersten Ecke fand. Er räumte die Steine von ihm herunter, hob ihn auf die Arme und trug ihn durch die Dunkelheit, geführt vom Stummel einer Kerze. Er trug den Körper über der Schulter, als wäre er eine Jacke, schnallte ihn auf der Bahre fest und folgte ihm an die Oberfläche.

Als die Wärme der plötzlich hereinbrechenden Sonne sein Ohr streifte, hätte Jack schwören können, dass er ganz leise die Stimme seines Bruders gehört hatte, bevor sie sich ein allerletztes Mal in seinen Körper zurückzog. Niemals würde er jemandem erzählen, was er gehört hatte. Denn es verfolgte ihn, bedrückte ihn und legte ihm eine unverbrüchliche, fluchbeladene Kette ums Herz.

50

Marvellous bahrte Jimmy selbst auf, oben im vorderen Zimmer des Cottages. Sie wusch ihn, zog ihm ein Leichenhemd an und legte ihm zwei kleine, runde Schieferstücke auf die Augen, anstelle von Pennys. Um den Hals drapierte sie eine Kette aus Ginsterblüten. Sie machte Fenster und Türen auf und saß tage- und nächtelang bei ihm. Sie sah zu, wie seine Mutter, seine Schwester und der Priester vorbeikamen wie traurige schwarze Gezeiten. Sie empfing Frauen, die sie nicht kannte. Die Frauen weinten, und Marvellous tröstete sie, denn sie hatten diesen Mann geteilt, und so teilten sie nun auch die Trauer um ihn.

Am letzten Nachmittag gab Marvellous ein Zeichen, damit es im Raum still wurde. Plötzlich kam ein Windstoß. Sie schloss Fenster und Türen. Die Spiegel wurden verhängt, Gebete gesprochen.

Jimmy war gegangen.

Der Priester trug ein hinkendes Mädchen an sein Bett. Angeblich hatte ein gerade beendetes Leben heilende Kräfte. Der Priester hob Jimmys Hand und legte sie auf das verkrüppelte Bein des Mädchens. Marvellous hatte den Raum schon verlassen. Als das Gerücht hereinkam, ging sie schnell hinaus.

Die Sargträger zogen schwarze Handschuhe an. Jack trug den Sarg mit drei anderen Männern. Die drei Meilen zur Kirche gingen sie langsam, es regnete. Die Frauen weinten, die Männer blieben stumm, und ein Junge spielte Geige und hatte Mühe, bei den traurigen Melodien zu bleiben. Er trug nämlich Freude im Herzen und spielte viel lieber auf Hochzeiten, denn er wollte tanzen, wollte singen. Marvellous konnte den Blick nicht von Jacks Rücken abwenden. Die Straße vor ihnen verschwand hinter dem lodernden Horizont aus Moorhügeln und dem Meer, und sie fragte sich, ob er dasselbe dachte wie sie, während sie auf die endlos vielen Möglichkeiten blickte, die sie nun hatten.

Erst später im Cottage, nach dem Tee, dem Safrankuchen, der Musik, nachdem alle Geschichten erzählt waren und sich die Gäste verabschiedet hatten, bekam Marvellous eine Antwort. Sie saßen einander gegenüber, ein Feuer zwischen ihnen. Das Ungesagte war dicht und schwer wie Torfrauch.

Sie stand auf, setzte sich zu seinen Füßen und legte den Kopf auf sein Knie. Sie hatten immer nur während gestohlener Zeit existiert, doch jetzt gehörte alle Zeit ihnen, und es fühlte sich seltsam an. Sie sah ihn nicht an, als sie ihm die Hose aufknöpfte, und er hielt sie nicht zurück. Das Feuer knisterte, ihnen wurde heiß, aber nichts wuchs unter ihrer Hand.

Schließlich nahm er ihre Hand in seine und sagte: »Ich gehe.«

Sie sagte: »Ich weiß.« Und dann: »Ich könnte mitkommen.« Schließlich: »Wir könnten unter einer anderen Sonne die Liebe finden. Ist es nicht das, was du immer wolltest? Jetzt sind wir frei für die Liebe.«

Er erwiderte nichts.

Da sagte sie: »Ich will, was du willst. Schon immer. Du bist mein Leben.«

Er erwiderte noch immer nichts. Denn hätte er den Mund aufgemacht, hätte er geschrien und ihr von dem Fluch erzählt, den Jimmy ihnen auferlegt hatte, bevor er starb. Daher schwieg er lieber.

Das Feuer begann zu rauchen, als Saft daraus hervortroff wie Tränen. Da wusste sie es.

»Besser, es nicht in die Länge zu ziehen, oder?«, fragte sie, stand auf und ging zur Tür. »Pass auf dich auf, Jack.«

»Ich komme zurück.«

»Wann?«

»Bald.«

»Wie bald?«

»Wenn alles vergessen ist.« Dann sagte er noch: »Ich liebe …«

»Wage es nicht«, sagte sie. »Beleidige mich nie, indem du diese Worte an meiner Tür zurücklässt. Bleib hier oder nimm sie mit.«

Er nahm sie mit.

Jack ließ den Riegel einrasten, und ein Windstoß kam auf, als er ging. Der Raum wurde still, fast luftleer, und die Spiegel verdunkelten sich von selbst. Als wäre auch er ganz unverhofft gestorben.

Marvellous wartete auf seine Rückkehr. Wartete am Fenster. Zwei Wochen vergingen, dann drei, dann sechs. Der Regen kam, und der Nebel und schmutzige Nächte wurden zu langen, einsamen. Sie ging hinaus in die stürmische Dunkelheit und rief seinen Namen, aber der Wind trug ihn immer sofort zu ihr zurück.

In der letzten Nacht fuhr sie mit dem Wagen zur Landesgrenze, wo es nichts gab als Melancholie und Ruinen, zerstörte Erinnerungen und das Jammern des Windes. Vielleicht jammerte auch sie, sie war sich nicht mehr sicher. Wieder rief sie seinen Namen, aber diesmal war der Wind hinter ihr und trug ihn über die Klippe bis hinter Gannet Rock in die schwarz schimmernde Bucht hinaus, die sich über ein ganzes Leben erstreckte. Sie war traurig, aber auch glücklich. Sein Name flog und tanzte wie eine Möwe zum Horizont, zu den flackernden Lichtern der Schiffe, die sich langsam von links nach rechts bewegten. Sein Name landete sicher auf dem Deck und schlüpfte hinab in die Kombüse, wo er in den Gehörgängen seiner schlafenden Ohren schnurrte.

Marvellous hob den Arm und rief: »Sei vorsichtig, mein Liebster!«

Die Lichter flackerten.

»Sei vorsichtig.«

Sie drehte sich um und stieg in ihren Wagen. Die Zügel fühlten sich weich und vertraut an. Sie schlief ein und ließ das Brauereipferd übernehmen.

Wenige Tage später war sie zurück in der vertrauten Landschaft ihrer Heimat.

»Na, sieh einer an, wer wieder da ist«, sagte Mrs. Hard und kaute auf ihren Worten, als wären sie ein Zaumzeug.

Marvellous sagte nichts. Stattdessen zog sie sich vor Mrs. Hard nackt aus und watete in den Fluss und das fand Mrs. Hard genauso provokativ, wie wenn die junge Frau sich neben sie gekauert und sich erleichtert hätte.

Sie trug Trauer in sich, die sie träge durchfloss, ihr Herz schlug schwer und das brachte sie aus dem Gleichgewicht. Beim Nachhausekommen wurde ihr klar, was sie alles für die Liebe aufgegeben hatte. In jener Nacht ging Marvellous zur Kirche hinüber und zündete die erste Kerze an. Auch in der nächsten Nacht zündete sie eine an. Und in der Nacht danach. Da beschloss sie, jede Nacht eine Kerze zu entzünden, denn es war ihr Licht. Es gehörte niemand anderem und sollte sie daran erinnern, was manche Männer Frauen antun können. Diese Flamme würde sie nie wieder erlöschen lassen.

»Ist er denn nie mehr zu dir zurückgekehrt?«, fragte Peace.

»Doch, hin und wieder.«

»Aber nie richtig?«

»Irgendwann für immer.«

»Wann denn?«

»Irgendwann nach dem Ersten Weltkrieg. Das war unsere Zeit. Alles hat seine Zeit. Das war eben unsere.«

Drake schenkte ihr Schlehenschnaps nach. »Warum ist er nicht vor Jimmy zu dir gekommen?«

»Das habe ich ihn selbst irgendwann gefragt«, antwortete Marvellous ruhig.

»Was hat er geantwortet?«

»Still jetzt«, sagte Marvellous.

Es war das unverkennbare Geräusch von Gerüchten, das Marvellous als Allererstes an jenem schicksalhaften Morgen vor langer Zeit vernahm. Sie kniete nieder und hob den Gerüchtefänger ans Ohr. Die Worte schossen heiß hervor, und ihr Herz wurde kalt. Das Gerücht sagte:

Guten Morgen, meine Schöne. Heute ist der 14. April 1921, und ich habe Folgendes gehört: Jack hat sich einen Mantel aus Zeitungen angezogen, und unterwegs fügt er immer neue Geschichten hinzu. Sie nennen ihn jetzt Paper Jack, und er erzählt dir Neuigkeiten, bevor sie passieren. Seine Lungen sind am Ende. Er hat gerade den Tamar überquert. Laut Gerücht (also mir) heißt es, er komme zum Sterben zurück. Over and out, Baby!

Kurz darauf kam Jack tatsächlich zurück. Sie hörte ihn, ehe sie ihn sah. Hörte seinen keuchenden Husten, der wie Hagel auf den Frieden des Waldes herabregnete.

Sie ging ihm zwischen den Bäumen hindurch entgegen. Schöllkraut und Fingerhut färbten den grünen Boden bunt, und die Natur erneuerte sich, feierte sich, rief es ihnen mit jeder Knospe, jedem Blütenblatt, jedem zurückkehrenden Vogel zu. Inmitten dieser Schönheit humpelte Paper Jack: ein bärtiges Gesicht mit blauen Augen. Er hatte sich einen neuen Mantel gemacht, der im Sonnenlicht weiß glänzte und laut raschelte.

»Du wieder!«, sagte Marvellous.

»Ich wieder!«, sagte Jack.

»Was ist mit dem Mantel?«, fragte sie.

»Alles verloren. Sogar das Hemd auf der Brust.«

»Du siehst aus wie ein Gespenst«, sagte sie.

»Von meinem früheren Selbst«, erwiderte er und lachte.

Sie lachte nicht.

»Ärger in Irland«, erklärte er und deutete auf den rechten Ärmel. »Bürgerkrieg. Krieg ist nichts für Bürger.«

»Hör auf, Jack.«

»Schau dir nur mal an, was in London los ist. *Daily News* an meinem linken Ärmel. Sehr aktuell, oh ja, oh ja, oh …«

»Hör auf«, flüsterte sie.

»Ich habe versucht, davor wegzulaufen, Marvellous, glaub mir. Ich bin gerannt und gerannt, bis mir die Erkenntnis kam.«

»Welche war das, Jack?«

»Dass ich meinen Frieden bei dir finde.«

Eine sanfte Brise hob das Blätterdach.

»Für immer bei dir. Deshalb bin ich hier.«

»Es ist zwanzig Jahre her, Jack!«, sagte sie.

»Was, so lange?«

Sie sagte: »Ich bin jetzt alt.«

Da war er still.

Bei dem Wort »alt« stöhnte das Tal auf.

»Wo ist all die Zeit …«, fragte er.

»Vergangen«, sagte sie. »Mehr musst du nicht wissen.«

Er wollte etwas erwidern, aber der Husten verschluckte seine Worte und zwang ihn in die Knie. Er spuckte Blut, wischte sich über den Mund, blickte auf und lächelte das süßeste Lächeln.

»Wenn ich sterbe, dann schneid mir die Lungen auf, und du bist eine reiche Frau. Alles voller Kupfer, Zinn und Goldstaub. Niemand kann sagen, ich hätte nicht vorgesorgt, oh ja, oh ja.«

Marvellous wandte sich zum Gehen.

»Warte!«, rief er. »Es tut mir leid. Bitte warte!« Er streckte die Hand aus. »Wir können wieder jung sein, wenn wir scharf nachdenken.«

Marvellous blieb stehen.

»Wein nicht, Marve. Jetzt ist unsere Zeit. Sag nicht, dass ich zu spät komme. Ich kann nicht zu spät sein. Bin ich zu spät?« Er nahm einen Blaufink aus der Tasche, der ruhig auf seiner Handfläche liegen blieb.

»Ich dachte, wenn ich ihn rechtzeitig zu dir bringe, wird alles gut. Ein süßes, kleines Ding, nicht wahr? Ich habe ihn gefüttert und in seinen Mund geatmet. Ich habe versucht, ihm mein Lied zu geben, aber meine Lieder sind lange verschwunden. Ich habe sie unter Tage gelassen. Hol den Vogel von den Toten zurück, Marvellous. Hol mich von den Toten zurück.«

Sie ging zu ihm, nahm den Vogel in beide Hände und hauchte ihren wärmsten Atem über ihn. Die Federn regten sich, der Vogel nicht. Mit der Seite ihres kleinen Fingers tastete sie nach seiner Brust. Sie löste ihr Haar und wickelte den Vogel in die dicksten Strähnen, ehe sie es wieder hochsteckte. Vorsichtig bedeckte sie die Haare mit einem Schal.

»Komm«, sagte sie und führte Paper Jack schweigend zum Bootshaus und zum Fluss hinab.

Sie verbrannte seinen Anzug aus Schlagzeilen. Sah zu, wie all die Unheilsgeschichten des Jahres 1921 in Rauchspiralen aufgingen, als wäre nur eine leichte Brise nötig, um die Zeichen der Zeit an eine andere Küste zu schicken.

Sie badete ihn in der Flut, schrubbte all die Jahre von ihm ab und hüllte ihn in den Duft von Veilchen. Sie trocknete ihn ab und zog ihm saubere, warme Kleider an. Als Letztes schnitt sie ihm die Nägel und die Haare, rasierte ihn. Dort wo der Bart gewesen war, war die Haut weich und weiß, wie von einer anderen Zeit.

Sie erwärmte Rum, gab Zitrone und Nelken dazu, und er legte sich ins Bett und schlief tief und fest, bevor die Sonne den höchsten Punkt erreicht hatte. Sie wachte über seinen Schlaf. Ihr halber Mann aus Knochen und Erinnerung, ein Fliegengewicht mit kaputten Lungen. Irgendwann öffnete sie die Balkontüren und lauschte darauf, wie der Fluss unter ihr sanft ans Ufer schlug. Dabei erhaschte sie einen Blick auf ihr Spiegelbild in der Scheibe und erkannte sich zuerst nicht. Sie keuchte auf und musste sich sehr anstrengen, um die Stimmen in ihr im Zaum zu halten, denn die Stimmen waren überaus kritisch und wollten aus einem guten Tag einen schlechten machen.

»Warum bist du nicht als Erster zu mir gekommen?«, fragte Marvellous, als sie nackt in Paper Jacks Armen lag. »Warum bist du nicht vor Jimmy gekommen?«

»Ich habe auf den Horizont geschaut«, sagte Jack.

»Das war alles? Das war der Grund?«

»Ja.« Er weinte um die verlorene Zeit, und die verlorene Zeit war so geschmeichelt von seinen Tränen, dass sie ihm im Gegenzug noch etwas Zeit schenkte.

Etwas weniger als ein Jahr blieb ihnen schließlich, aber ihr Glück ließ das eine Jahr erscheinen wie zwei. Das Glück hatte Paper Jacks Lungen trocken genug gemacht, dass er wieder zum Singvogel wurde, und wenn er sang, hustete er nie. Wenn sie das Amber Lynn weiter unten am Großen Fluss besuchten, gab es dort ein Klavier und einen Banjospieler, und Jack brachte seine Stimme mit den beiden Instrumenten in Einklang. So wurden sie zu einem Trio, bekannt unter dem Namen The Odd Quartet.

Nachts lag Jack im Bootshaus hellwach in der Dunkelheit, um nur ja keinen einzigen Augenblick mehr zu verpassen. Er schlief nie und wendete auch nie den Blick von Marvellous ab. Stellte ständig in Frage, warum er sie überhaupt verlassen hatte. Warum hatte er das Herz eines toten Mannes über sein eigenes gestellt? Er blickte nicht mehr zum Horizont, denn die unerreichbare Verlockung war verschluckt vom dichten Überwuchs der verfressenen Bäume. Diesen schimmernden Strich voller Versprechungen verkörperte jetzt eine Frau, denn sie allein versprach endloses Glück und unbekannte Abenteuer. Nacht für Nacht tauchte er ein in ihren schützenden Kokon, in dem Wissen, dass er bald wie ein schillernder bunter Schmetterling davonfliegen musste.

Seine Lungen rasselten, er rang nach Atem, und sie hielt ihn, während er keuchte, beruhigte ihn, zwang seine Brust sich zu weiten, sich zu entspannen.

In der Stille dieses Kampfes sagte er: »Heirate mich.«

In der Stille der Kapitulation sagte sie: »Ja.«

Es gab keine Ringe, keine Schwüre und auch kein »Ja, ich will«, denn so war es schon immer gewesen. Marvellous ruderte am Ufer entlang und ging bei einer Sandbank vor Anker. Sie erklärten sich gegenseitig für verheiratet, eine Eule und ein Dutzend Seesterne waren Zeugen, die kraftvoll orange in ihrem Hochzeitskleid leuchteten. Seepferdchen galoppierten über silbergekrönte Wellen, Nachtigallen sangen von den Zweigen über ihnen, und Marvellous stand auf, stellte sich aufrecht hin und befahl dem Mond unterzugehen. Der Mond sank geheimnisvoll. Im weißen, wässrigen Glanz des Mondlichts stellten sie sich auf die Zehenspitzen und streckten sich, so weit sie konnten, bis sie das erste Paar waren, das die Oberfläche des Mondes berührte, das erste Paar, das sein Versprechen unter der Oberfläche des Mondes begrub.

Die Hochzeitsnacht verbrachten sie nackt auf den salzigen Sitzlatten, wo sie Mondscheingebräu im Mondschein tranken. Sie setzte sich auf ihn und ignorierte den quälenden Schmerz in ihren Knien und den Hüften. Zehntausende abgeworfene Fischschuppen klebten an ihren Beinen, Füßen und ihrem Hintern und schimmerten in der erleuchteten Nacht. Nie war sie glücklicher.

»Was wirst du tun?«, fragte Paper Jack, als er ihr mit letzter Kraft das Haar auskämmte.

»Dies und das.«

»Bleib nicht allein.«

»Oh doch.«

»Du brauchst jemanden, der dich kämmt.«

»Ich schneide sie ab, bevor es so kommt.«

»Du warst schon immer viel zu stur.«

»Das konnte ich gut.«

»Aber wohin gehst du?«
»Nicht weit.«
»Bleibst du hier?«
»Ja, ich bleibe hier.«
»So?«
»So.«
»Am Fluss sitzend?«
»Am Fluss sitzend.«
»Hörst Musik.«
»Die dein Lied spielt.«
»Ich versuche zurückzukommen.«
»Das wäre schön.«
»Ich möchte zurückkommen.«
»Du weißt ja, wo du mich findest.«
»Und es wird dir gut gehen?«
»Natürlich wird es mir gut gehen.«

Er hörte auf sie zu kämmen. Seine letzten Atemzüge kamen in Zweier- und Dreiergruppen, wie flache Wellen, dann erlosch das Rasseln in seinen Lungen.

Marvellous drehte sich nicht um. »Es wird mir gut gehen«, sang sie leise. »Es wird mir gut gehen, mein hübscher Junge. Mein hübscher, hübscher Mittsommerjunge.«

Sie hielt kurz inne, um zu sehen, ob der Tod noch da war, denn sie wollte mit ihm sprechen. Sie spürte, wie das kühle Nass ihr das Rückgrat hinabrieselte.

»Wir haben uns schon oft getroffen, und du bist jedes Mal an mir vorbeigegangen, hast mich nicht mal angesehen. Vielleicht bin ich ja nicht dein Typ. Aber bitte geh diesmal nicht an mir vorbei. Nimm mich mit. Lass uns ein Leben gegen ein anderes tauschen. Nimm nicht das Kind, von dem ich weiß, dass du es holen willst, oder den Fischer, der sich gleich im Schleppnetz verfängt. Oder die Braut mit dem glühenden Fieber. Ich weiß, dass du einen von ihnen holen willst, weil sie vermisst und betrauert werden, und der Klang von Trauer ist die Melodie deines Liedes. Ich kenne dich und weiß, wie du bist. Aber ich will dir sagen: Tu's nicht. Nimm stattdessen mich. Es ist ein gutes Angebot.«

Aber der Tod erwiderte: »Ach, ach, was für ein Unfug.« Er lachte und ging durch die Vordertür (anstatt durch die Hintertür). Als er weg war, strömten die Wärme und das Sonnenlicht herein, und da wusste sie, dass der Tod fort war.

Zwei Tage lang lag Marvellous neben Jacks Leiche. Die Sonne ging auf, der Tag wurde warm, die Vögel sangen. Die Gezeiten kamen und gingen, die Fische kehrten zurück, und die Sonne ging unter. Der Mond leuchtete. Die Sterne kamen heraus. Die Nachtigallen sangen. Die Heiligen murmelten. Die Zeit verging, unmöglich sie anzuhalten, aber sie versuchte es trotzdem, versuchte es so sehr.

In der dritten Nacht schwamm ihre Mutter durch die in Nebel gehüllte Traumlandschaft. Marvellous roch sie, und ihre Mutter wurde zu einer Boje, hängte sich an ihren Hals und verhinderte, dass sie unterging, trieb sie von dem kalten, weißen Körper neben ihr weg. Das genügte als Zeichen. Marvellous wusste, was sie zu tun hatte.

Am nächsten Tag war das Boot bereit, und das Meer ruhig. Sie hob Paper Jack vom Bett und trug ihn hinab ans Flussufer. Im Wasser glühten Tausende von orangefarbenen Sternen, gefangen in den Gezeiten, die nur darauf warteten, ihn nach Hause zu geleiten. Seltsamerweise waren auch einige Menschen gekommen, um sich von ihnen zu verabschieden. Alles Leute, mit denen sie seit Monaten nicht gesprochen hatte. Als sie zum Ankerstein hinabging, nahmen die schwarzgekleideten Leute ihn ihr ab. Diejenigen, die keine Spaten trugen.

»Ich nehme ihn mit zurück ins Meer, damit er bei meiner Mutter und meinem Vater sein kann«, sagte Marvellous.

Niemand hörte auf sie.

»Bitte begrabt ihn nicht. Er wollte nie zurück unter die Erde. Bitte bringt ihn nicht unter die Erde.«

Niemand hörte auf sie.

Jemand hielt sie am Arm fest. Sie wollten sanft sein, doch ihre Worte waren grob. Danach erinnerte sie sich nur noch an sehr wenig. An die Erde an ihren Händen, an das Gebet auf ihren Lippen. Dann war er weg, unter einem Hügel, auf dem nie etwas wachsen würde.

Sie ging zurück und schrubbte das Bootshaus. Mit Seife und einem borstigen Kaminbesen lief sie hinab zum Fluss. Sie setzte sich auf den Ankerstein und blickte zur Kirche hinüber, die einen langen Schatten über das seichte Wasser warf. Dann zog sie sich aus, stieg ins Wasser und feuchtete die Seife an. Sie schrubbte Gesicht und Körper, bis die Haut ganz rau war, und blieb im Wasser, bis die Flut kam und sie umfing, bis das Brennen des Salzes sie fast umbrachte. Sie hatte Mühe, aus dem Wasser zu steigen. Die Haut spannte, sie war viel zu eng, und jede Bewegung zerriss die Nähte. Es weinte, sie weinte.

An Land löste sie ihr Haar, griff vorsichtig nach dem Buchfinken und hielt ihn in der Hand. Er sah sie an, plusterte die Flügel und flog zu einem blühenden Schlehenbusch. Einen Monat lang zog sie sich nicht wieder an, sondern wurde ebenfalls zu einem Vogel. Nackt lebte sie im Wald, nahm das Wetter, wie es kam, und flog mit Paper Jacks Seele dahin. In jenem Monat trank sie das letzte Lied seiner Liebe auf, bis zu dem Augenblick, als sie wieder in ihrem Bett erwachte und die Federn, die ihr Herz geschmückt hatten, auf dem Boden lagen, gezupft und zerstreut von einer grausamen Hand, die nach einem Stethoskop griff und ihr beiläufig mitteilte: »Das Leben muss weitergehen.«

Es ging tatsächlich weiter. Sie machte weiter. Bei Flut stieg das Wasser. Bei Ebbe fiel es. Ihre Stimmung stieg, ihre Stimmung fiel. Sie vergaß viele Dinge. Aber in erster Linie vergaß sie zu sterben.

Die dunkle, nur von Sternen erleuchtete Nacht liebkoste das Ende ihrer Geschichte. Die alte Marvellous redete später nur wenig, denn sie lebte noch immer in der vergangenen Zeit. Sie stand da und sah, wie ihr junges Selbst entschlossen die Straße hinabging, bis es hinter der schattigen Kurve verschwand, für immer. Die alte Frau winkte ihm nach.

Drake hielt ihre Hand und führte sie über ein taubenetztes Feld, das Licht der Taschenlampe wies ihnen den Weg. Sie hielt seine Hand, wie es ein Kind tun würde. Dort wo das Gras in den Wald überging, ließ sich Marvellous erschöpft zu Boden sinken. Noch ehe sie saß, war aus ihrem Mund bereits ein sanftes Schnarchen zu hören.

Drake hob sie mühelos auf. So getragen zu werden musste sich angefühlt haben wie das Spiel der Wellen, denn sie trieb dahin, trieb unaufhörlich dahin.

Sie schlief friedlich, unbelastet, die Erinnerungen geordnet. Drake saß bei ihr, legte ihr eine Hand auf die Stirn. Im flackernden Kerzenschein blickte er nach oben und sah, dass keine Notizen mehr an den Betthimmel gepinnt waren. Keine Notizen mehr von ihr für sie selbst, denn es musste an nichts mehr gedacht werden. Er blies die Kerze aus, küsste sie auf die Stirn und trat hinaus in die frische Luft Cornwalls.

Die Heiligen waren laut, er hörte sie hinter der Dämmerung, wie sie nach Osten ritten, um früh aufzustehen. Einige stimmten heilige Lieder an, andere unterhielten sich leise, übertrumpften sich gegenseitig mit den Wundern ihres Heiligendaseins und fröhlichen Sünden, einfache Männer in der ganzen Welt.

Da spürte er, wie sich in ihm etwas regte, und er begann zu weinen. Furcht kannte er, jenes Gefühl, das an seinen Gedärmen nagte, aber er wusste, es war die Angst seiner Mutter, eine voraussehbare Angst, geboren aus der Enttäuschung eines unvorhersehbaren Lebens. Sie hatte ein schlechtes Blatt auf die Hand bekommen, und niemand hatte ihr je beigebracht, wann sie Einsatz bringen, erhöhen oder aussteigen musste. Sie war jung gewesen, so wie er jung gewesen war. Sie hatte immer nur das gewollt, von dem er jetzt wusste, dass auch er es wollte. Wie beim Werfen einer Münze wurde aus Kopf plötzlich Zahl und aus Angst Aufregung.

Er schloss die Augen und sprang. Spürte, dass er mit den Heiligen dem neuen Morgen entgegenritt.

51

Am Mittsommertag regnete es heftig, und die Geschäfte liefen schlecht. Peace hatte die ganze Nacht und den ganzen Tag nicht geschlafen, schloss den Laden früh und trat in den Hinterhof hinaus. Sie hatte Unkraut und Chaos beseitigt und Ordnung geschaffen, genau wie ihre Mutter es vorhergesehen hatte. Die Gemüsebeete waren angepflanzt, die Himbeersträucher gerettet – alles, weil sie eine Macherin war.

Doch als jetzt der Regen fiel, fühlte sie sich eher wie jemand, der aufgibt, denn in der Woche zuvor war sie den ungewöhnlichen Schritt gegangen und hatte sich geweigert, Ned Blaney weiterhin zu treffen. So lange, bis sie es wusste.

»Bis du was weißt?«, hatte er gefragt.

Sie konnte nicht sagen: »Ob du der Richtige bist.«

Die Zweige des Apfelbaums waren schwer und hingen tief, genau wie ihre Schultern. Sie hatte versucht, diese Qual nicht in die Backwaren zu mischen, aber die Laibe und Brötchen waren fade und schwer. Mit einem Mal wurde ihr klar, dass es weder Angst noch Bedauern war, was sie da in den Teig geknetet hatte, sondern die Angst vor dem Bedauern.

Fast eine Stunde lang musste sie suchen, bis sie ein Ei fand. Die Hühner waren keine guten Legehennen, sie hätte ihnen einfach keine Namen geben sollen. Schließlich stieß sie auf einem Heuhaufen auf ein noch warmes braunes Ei. Sie nahm es vorsichtig hoch, reckte die Hand zum Himmel und flüsterte: »Bitte zeig mir sein Gesicht.«

Als sie beim Bootshaus ankam, war sie pitschnass. Als sie mit blasser Miene und verkrampften Händen eintrat, wickelte Drake ihr eine Decke um die Schultern und führte sie zu dem vorbereiteten Feuer.

»Was ist los?«, fragte er.

»Ich muss es wissen.«

»Was?«

Sie hielt ihm das frisch gelegte Ei unter die Nase und sagte: »Ob Ned der Richtige ist.«

»Schhh«, flüsterte Marvellous und krempelte die Ärmel hoch. Sie nahm ihre Brille ab und reichte sie Drake, damit er sie putzte. Noch einmal sagte sie: »Bist du dir sicher, Peace?«

»Ziemlich sicher«, gab Peace zurück.

Marvellous setzte die Brille wieder auf und schenkte ein Glas Wasser aus der Kanne ein. Sie reichte Peace das Ei.

»Bereit?«

Peace nickte.

»Dann fahr fort.«

Peace zerbrach das Ei und trennte es. Sie ließ das Eiweiß in das Wasserglas gleiten, wo es sofort aufging und tanzte.

»Schau weg«, sagte Marvellous. »Sonst siehst du nur das, was du sehen willst.«

Durch den weisen Rat gewarnt, wandte Peace sich ab, und Marvellous bedeckte das Glas vorsichtig mit einem Tuch.

»Nun soll der Zauber beginnen.«

Sie gingen zum Wohnwagen und saßen nervös in dem engen Raum herum. Sie tranken Tee, dösten zu dem sanften Prasseln des Regens und hörten den Seewetterbericht. Drake blickte hinüber zum Bücherregal, und sein Blick blieb wieder am *Buch der Wahrheiten* hängen. Marvellous beobachtete ihn, bevor sie einschlief.

»Was, wenn es ein Gesicht ist, das ich nicht erkenne?«, fragte Peace leise.

»Dann hast du ein Abenteuer vor dir.« Drake griff nach ihrer Hand.

»Willst du denn nicht wissen, ob es jemanden für dich gibt?«

Drake dachte einen Augenblick lang nach. »Ich bin mir nicht sicher, ob ich das wirklich wissen will. Ich habe dich, und ich habe sie. Das genügt.«

»Jetzt«, sagte Peace. »Das genügt vielleicht jetzt.«

Drei Stunden später hörte es auf zu regnen, die Sonne kroch heraus, und wie auf Kommando erwachte Marvellous.

»Es ist so weit. Lasst uns gehen«, sagte sie.

Nervös und erwartungsvoll eilten sie zurück zum Bootshaus.

»Hier«, sagte Marvellous und reichte Peace das Glas mit der geheimen Antwort zu ihrer Zukunft. »Los, es gibt nichts zu fürchten.«

Vorsichtig zog Peace das Tuch weg und hob das Glas ans Licht. Sie keuchte. Denn hier war die Antwort. Hell und klar wie der lichte Tag. Hätte Ned Blaney jetzt neben ihr gesessen, sein Herz hätte einen Schlag ausgesetzt, denn ein Blick in das Glas wäre einem Blick in den Spiegel gleichgekommen.

52

Die Hundstage des Sommers kamen, die Sonne erhob sich heiß in den Himmel, der Dämmerungswind knisterte über den welligen Sand und machte die Natur und die Arbeit langsam.

Peace knetete den Brotteig besonders sorgfältig und mit mehr Mehl als sonst neben einer Schüssel mit kühlem Wasser für ihre schwitzenden Hände. Draußen in der Bucht holte Ned Blaney zerstreut und verliebt die Körbe mit den Krabben ein, die er zu füttern vergessen hatte.

Im Bootshaus schlief Drake lange aus. Er streifte das Laken ab und blieb ruhig liegen, in der Hoffnung auf eine kühle Brise von den offenen Balkontüren, aber der Atem des Sommers war heiß und feucht. Er stand auf und pinkelte in den Eimer neben seinem Bett. Dann zog er Hemd und Hose an und wusch sich das Gesicht mit dem lauwarmen Wasser aus dem Becken. Er ging zur Feuerstelle hinüber und stand vor der hageren Collage eines Mannes, der mit ihm die Straßen und Schlachtfelder bereist hatte. Dieser Mann hatte ihn beschützt, er war ein anständiger Mensch gewesen, sein imaginierter Vater. Er hatte seine Aufgabe erfüllt und ihn hierhergeführt, zu einer Scheune an einem Ufer, die sein Zuhause geworden war.

»Heute ist mein Geburtstag, Dad, ich bin achtundzwanzig Jahre alt«, sagte Drake. »Alles ist gut.«

Er öffnete die Tür, und der Duft des Sommers küsste ihn. Ein Nebel aus betrunkenen Insekten schwirrte leise um die Geißblattbüsche. Gebrochenes Licht kroch durch den dichten Wald und fiel faul auf die Farne, die ihren kräftigen Schweiß verströmten. Er nahm seine Angelrute und trat barfuß ins Sonnenlicht.

Drake setzte sich auf den Steg und warf die Angelrute aus. Er fühlte sich völlig friedlich. Das Sonnenlicht verfing sich im braunen Schaum des gärenden Grases, es roch schwer und gewichtig wie weiblicher Moschus. Er erschlug eine Bremse, die sich mit seinem Blut vollgesaugt hatte, und sah zu, wie sich die Shrimps auf der Suche nach Schatten rot verfärbten. Der Sommer war so süß, dass er summte. Marvellous saß auf ihrem Liegestuhl, kommentierte nichts und regte sich nicht.

Gegen zwölf Uhr war die ganze Bucht wie benommen. Während Drake angelte, Marvellous döste und Peace backte, kroch etwas anderes hinten am steigenden Thermometer hinauf: das Klappern eines Fahrrads.

Peace hatte gerade Drakes Geburtstagstorte aus dem Ofen geholt und sie zum Abkühlen auf den Fenstersims gestellt, als das breit grinsende Gesicht des Postboten vor ihr auftauchte, der mit einem Brief wedelte. Jede Woche brachte er ihr jetzt einen blauen Umschlag, der nach Fisch und Rasierwasser roch und in dessen dreieckiger Öffnung silberne Schuppen steckten.

»Danke, Sam«, sagte Peace und steckte den Brief in die Schürzentasche.

»Hier ist noch einer für die Bucht«, sagte Sam.

»Soll ich ihn mitnehmen?«

»Nein, ist schon gut, meine Liebe. Ich radle ganz gern auf hartem Boden. Diesmal ist er für Mister Francis Drake.«

Drake saß immer noch auf der Brücke, als der Postbote zwischen den Bäumen hindurchrauschte. Er legte die Angelrute beiseite, blickte auf und sah, wie der Brief, mit dem der Mann wedelte, immer näher kam.

»Du und deine schicken Freunde hier unten!«, rief der Postbote. »Wieder ein Brief aus Übersee.«

»Aus Übersee?«, wiederholte Drake.

»Aus Übersee?«, fragte Marvellous verschlafen.

»An einen Mister Francis Drake, zu Händen von Doktor Arnold, Monk's Rise, Chapel Street, Truro, Cornwall, Vereinigtes Königreich. Hierher weitergeleitet. Da wären wir, mein Junge.« Damit reichte ihm der Postbote den Brief.

Drake sah dem Mann hinterher, der sich wieder durch den Wald arbeitete. Er blickte auf den Umschlag, auf die australischen Briefmarken und ertastete den klaren Umriss einer Postkarte. Er ging hinüber zu Marvellous und setzte sich neben sie. Spürte ihre Hand leicht auf seinem Rücken. Er öffnete den Umschlag und nahm die Karte heraus: das Schwarzweißbild einer Brücke und eines Flusses bei Nacht. Unten war aufgedruckt: Murrays Ausblick. Hafenbrücke. Flutlicht. Sydney N. S. W.

Er drehte sie um und las:

Freddy, ich habe die Meerjungfrau gesehen.
X

53

Er zog sich so weit in sich selbst zurück, dass er nicht mehr hinaussehen konnte. Die Frauen wurden zu Schatten, blass und stumm, er mied ihre Gesellschaft, verweigerte ihr Essen, zerbrach Teller und Schüsseln und ging barfuß über die Scherben seiner Wut. Es war eine Erleichterung, endlich zu bluten.

Seine Welt stand kopf. Der Tag wurde zur Nacht, er ging zu Bett, wenn die Sonne schwitzte, und lief beim Ruf der Eule hinaus. Die Frauen wussten immer, wenn er unterwegs war, denn er heulte wie ein Hund.

»Es wird vorbeiziehen«, sagte Marvellous, »wie ein Sturm.«

Es zog tatsächlich weiter, ließ jedoch nur wenig zurück. Eine rotäugige Gestalt, das war alles. Unbeweglich, ungerührt. Aber voller Schmerz.

Er erwachte, weil er hörte, dass jemand im Bootshaus umherging. Als er die Augen öffnete, sah er den Hauch von Sprühnebel über ihm. Spürte, wie er hochgehoben und in das salzige, warme Licht hinausgetragen wurde.

Er lag auf den Sitzlatten, folgte den Wolken, die heiter am Himmel dahinzogen, die Möwen zogen spielerisch über ihm ihre Kreise. Der Motor vibrierte an seinem Rückgrat, den Rippen und der Lunge, rüttelte den Schmerz aus ihm heraus und brachte ihn dazu, wieder zu atmen. Und zwar tief, sehr tiefe, langsame Atemzüge. Die Sonne kam heraus. Verschwand wieder. Erst warm, dann nicht mehr. Er schloss die Augen. Das Boot drehte nach links ab, er spürte, wie es langsamer wurde, schließlich anhielt. Arme unter seinen Armen. Jemand richtete ihn auf. Sanfte Worte.

Den Berg hinauf. Wieder tief atmen. Ein Cottage oberhalb von Granitstufen. Er folgte ihm hinein. Wildblumen in einer Vase auf dem Tisch, daneben ein Foto. Zwei Brüder mit demselben widerspenstigen ausgebleichten Haarschopf, noch bevor er in Fassonschnitt gebracht worden war.

Er setzte sich auf das Bett neben ein Handtuch und Seife. Sag was. Irgendwas. Aber er konnte nicht. Die Tür schloss sich, und er schob eine Hand in den Mund, um den einzigen Laut zu unterdrücken, der hinauswollte.

Er schlief die Nacht durch und erwachte bei Sonnenlicht an einem neuen Tag. Er war hungrig. Auf dem Stuhl neben dem Bett stand ein Teller mit einer kalten Makrele und Kartoffeln. Er aß langsam. Dankbar.

Als er die Vorhänge aufzog, strömte Licht ins Zimmer. Dann ging er zur Kommode hinüber. Darin fand er das Leben eines Bruders, sauber verpackt und weggeräumt.

Er hörte, wie die Haustür ins Schloss fiel, stellte sich ans Fenster mit Blick auf das Meer und sah, wie Ned Blaney mit einer Thermoskanne in der Hand die Stufen hinabging. Hinter den Reihen von Fischerhäusern verlor er ihn aus den Augen, entdeckte ihn jedoch wieder, als er im Hafen in sein Boot stieg.

Ein kleiner Fleck, nicht größer als das vorderste Gelenk seines kleinen Fingers. Er sah zu, wie der Fischer bei einer Boje ankerte und ein paar Krabbenkörbe aus dem Wasser zog. Methodisch. Langsam. Allein. Sah ihm zu.

Am nächsten Morgen begleitete er ihn. Er überraschte Ned an der Tür, womit Drake gerechnet hatte, aber der Fischer freute sich über die Gesellschaft und betonte es gleich zweimal. Gemeinsam gingen sie die kühlen, schattigen Stufen hinab bis zum Meer, das der tiefhängende graue Himmel platt drückte. Sie redeten kaum, das war nicht nötig.

Die Krabbenkörbe stapelten sie im Bug des Boots und setzten sich so weit weg wie möglich von dem Mülleimer mit den stinkenden, faulenden Ködern. Als das Boot mühelos über die Wasseroberfläche dahinglitt, die es zerteilte wie ein Schleifstein, zündeten sie sich eine Zigarette an. Drake hatte sich an den Seegang gewöhnt und warf die Körbe im Stehen aus. Fischöl markierte die Stellen, wo sie die Körbe versenkten, und die Möwen pickten wie wild nach den umhertreibenden Abfällen. Er beugte sich über das Dollbord, um sich die Hände zu waschen, und erblickte sein Spiegelbild auf der schimmernden Oberfläche.

Ned rief Drake zu, er solle das Ruder übernehmen. Also stieg er hinüber, und das Ruder fühlte sich gut an in seiner Hand. Ned holte die Thermoskanne hervor, die neben seinen Füßen stand. Er schraubte den Deckel auf, aber die Flüssigkeit dampfte nicht, und als Drake die Tasse in der Hand hielt, wusste er, es war Scotch.

Es gab keine große Geste, keine laute Verkündung und auch keinen Trinkspruch, nur ein ruhiges Bekenntnis. »Auf das Leben«, war alles, was Ned sagte.

Ned deutete Richtung Hafen, und Drake wendete das Boot auf offener See. Der Motor schnurrte, und die warme Brise aus Süden umschmeichelte ihn. Er blickte zu dem metallischen Meer und dem Himmel, ein seltsames Bündnis, und richtete den Blick dann auf die helle silberne Linie, die dazwischen schimmerte.

Irgendwo dort draußen war sie. Am Leben. Und das zu wissen bedeutete ihm alles.

V

54

Wieder breitete sich der Herbst über sie, die Luft war erfüllt von Laubmulch und Salzschlamm. Marvellous stand vor dem Wohnwagen. Der Wind verstrubbelte ihr Haar und hob es an, sie blickte zum Himmel hinauf. Die Nacht senkte sich auf sie herab, der Mond wartete ungeduldig darauf, dass die Sonne unterging. Sie betrachtete den hängenden Schlüsselbund, drehte vorsichtig den kleinsten heraus und hielt ihn an seinem zerschlissenen aquamarinfarbenen Band in die Höhe, ganz nah vor die Augen. Das war der Schlüssel zum Verständnis. Sie lächelte, erinnerte sich, warum sie ihn einst so getauft hatte, steckte ihn in ihre Tasche und ging die Stufen wieder hinauf.

Drinnen war es warm. Ein letztes Mal schloss sie die Vorhänge. Sie war immer der Meinung gewesen, sie sei vorbereitet, aber diese einfache Handlung, den Vorhang vor ihrem Leben zuzuziehen, verschlug ihr den Atem. Schnell öffnete sie ihn wieder, um die plötzliche Panik abzustellen. Wie wunderschön, wieder den vertrauten Umriss ihrer Welt auf Erden zu sehen.

Sie bemerkte die untergehende Sonne, die die glühenden Baumwipfel wie poliert aussehen ließ, und die sich leerenden Nester, die Muscheln des Glockenspiels, die im Wind klapperten und einst stumm am Strand gelegen hatten. Sie bemerkte all die nützlichen Dinge in ihrem Leben: die glatten Steine am Ofen, die nur darauf warteten, erwärmt zu werden und in ihre Taschen oder ihre Handflächen zu wandern, die Kleider – nichts Schickes –, in die sie sich gehüllt hatte, um sich zu wärmen oder sich zu bedecken, denn ihre Eitelkeit war längst vergangen. Mit den Händen strich sie die Laken glatt, die sie in ihre letzte Nacht wiegen würden. Ich habe auf diesen Augenblick gewartet, dachte sie, und trotzdem bin ich unsicher, was zu tun ist. Sie nahm einen Stift zur Hand und versuchte zu schreiben, aber es gab nichts zu notieren, denn es musste nichts weiter erwähnt werden als das, was da noch kommen sollte.

Schließlich zog sie sich aus und hängte die Kleider sorgfältig an einen Haken. Sie hörte, wie Drake im Bootshaus unten sang. Marvellous hatte Angst, aber sie würde ihn nicht stören, nicht heute Nacht, nicht in ihrer letzten Nacht auf Erden.

War das die Tür? Ein Lichtstrahl fiel über die Schwelle und ihr Bett. Die Luft wurde warm.

»Du wieder!«

»Ich wieder! Ich hab doch gesagt, dass ich zurückkomme.«

»Ich habe dir nicht geglaubt.«

»Rutsch rüber, Marve«, sagte Jack, als er sich neben sie auf das Bett setzte.

»Du siehst gut aus.«

»Ich bin wieder jung.«

»Dann sieh mich lieber nicht an«, meinte Marvellous. »Ich bin nicht mehr die, die du verlassen hast.«

Er beugte sich vor und berührte ihre Wange. Seine Augen hielten ihren Blick fest. Dann zog er sich aus. Seine Haut war weich und jugendlich. Masernnarben überzogen den unteren Rücken, und Marvellous legte sanft einen Finger auf die ganz links. Jack beugte sich zu ihr, um sie zu küssen.

»Warte«, sagte Marvellous, wandte ihm den Rücken zu und öffnete die kleine Schublade neben ihrem Bett. Alles war durcheinander, weshalb sie lange brauchte, aber schließlich entdeckte sie, was sie suchte. Nervös malte sie ihre Lippen rot an. »Was hältst du davon?«

»Du bist wunderschön«, sagte er und küsste sie wieder und wieder, bis seine eigenen Lippen rot glänzten und er flüsterte: »Wunderschön, so wunderschön«, bis sie ihm fast glaubte.

Marvellous zog die Decke zurück und klopfte aufs Laken. »Komm besser rein«, sagte sie.

55

Drake stand am Ufer bei der Sandbank und blickte hinaus zur *Deliverance.* Die Luft des Spätnachmittags umfing ihn, und er spürte den Sand der Zeit, der ihm warm durch die Finger rann. Etwas war anders. Er bemerkte eine Veränderung in der Natur, bei den Gezeiten, mächtig und zart zugleich. Etwas Wichtiges lag in der Luft.

Er rannte zwischen den Bäumen hindurch und rief nach ihr, die Hände fest um sein Herz geschlossen, damit ja nichts verloren ging. Geflüsterte Worte strömten wie Gebete über die Landschaft, kamen ihm entgegen wie in jener ersten Nacht und in jeder hellen Nacht danach. Diesmal war das ein Trost, nichts, das man fürchten musste, dumme, alte Worte, ein Durcheinander in seinem Kopf. Vom Wohnwagen stieg keine Rauchfahne auf, und als er eintrat, war es kalt.

Das Bett war gemacht, und sie hatte ihr ganzes Leben auf den Laken ausgebreitet: eine Ginsterblüte, ein Seestern, ein Penny und ein Lippenstift. Dazu eine Postkarte aus Amerika und die kleine Muscheldose, die einst um den Hals ihrer Mutter hing. Ihr Haus war aufgeräumt.

Die Flaschen waren auf dem Boden aufgereiht, die Nachrichten beantwortet, seine Nachrichten noch zehnmal mehr. Schlehenschnaps, braune Papiertüten mit heilenden

Kräutern, alles war ausgelegt – für ihn. Die gelbe Regenjacke hing hinten an der Tür. Und auf dem obersten Fach des Bücherregals, das Buch, *Marvellous' Buch der Wahrheiten,* auf das genau in diesem Moment ein Sonnenstrahl fiel, damit es ihm nicht entging. Am Schloss hing ein winziger Schlüssel an einem zerschlissenen aquamarinfarbenen Band. Nichts und niemand hielt ihn diesmal zurück.

Er setzte sich auf das Bett und legte das Buch auf die Knie. Er öffnete das Schloss, schlug es auf und überflog die Seiten, bis eine Leichtigkeit, ein Sprudeln beinah, seine Brust durchdrang. Denn auf diesen verknitterten Seiten war nichts, außer Staub und einer toten Fliege. Er blätterte von vorn nach hinten und dann noch einmal von vorn nach hinten und lachte. Nichts. Keine einzige Wahrheit. Er stand auf und wollte das Buch gerade zurück ins Regal stellen, als ein welliges Blatt ein Stück herausrutschte. Sein Herz schlug schneller. Wie hatte er das übersehen können? Er zog es ganz hervor. Zwei Wörter standen hinten auf der Fotografie. *Dein Vater.*

Er drehte das Bild nicht sofort um, denn er spürte die Wahrheit, ehe er sie sah. An seinem seltsamen Herzschlag fühlte er, wer ihn gleich ansehen würde. Als er es schließlich umdrehte, war er da: dieselben Augen, dieselbe Nase, derselbe Bart und der Mund, die er aus den Zeitschriften seiner Mutter ausgeschnitten hatte, als das Leben ohne Vater ihm seine kleine Welt vermasselt hatte. Er war es immer gewesen: der Mann, der sein Leben eingefasst hatte wie ein Burggraben. Es war immer er gewesen.

Marvellous verabschiedete sich von allem. Das nahm einige Zeit in Anspruch, denn sie kannte jeden Winkel des Waldes und des Flusses und wollte nichts auslassen – das wäre nicht besonders freundlich gewesen. Unten bei den Weidenschösslingen begann sie. Sie bedankte sich für ihr Leben, für jede einzelne Blume, jeden Baum und jedes Gebüsch, das einen Abdruck ihrer Lebenszeit getragen hatte, ihrer Jugend, ihres mittleren Alters, ihrer Sehnsucht, ihres Körpers, ihrer Trauer, ihres Lachens, ihrer Pläne, ihrer Müdigkeit, ihres Schicksals. Das war die Szene ihres Theaters. Eine letzte Verneigung für die Lady auf dem Fels. Die Blätter raschelten, manche sanken herab, und eine Schar Möwen stieg in Formation in den dunstigen, milchigen Westen auf.

Zum letzten Mal setzte sie sich auf den Ankerstein. Die Luft zum Atmen wurde knapp.

Dinge – Zeit – laufen davon. Das rosa färbende Licht überzieht eine fliegende Möwe. Die Zeit steht still. Marvellous weiß, dass dieser Augenblick alles ist, denn es ist ihr letzter, dieser üppige Augenblick, und sie weiß auch: Dieser Augenblick ist die Liebe.

Drake sieht sie. Die geballte Faust vor seiner Brust öffnet sich und enthüllt ein Leben, und in der Mitte dieses Lebens sitzt sie, Marvellous Ways. Er hat sie sein Leben lang gekannt und darüber hinaus, und jetzt weiß er, warum.

Er winkt ihr zu, sie winkt ihm zu. Die Möwe bleibt mitten im Flug stehen, wie von Gelee umhüllt. Er greift nach ihrer Hand. Sie fühlt sich kalt an. Ihr Atem geht flach.

»Was ist?«, fragt er sanft.

»Komm«, sagt die alte Frau.

Sie erwidert den Druck, und ihre Hand wird zu der seiner Mutter, das Flussufer wird zu den Pflastersteinen von London, der Fleet Lane, wohin sie ihn führt, in den Pub seiner Kindheit, zum Geruch von Bier, der so gut war wie eine Mahlzeit, wenn er nachts hungrig erwachte. Sie überqueren die Brücke, und er hat das Gefühl, er geht hinauf in diesen kalten Raum, jenes Zimmer, das sein Zuhause ist, in dem er seiner Mutter Fragen stellt, bis alle Farbe aus ihrem Gesicht gewichen ist.

»Welche Farbe hatten seine Augen, Ma? Welche Farbe hatten die Augen meines Vaters?«

»Die Farbe der Sehnsucht.«

»Was ist das für eine Farbe, Ma?«

»Die Farbe des Meeres.«

Mitten auf der Brücke bleibt er stehen. Von hier aus kann man den ganzen Fluss hinabblicken, bis zu den mächtigen Kiefern und der Sandbank. Die Flut kommt herein, kleine, schaumgekrönte Wellen und glitzernde Fischrücken. Er weiß, dass ihre Zeit knapp wird.

»Komm«, sagt Marvellous.

Am anderen Ufer greift sie hin und wieder nach Grasbüscheln, und als sie am Dearly Forgotten vorbeigeht, verliert die Sonne schnell an Wärme. Sie bleibt stehen und sieht auf, blickt, ohne zu blinzeln, in die brennende Kugel. Blickt hinein und sieht darüber hinaus.

»Fast da«, flüstert sie, nimmt seine Hand und führt ihn zu einem Grabstein, den er noch nie zuvor bemerkt hat. Ein schlichter Stein, rosa Granit, mit zwei Worten darauf:

Jack Francis

»Hier ist er«, sagt Marvellous, »dein Vater.«

Das Murmeln der Worte wird lauter, Drake blickt sich um. Er kniet sich ins feuchte Gras und lehnt die Wange an das Grab seines Vaters. Marvellous legt ihm eine Hand auf den Rücken.

»Hör genau hin«, sagt sie.

»Ich kann es hören«, flüstert er.

»Es ist deine Geschichte. Es war immer nur deine Geschichte.«

Er dreht sich zu ihr um und greift nach ihr, aber sie entfernt sich schon. Sie geht hinüber zu den sich im sanften Abendlicht kräuselnden Wellen und spürt, wie ihre Kleider von ihr abfallen, wie ihre Haut von ihr abfällt, und diesmal ist es anders. Alle warten auf sie, sie kann sie sehen, dort drüben, am Wellenkamm.

Sie rennt los, denn es gibt kein Alter mehr, sie taucht unter, nimmt den ersten Atemzug, und ihr Körper wird überspült.

Sie ist zu Hause.

Danksagung

Ich möchte den folgenden Menschen für ihre Unterstützung, ihre Großzügigkeit und ihre Freundlichkeit in der Zeit, in der ich an diesem Buch geschrieben habe, herzlich danken:

Als Erstes meiner Familie, vor allem meiner Mutter, weil sie eine große Inspirationsquelle für mich war, außerdem meinem Neffen und meiner Nichte, Tom und Kate Winman, weil sie so begeisterte Zuhörer waren.

Den Mitarbeitern bei Tinder Press danke ich für ihre Energie und ihre Leidenschaft, allen voran meiner Lektorin Leah Woodburn für ihre führende Hand und weil sie mich ermutigt hat, jene Geschichte zu schreiben, die ich schreiben wollte, sowie Vicky Palmer für ihr Talent in Sachen Marketing.

Ich danke meinen Freunden hier und im Ausland für alles, was wir geteilt haben und weiterhin teilen werden. Sharon Hayman für ihre Weisheit, ihre Ermutigung und alles, was sie sonst noch ausmacht. Patricia Flanagan, David Lumsden, Sarah Thomson, Simon Page-Ritchie, Melinda McDougall, David Micklem, Andrew McCaldon, Vin Mahtani und Marua Brickell für den Anruf, das Essen, den Drink und den Spaziergang genau zur rechten Zeit, ebenso dafür, dass sie mich zum Lachen gebracht haben, wenn mir nach Weinen zumute war. Selina Guinness danke ich, weil sie immer die richtigen Worte findet. Ein Dankeschön auch an The Gentle Author und die Community, die um den Spitalfields Life Blog entstanden ist. Ihr erinnert mich immer daran, warum wir tun, was wir tun. Danke an das »St. JOHN Bar and Restaurant« in Smithfield, weil es immer da ist.

Ich danke Nelle Andrew, die sich in diesem Sommer so gut um mich gekümmert hat, ebenso allen beim PFD für die unermüdliche Unterstützung. Danke an Samia Spice, Paddy Ashdown und Tim Fraser, weil ihr mir bei meiner Last-Minute-Panik beigestanden habt. Ein aufrichtiges Dankeschön geht an Tim Binding, weil er sich die Zeit genommen und mir geholfen hat, die Geschichte so klar zu sehen. Danke an Graham und Sheena Pengelly für den Seestern, an Maureen für die Teenachmittage, an denen sie die Welt ins rechte Licht gerückt hat, und an Old Stan für die Abende mit reichlich Whisky und Geschichten.

Das Recherchieren fällt mir nicht gerade leicht, ich finde es bestenfalls ermüdend, frustrierend im schlimmsten Fall, und betrachte es stets als Hürde für meinen kindlichen Impuls, spontan eine Geschichte zu erzählen. Dennoch haben die folgenden Menschen, Institutionen und Organisationen dazu beigetragen, dass ich es als Bereicherung, wenn nicht gar als Vergnügen empfunden habe. Ich danke der British Library, den London Metropolitan Archives, Brian Polley vom London Transport Museum, dem National Railway Museum sowie First Great Western, Dover Ferry Photos, Angela Broome vom Royal Cornwall Museum, dem Cornwall Record Office und Alison Courtney.

Last but not least …

Danke an Robert Caskie, meinen treuen Freund und

Agenten. Du hast so viele Versionen dieses Romans über dich ergehen lassen und währenddessen immer dein Lächeln behalten, dass ein einziges Danke kaum genügt. Ich bin dir für immer dankbar dafür, wie du mich durch diesen Prozess begleitet hast, mit so viel Humor, Treue und Glauben an mich. Ich sag's mit Tina Turner: *»You're simply the Best.«*

Patricia Niven. Dir muss ich für alles danken.